Jules Verne
In 80 Tagen um die Welt

Jules Verne

In 80 Tagen um die Welt

Aus dem Französischen übertragen
von Sabine Hübner

Mit sämtlichen Illustrationen von
Alphonse de Neuville und Léon Benett

Albatros

Titel der französischen Originalausgabe:
Le Tour du Monde en quatre-vingts jours (Paris 1873)

Bibliographische Information der Deutschen Bibliothek

Die Deutsche Bibliothek verzeichnet diese Publikation
in der Deutschen Nationalbibliographie;
detaillierte bibliographische Daten sind im Internet
über http://dnb.ddb.de abrufbar.

Umschlaggestaltung: butenschoendesign.de
Umschlagmotiv: Julius Caesar Ibbetson,
George Biggins' Ascent in Lunardi' Balloon, 1785
Printed in Germany
ISBN 3-491-96170-x
www.patmos.de

1. KAPITEL
In welchem Phileas Fogg und Passepartout einander als Herr und Diener akzeptieren

Im Jahr 1872 wohnte in der Saville Row Nr. 7, Burlington Gardens, dem Haus, wo 1816 Sheridan gestorben war, ein gewisser Phileas Fogg, Esq. Dieser Gentleman zählte zu den wunderlichsten und meistbeachteten Mitgliedern des Londoner Reform Clubs, obwohl er es als seine Pflicht zu betrachten schien, niemals durch irgendetwas aufzufallen.

Auf Sheridan, einen der größten Redner, deren sich England rühmen kann, folgte also dieser rätselhafte Phileas Fogg, von dem man eigentlich nur wusste, dass er ein vollendeter Gentleman und einer der stattlichsten Männer der englischen Oberschicht war.

Man sagte ihm eine gewisse Ähnlichkeit mit Lord Byron nach – hinsichtlich seines Kopfes, denn er besaß wohl geformte Füße – indes, er war ein Byron mit Schnauzer und Backenbart, ein stoischer Byron, der tausend Jahre hätte leben können, ohne zu altern.

Phileas Fogg war Engländer vom Scheitel bis zur Sohle aber vielleicht kein geborener Londoner. Weder an der Börse noch in der Bank of England oder einem der Kontore der City war man ihm je begegnet. In keinem der Londoner Häfen oder Docks war jemals ein Schiff gesehen worden, dessen Eigner Phileas Fogg geheißen hätte. Der Gentleman gehörte keinem einzigen Verwaltungsrat an. Sein Name war noch nie in einem Rechtskollegium gefallen, weder im Londoner Temple noch im Lincoln's Inn oder Gray's Inn. Er hatte noch nie einen Prozess geführt, weder vor dem Kanzleigericht noch vor der Queen's Bench, weder vor dem Schatzkammergericht noch vor dem Gerichtshof für kirchliche Angelegenheiten. Er war weder Industrieller noch Kaufmann, weder Händler noch Landwirt. Er gehörte weder der Königlichen Gesellschaft Großbritanniens an noch der Londoner Vereinigung zur Förderung der Literatur und Verbreitung gemeinnütziger Kenntnisse, weder dem Handwerkerverband noch der Russell-Gesellschaft, weder der Literarischen Gesellschaft des Westens noch der Juristischen Gesellschaft oder der Gesellschaft der Vereinigten Künste und Wissenschaften, die unter der direkten Schirmherrschaft Ihrer huldreichen Majestät, der Königin, steht. Schließlich und endlich gehörte er auch keiner einzigen jener klangvollen Gesellschaften an, von denen es in der englischen Hauptstadt nur so wimmelt: angefangen bei der Gesellschaft der Ziehharmonikafreunde bis hin zur Entomologischen Gesellschaft, deren satzungsgemäßes Ziel die Ausrottung aller schädlichen Insekten war.

Phileas Fogg war Mitglied des Reform Clubs, sonst nichts.

Sollte es jemanden wundern, dass ein derart geheimnisumwitterter Gentleman zu den Mitgliedern dieses erlauchten Zirkels zählte, dann sei ihm gesagt, dass Mr. Phileas Fogg auf Empfehlung der Brüder Baring aufgenommen worden war, bei denen er unbeschränkten Kredit besaß. Daraus bezog er ein gewisses Renommee – seine Schecks waren immer gedeckt, und sein Konto befand sich immer im Plus.

War er reich, dieser Phileas Fogg? Zweifellos. Doch wie er zu seinem Reichtum gelangt war, das wussten auch die bestunterrichteten Leute nicht, und Mr. Fogg war der Letzte, bei dem man sich hätte erkundigen wollen. Ein Verschwender war er jedenfalls nicht, aber auch kein Geizhals, denn wo immer es galt, für einen noblen, nützlichen oder wohltätigen Zweck zu spenden, tat er dies im Stillen, ja sogar anonym.

Kurz und gut, dieser Gentleman war alles andere als mitteilsam. Er sprach so wenig wie möglich, und je schweigsamer er sich gab, desto geheimnisvoller wirkte er. Zwar spielte sich sein Leben vor aller Augen ab, doch was er tat, tat er mit so mathematischer Gleichförmigkeit, dass er die Fantasie seiner Mitmenschen zu allerlei Mutmaßungen anstachelte.

Hatte er Reisen gemacht? Höchstwahrscheinlich. Denn niemand kannte sich auf der Weltkarte besser aus als er. Und war ein Ort auch noch so weit entfernt, Phileas Fogg schien

Phileas Fogg

detaillierte Kenntnisse über ihn zu besitzen. Manchmal rückte er in knappen, klaren Worten die endlosen Spekulationen zurecht, die im Club über verirrte oder verschollene Reisende kursierten. Er verwies auf den wahrscheinlichsten Ausgang einer Sache, und oft genug gingen seine Vorhersagen so exakt in Erfüllung, als besitze er die Gabe des zweiten Gesichts. Dieser Mann schien die ganze Welt bereist zu haben – zumindest im Geiste.

Eins jedoch stand unumstößlich fest: Phileas Fogg hatte London seit vielen Jahren nicht mehr verlassen. Wer es sich zur Ehre anrechnen durfte, ihn etwas näher zu kennen, der konnte bezeugen, dass man Phileas Fogg – wenn nicht auf dem direkten Weg, den er täglich von seinem Haus zum Club zurücklegte – noch niemals irgendwo sonst begegnet war. Zeitungslektüre und Whistpartien bildeten seinen einzigen Zeitvertreib. Bei diesem schweigsamen Spiel, das so vorzüglich zu seinem Wesen passte, gewann er oft, doch flossen seine Gewinne nie in die eigene Tasche, sondern stellten vielmehr einen wichtigen Posten seines Budgets für wohltätige Zwecke dar. Auch muss festgehalten werden, dass bei Mr. Fogg die Freude am Spiel im Vordergrund stand, nicht der Gewinn. Ihm galt das Spiel als Herausforderung, als ein Kampf gegen widrige Umstände, der ihm weder Bewegung noch große Ortsveränderungen abverlangte und der ihn niemals ermüdete, was seinem Wesen sehr entgegenkam.

Soweit bekannt, hatte Phileas Fogg weder Frau noch Kinder – was selbst den rechtschaffensten Menschen passieren kann –, aber er hatte auch keine Freunde und Verwandte – was zugegebenermaßen sehr viel ungewöhnlicher ist. Phileas Fogg lebte mutterseelenallein in seinem Haus in der Saville Row, das außer ihm niemand betrat. Wie es dort drinnen aussah, wusste kein Mensch. Er benötigte nur einen einzigen Bediensteten. Lunch und Dinner nahm er stets im Club ein, pünktlich wie ein Uhrwerk, immer genau zur selben Zeit, im selben Saal, am selben Platz und ohne jemals andere Clubmitglieder an seinen Tisch zu bitten, geschweige denn Fremde. Er ging erst zum Schlafen nach Hause, exakt um Mitternacht, ohne je eins der komfortablen Schlafzimmer zu benutzen, die der Reform Club seinen Mitgliedern zur Verfügung stellte. Von den 24 Stunden des Tages brachte er 10 in seiner Wohnung zu, schlafend oder mit seiner Toilette beschäftigt. War ihm nach einem Spaziergang zu Mute, so schritt er gleichmäßig über das intarsienverzierte Parkett der Eingangshalle des Clubs, oder er wandelte die Rundgalerie entlang, über die sich eine blaue Glaskuppel wölbte, von zwanzig ionischen Säulen aus rotem Porphyr getragen.

Zum Lunch und Dinner wurde ihm alles gereicht, was Küchen und Vorratsschränke, Speisekammer und Gemüsegarten, Fischgeschäft und Molkerei des Clubs an Köstlichkeiten zu bieten hatten. Die ernsten, schwarzbefrackten Diener des Clubs, die Schuhe mit Filzsohlen trugen, servierten ihm die Speisen in erlesenem Geschirr aus feinstem Porzellan, auf einem herrlichen Damast-Tischtuch; aus den kostbaren alten Kristallgläsern des Clubs trank er seinen Sherry, Portwein oder Claret, mit Frauenhaarfarn, Zimt und gemahlener Cassiarinde gewürzt; und schließlich war es das Eis des Clubs, das – unter hohen Kosten von den Großen Seen herbeigeschafft – seine Getränke angenehm kühl hielt.

Wenn man diesen Lebensstil als exzentrisch bezeichnen will, muss man doch zugeben, dass ein exzentrischer Charakter auch sein Gutes hat!

Ohne ausgesprochen luxuriös eingerichtet zu sein, zeichnete sich das Haus in der Saville Row durch höchsten Komfort aus. Aufgrund der unveränderlichen Gewohnheiten des Hausherrn waren die Anforderungen an den einzigen Bediensteten im Übrigen gering. Trotzdem verlangte Phileas Fogg von seinem Diener absolute Pünktlichkeit und Regelmäßigkeit. An jenem Tag, dem 2. Oktober, hatte Phileas Fogg seinem Butler James Forster gekündigt, weil dieser sich des Vergehens schuldig gemacht hatte, das Wasser für die Rasur seines Herrn statt auf die vorgeschriebenen 86° nur auf 84° Fahrenheit zu erwärmen. Und nun wartete Phileas Fogg auf

James Forsters Nachfolger, der sich zwischen 11 und 11 Uhr 30 vorstellen sollte.

Phileas Fogg saß in seinem Lehnstuhl, die Füße gegeneinander gepresst wie ein Soldat bei der Parade, die Hände auf die Knie gestützt; er hielt sich kerzengerade und verfolgte mit erhobenem Kopf den Minutenzeiger der Standuhr – ein komplizierter Apparat, der Stunden, Minuten, Sekunden, Tag, Datum und Jahr anzeigte. Pünktlich um 11 Uhr 30 würde Mr. Fogg, seiner täglichen Gewohnheit folgend, das Haus verlassen und sich in den Reform Club begeben.

In diesem Moment pochte es an die Tür des kleinen Salons, in dem Phileas Fogg wartete. James Forster, der entlassene Diener, erschien.

»Der neue Dienstbote«, meldete er.

Ein Mann von etwa 30 Jahren trat vor und grüßte.

»Sie sind Franzose und heißen John?« fragte ihn Phileas Fogg.

»Jean, wenn Sie gestatten, Sir«, erwiderte der Ankömmling, »Jean Passepartout – ein Spitzname, den man mir für meine natürliche Gabe verliehen hat, mich stets aus der Affäre zu ziehen. Ich halte mich für einen ehrlichen Burschen, Sir, doch muss ich zugeben, dass ich schon mehreren Beschäftigungen nachgegangen bin. Ich war Straßensänger, Kunstreiter im Zirkus, habe voltigiert wie Léotard, bin übers Seil getanzt wie Blondin; später bin ich dann Turnlehrer geworden, um mehr aus meinen Talenten zu machen, und zuletzt war ich Feuerwehrhauptmann in Paris. Ich kann auf beachtliche Brände in meiner Laufbahn verweisen. Doch vor 5 Jahren habe ich Frankreich den Rücken gekehrt und wurde, da ich mich nach einem häuslicheren Leben sehnte, Kammerdiener in England. Nun bin ich zurzeit ohne Stellung und habe gehört, dass Mr. Phileas Fogg als der pünktlichste, sesshafteste Mann im ganzen Vereinigten Königreich gilt. Und so erlaube ich mir, mich Ihnen vorzustellen, Sir, in der Hoffnung, dass ich hier ein ruhiges Leben führen und alles Vergangene vergessen kann, nicht zuletzt den Namen Passepartout ...«

Jean Passepartout

»Passepartout gefällt mir«, erwiderte der Gentleman. »Sie wurden mir empfohlen, und meine Nachforschungen haben die besten Referenzen ergeben. Meine Bedingungen sind Ihnen bekannt?«

»Jawohl, Sir!«

»Gut. Wie spät ist es jetzt auf Ihrer Uhr?«

»22 Minuten nach 11«, erwiderte Passepartout, der aus den Tiefen seiner Westentasche eine riesige silberne Uhr gezogen hatte.

»Ihre Uhr geht nach«, sagte Mr. Fogg.

»Verzeihen Sie, Sir, aber das ist unmöglich!«

»Doch, sie geht 4 Minuten nach. Aber sei's drum. Es genügt, die Abweichung festzustellen. Also, seit diesem Moment, 11 Uhr 29 vormittags, Mittwoch, den 2. Oktober 1872, stehen Sie in meinen Diensten.«

Phileas Fogg erhob sich, griff mit der linken Hand nach seinem Hut, setzte ihn mit automatenhafter Geste auf den Kopf und verschwand ohne ein weiteres Wort.

Kurz darauf hörte Passepartout die Haustür ein erstes Mal ins Schloss fallen: Sein neuer Herr hatte das Haus verlassen. Dann ein zweites Mal: Sein Vorgänger James Forster hatte sich gleichfalls auf den Weg gemacht.

Jetzt war Passepartout allein in dem Haus in der Saville Row.

2. KAPITEL

In welchem Passepartout zu der Überzeugung gelangt, endlich sein Ideal gefunden zu haben

»Also, ich muss schon sagen«, murmelte Passepartout verblüfft, »die Burschen, die ich bei Madame Tussaud gesehen habe, waren auch nicht viel lebhafter als mein neuer Herr!«

Dazu muss man wissen, dass es sich bei den ›Burschen‹ um die Wachsfiguren der Madame Tussaud in London handelt. Sie locken zahlreiche Besucher an und sind so lebensecht, dass ihnen tatsächlich nur noch die Fähigkeit zu sprechen mangelt.

Während der kurzen Begegnung mit Phileas Fogg hatte Passepartout seinen neuen Herrn rasch, aber aufmerksam gemustert. Der Mann mochte etwa 40 Jahre alt sein, hatte ein edles, schönes Gesicht, war von hoch gewachsener Gestalt mit einem leichten Hang zur Korpulenz, was aber keineswegs störte. Haare und Backenbart waren blond, die Stirn glatt und faltenlos bis zu den Schläfen, seinen Teint konnte man eher blass als blühend nennen, und er besaß ein makelloses Gebiss. Er verkörperte im höchsten Maße das, was die Physiognomiker »Ruhe im Handeln« nennen – eine Eigenschaft all jener Menschen, die lieber etwas zustande bringen, als große Reden zu schwingen. Gelassen, gleichmütig, mit klarem, ruhigem Blick glich er aufs Schönste jenem Typus des kühlen, beherrschten Engländers, dem man im Vereinigten Königreich häufig begegnet und den Angelica Kauffmann in seiner etwas steifen Haltung meisterlich auf die Leinwand gebannt hat. In allen Lebenslagen wirkte dieser Gentleman so akkurat und präzise wie ein Chronometer aus der Werkstatt von Earnshaw oder Leroy. Und tatsächlich war Phileas Fogg die personifizierte Präzision, was man deutlich an der »beredten Sprache« seiner Hände und Füße ablesen konnte; denn beim Menschen wie beim Tier spiegeln die Gliedmaßen die inneren Leidenschaften wider.

Phileas Fogg gehörte zu jenen mathematisch exakten Menschen, die – niemals in Hast, doch stets bereit – mit ihren Schritten und Bewegungen sehr ökonomisch umgehen. Er tat keinen Schritt zu viel, nahm immer den kürzesten Weg. Niemals vergeudete er einen Blick hinauf zur Zimmerdecke. Niemals erlaubte er sich eine überflüssige Gebärde. Nie hatte man ihn erregt oder verwirrt erlebt. Er zeigte niemals die geringste Eile und kam doch stets rechtzeitig an. Gleichwohl wird man verstehen, dass er für sich allein lebte und sozusagen außerhalb aller gesellschaftlichen Bindungen stand. Er wusste, dass es im Leben immer wieder zu Reibungen kommt, und da jegliche Reibung hemmend wirkt, rieb er sich eben an niemand.

Was nun Jean, genannt Passepartout, betrifft, so war er ein echter Pariser aus Paris und hatte in den 5 Jahren, die er nun in England lebte und in London als Kammerdiener tätig war, vergeblich nach einem Herrn gesucht, dem er treu und ergeben dienen konnte.

Passepartout war beileibe kein Frontin oder Mascarille, der mit gewölbter Brust, die Nase im Wind, kaltschnäuzig in die Welt blickt und im Grunde bloß ein dreister Nichtsnutz ist. Nein! Passepartout war ein ehrlicher Bursche mit einem freundlichen Gesicht und etwas vorgestülpten Lippen, stets zum Schnabulieren oder Küssen bereit; ein sanfter, hilfsbereiter Mensch, mit einem gutmütigen, runden Kopf, wie man ihn gern auf den Schultern eines Freundes sieht. Er hatte blaue Augen, einen frischen, gesunden Teint, und sein Gesicht war so feist, dass er die eigenen Pausbacken sehen konnte. Des Weiteren hatte er eine breite Brust, eine füllige Statur, einen muskulösen Körperbau und besaß die bewundernswerten Kräfte eines Herkules, die er sich durch körperliche Übungen in seiner Jugend erworben hatte. Sein braunes Haar stand etwas widerspenstig zu Berge. Die Bildhauer des Altertums kannten achtzehn verschiedene Arten, Minervas Haarflut zu bändigen, Passepartout kannte für seinen Schopf nur eine einzige: drei Striche mit dem Kamm und fertig.

Dass hier nicht voreilig darüber spekuliert wird, ob der offenherzige Charakter des jungen Mannes mit dem Phileas Foggs harmonieren würde, versteht sich von selbst. War Passepartout der in höchstem Maße pünktliche und gewissenhafte Diener, den sein Herr brauchte? Das konnte sich nur nach längerer Bekanntschaft erweisen. Nachdem er, wie schon erwähnt, in seiner unsteten Jugend viel herumgekommen war, sehnte sich Jean jetzt nach Ruhe. Da er viel Gutes über die englische Pünktlichkeit und die sprichwörtliche Reserviertheit der englischen Gentlemen gehört hatte, war in ihm der Entschluss gereift, sein Glück in England zu versuchen. Doch bisher hatte es das Schicksal nicht gut mit ihm gemeint. Nirgendwo hatte er Wurzeln schlagen können. In zehn Häusern hatte er bereits gedient. Überall war er auf launenhafte, unbeständige Herren gestoßen, die es zu Liebesabenteuern oder in ferne Länder trieb, woran Passepartout keinen Gefallen mehr fand. Sein letzter Herr, der junge Lord Longsferry, Mitglied des englischen Oberhauses, durchzechte die Nächte meist in den Austernstuben am Haymarket und wurde nur allzu oft von Polizisten nach Hause geschleppt. Passepartout, dem vor allem daran gelegen war, seinen Herrn achten zu können, riskierte ein paar respektvolle Bemerkungen, die jedoch so ungnädig aufgenommen wurden, dass er kündigte. Da hörte er eines Tages, dass Phileas Fogg, Esq. einen Bediensteten suche. Er zog Erkundigungen über diesen Gentleman ein. Eine Persönlichkeit, die einen derart geregelten Lebenswandel führte, nie auswärts übernachtete, keinerlei Reisen unternahm, nie wegfuhr, nicht einmal für einen einzigen Tag, *musste* ihm ja gefallen. Also sprach er vor und wurde unter den bereits bekannten Umständen eingestellt.

Passepartout – es hatte soeben halb 12 geschlagen – war also allein in dem Haus in der Saville Row. Sogleich nahm er das ganze Gebäude gründlich in Augenschein, vom Keller bis zum Speicher. Dieses reinliche, ordentliche, puritanische Haus war leicht in Ordnung zu halten und sagte ihm zu. Es kam ihm vor wie ein schönes Schneckenhaus, nur dass dieses Schneckenhaus mit Gas beheizt und beleuchtet wurde, da Kohlenwasserstoff hier jeglichen Bedarf an Licht und Wärme zu befriedigen schien. Im ersten Stock fand Passepartout sogleich sein eigenes Zimmer, das ihm gut gefiel. Es war durch elektrische Klingeln und Sprechrohre mit den Räumen im Zwischengeschoss und im Erdgeschoss verbunden. Die elektrische Uhr auf dem Kaminsims zeigte exakt die gleiche Zeit wie die Uhr in Phileas Foggs Schlafzimmer, und beide Uhren schlugen auf die Sekunde genau im selben Moment.

»Das lass ich mir gefallen! Das lass ich mir gefallen!« murmelte Passepartout.

Außerdem hing in seinem Zimmer oberhalb der Uhr ein Zettel an der Wand. Dies war sein täglicher Dienstplan. Alles war ganz genau festgelegt: Von 8 Uhr morgens, der Zeit, zu der Phileas Fogg regelmäßig aufstand, bis halb 12, wenn er das Haus verließ, um sich zum Lunch in den Reform Club zu begeben, waren alle dienstlichen Details für den Diener aufgelistet. Tee und Toast um 8 Uhr 23, das Wasser zum Rasieren um 9 Uhr 37, Kämmen um 20 Minuten vor 10 usw. Auch von halb 12 Uhr vormittags bis um Mitternacht – wenn sich dieser methodische Gentleman zu Bett begab – war alles bis ins Kleinste vermerkt, bedacht, geregelt. Passepartout bereitete sich das Vergnügen, diesen Dienstplan gründlich zu studieren und sich die einzelnen Punkte genau einzuprägen.

Was die Garderobe seines Herrn betraf, so war er mit allem aufs Beste versehen, und im Schrank herrschte wunderbare Ordnung. Sämtliche Hosen, Westen und Jacketts trugen eine bestimmte Nummer. Diese Nummer fand sich in einem Register wieder, das ganz genau vermerkte, zu welchem Datum welches Kleidungsstück, der Jahreszeit entsprechend, getragen werden sollte. Das gleiche Reglement galt für die Schuhe.

Das Haus in der Saville Row – das zu Zeiten des ebenso berühmten wie liederlichen Sheridan wohl ein Tempel der Unordnung gewesen war – zeugte mit seiner behaglichen Einrichtung vom Wohlstand des Hausherrn. Keine Bibliothek, keine Bücher, die Mr. Fogg auch recht wenig genutzt hätten, denn im Reform Club standen ihm gleich zwei Bibliotheken zur Verfügung, von denen eine der schönen Literatur, die andere der Juristerei und der Politik gewidmet war. Im Schlafzimmer stand ein Geldschrank von mittlerer Größe, dessen Bauart ebenso sicheren Schutz vor Diebstahl wie vor Feuer gewährte. Waffen suchte man im ganzen Haus vergeblich, es barg weder Jagdgewehre noch Kriegswaffen. All dies ließ auf eine höchst friedliebende Haltung seines Bewohners schließen.

Nachdem er sich das Haus gründlich angesehen hatte, rieb

sich Passepartout die Hände. Er strahlte über sein rundes Gesicht und wiederholte vergnügt:

»Das lass ich mir gefallen! Das ist ganz nach meinem Geschmack! Wir werden bestens miteinander auskommen, Mr. Fogg und ich! Ein so häuslicher, ordentlicher Mensch! Das reinste Räderwerk! Nun ja, ich habe nichts dagegen, einem Räderwerk zu dienen!«

3. KAPITEL
In welchem eine Unterhaltung stattfindet, die Phileas Fogg teuer zu stehen kommen könnte

Phileas Fogg hatte sein Haus in der Saville Row um halb 12 verlassen, und nachdem er den rechten Fuß 575 Mal vor den linken Fuß und den linken Fuß 576 Mal vor den rechten Fuß gesetzt hatte, erreichte er den Reform Club, ein mächtiges Gebäude in der Pall Mall, dessen Bau nicht weniger als 120 000 Pfund Sterling verschlungen hatte.

Phileas Fogg eilte unverzüglich in den Speisesaal, dessen neun Fenster auf einen schönen Garten hinausgingen. Die Bäume draußen waren bereits vom Herbst vergoldet. Phileas Fogg nahm Platz an seinem gewohnten Tisch, wo schon für ihn gedeckt war. Sein Mittagessen bestand aus einem Horsd'œuvre, gedämpftem Fisch mit einer exquisiten Reading Sauce, scharlachrotem Roastbeef, garniert mit scharfgewürzten Pilzen, einem Kuchen mit Stachelbeer-Rhabarber-Füllung und einem Stück Chesterkäse. Dazu trank er mehrere Tassen des erlesenen Tees, der speziell für die Küche des Reform Clubs geerntet wurde.

Um 12 Uhr 47 erhob sich der Gentleman und ging in den großen, prachtvoll eingerichteten Salon hinüber, dessen Wände kostbar gerahmte Gemälde zierten. Dort brachte ihm ein Bediensteter die *Times,* die noch nicht aufgeschnitten war. Phileas Fogg teilte die Blätter mit sicherer Hand, und man merkte gleich, dass er in dieser diffizilen Prozedur große

Erfahrung besaß. Die Lektüre der *Times* beschäftigte Phileas Fogg bis Viertel vor 4, die anschließende Lektüre des *Standard* dauerte bis zum Dinner. Diese Mahlzeit gestaltete sich genau wie der Lunch, nur dass zum Fisch diesmal Royal British Sauce gereicht wurde.

Um 20 vor 6 kehrte der Gentleman dann in den großen Salon zurück und vertiefte sich dort in die Lektüre des *Morning Chronicle*.

Eine halbe Stunde später traten mehrere Mitglieder des Reform Clubs ein und strebten sogleich dem Kamin zu, in dem ein Kohlefeuer brannte. Dies waren Mr. Phileas Foggs gewohnte Whistpartner, passionierte Spieler wie er: Andrew Stuart, Ingenieur, die Bankiers John Sullivan und Samuel Fallentin, der Brauereibesitzer Thomas Flanagan und Gauthier Ralph, Mitglied des Aufsichtsrats der Bank of England – alles sehr begüterte Persönlichkeiten, die hohes Ansehen genossen, sogar in diesem Club, zu dessen Mitgliedern die wichtigsten Vertreter der Industrie und Finanzwelt zählten.

»Nun, Ralph«, fragte Thomas Flanagan. »Was gibt es Neues in der Sache mit dem Diebstahl?«

»Dieses Geld sieht die Bank nie wieder«, erwiderte Andrew Stuart.

»Ich hoffe ganz im Gegenteil«, sagte Gauthier Ralph, »dass wir den Dieb bald fassen werden. Man hat sehr tüchtige Polizeiinspektoren nach Amerika und aufs Festland entsandt, in alle wichtigen Seehäfen, so dass ihnen dieser Herr wohl kaum entwischen dürfte.«

»Gibt es denn eine Personenbeschreibung des Diebs?« fragte Andrew Stuart.

»Zunächst einmal, er ist kein Dieb«, erwiderte Gauthier Ralph vollkommen ernst.

»Kein Dieb? Dieses Individuum, das Banknoten im Wert von 55 000 Pfund Sterling entwendet hat?«

»Nein«, entgegnete Gauthier Ralph.

»Dann ist es wohl ein Industrieller?« erkundigte sich John Sullivan.

»Der *Morning Chronicle* versichert, dass es sich um einen Gentleman handelt.«

Diese Bemerkung kam von niemand anderem als Phileas Fogg, dessen Kopf jetzt aus dem Wust von Zeitungen auftauchte, die sich um ihn herum auftürmten. Gleichzeitig grüßte Phileas Fogg seine Clubfreunde, die seinen Gruß erwiderten.

Der Vorfall, um den es hier ging – und der in den britischen Zeitungen leidenschaftlich diskutiert wurde – hatte sich 3 Tage zuvor, am 29. September, ereignet. Vom Tisch des Hauptkassierers der Bank of England war die beträchtliche Summe von 55 000 Pfund Sterling in Banknoten entwendet worden.

Wer sich darüber erstaunt zeigte, dass dieser Diebstahl so ohne weiteres möglich gewesen war, bekam vom stellvertretenden Direktor Gauthier Ralph lediglich die Auskunft, der Kassierer habe gerade eine Einzahlung von 3 Schilling 6 Pence verbucht und könne seine Augen schließlich nicht überall haben.

Hier scheint der Hinweis angebracht – und vielleicht trägt er ja auch zum besseren Verständnis dieses Vorfalls bei –, dass der Bank of England, dieser bewunderungswürdigen Institution, die Würde des Publikums offenbar sehr am Herzen liegt. Keine Wachen, keine Invaliden als Aufpasser, keine vergitterten Schalter! Gold, Silber, Banknoten – alles liegt frei herum, dem ersten Besten preisgegeben. Undenkbar, dass man die Ehrenhaftigkeit irgendeines Kunden angezweifelt hätte. Einer der aufmerksamsten Beobachter englischer Verhältnisse berichtet sogar Folgendes: Als er sich eines Tages in einem der Räume der Bank aufhielt, verspürte er Lust, einen 7 bis 8 Pfund schweren Goldbarren, der auf dem Tisch des Kassierers lag, näher in Augenschein zu nehmen. Er nahm den Barren, inspizierte ihn und reichte ihn an seinen Nachbarn weiter, der ihn seinerseits weitergab, und so wanderte der Goldbarren von Hand zu Hand bis ans Ende eines dunklen Korridors und lag erst eine halbe Stunde später wieder an seinem Platz – ohne dass der Kassierer auch nur aufgeblickt hätte.

Doch am 29. September spielte sich das Ganze etwas anders ab. Das Bündel Banknoten kam nicht zurück, und als die prächtige Wanduhr, die den Schalterraum beherrschte, 5 Uhr schlug und die Schalterhallen geschlossen wurden, musste die Bank of England leider einen Verlust von 55 000 Pfund Sterling verbuchen.

Als an dem Diebstahl kein Zweifel mehr bestehen konnte, wurden die fähigsten Kriminalinspektoren ausgewählt und zu den wichtigsten Häfen der Welt entsandt: Liverpool, Glasgow, Le Havre, Suez, Brindisi, New York usw. Ihnen winkte eine Erfolgsprämie von 2 000 Pfund Sterling und 5 Prozent der wiedergefundenen Summe. Während sie auf das Ergebnis der prompt eingeleiteten Untersuchungen warteten, sollten Kriminalbeamte sämtliche Passagiere, die eintrafen oder abreisten, genauestens beobachten.

Nun sprach, wie der *Morning Chronicle* ganz richtig festgestellt hatte, tatsächlich einiges dafür, dass der Täter keiner der bekannten englischen Verbrecherbanden angehörte. Vielmehr hatte man an jenem 29. September bemerkt, wie ein gut gekleideter Gentleman von vornehmer Erscheinung und ausgezeichneten Manieren in der Schalterhalle, wo sich der Diebstahl ereignete, auf und ab gegangen war. Die Untersuchungen hatten eine recht exakte Beschreibung dieses Herrn erbracht, die sofort allen Kriminalbeamten in Großbritannien und ganz Europa übermittelt wurde. Einige Optimisten, zu denen auch Gauthier Ralph gehörte, glaubten sich zu der Hoffnung berechtigt, dass der Dieb keinesfalls entkommen werde.

Wie man sich denken kann, war diese Geschichte in London und überall sonst Tagesgespräch. Man diskutierte leidenschaftlich darüber, ob die Ermittlungen der Londoner Polizei von Erfolg gekrönt sein würden oder nicht. Darum wird es niemanden verwundern, dass sich mit dieser Frage auch die Mitglieder des Reform Clubs beschäftigten, umso mehr, als ihnen einer der Vizedirektoren der Bank of England angehörte.

Der ehrenwerte Gauthier Ralph zweifelte nicht am Erfolg der Nachforschungen und glaubte, dass die ausgesetzte Prämie den Eifer und den Scharfsinn der Beamten in höchstem Maß anstacheln würde. Sein Kollege Andrew Stuart jedoch teilte diesen Optimismus keineswegs. Die Diskussion wurde am Whisttisch fortgesetzt, wo sich die Herren gegenübersaßen: Stuart vis-à-vis Flanagan, Fallentin vis-à-vis Phileas Fogg. Das Spiel verlief schweigend, doch zwischen den einzelnen Partien wurde umso hitziger diskutiert.

»Meiner Ansicht nach«, verkündete Andrew Stuart, »hat der Dieb, der offenbar ziemlich gerissen ist, das Glück auf seiner Seite!«

»Aber ich bitte Sie!« entgegnete Ralph. »Es gibt kein einziges Land mehr, in das er fliehen könnte.«

»Unsinn!«

»Und wo bitte soll er Ihrer Meinung nach hin?«

»Ich weiß nicht«, erwiderte Andrew Stuart. »Aber schließlich ist die Erde groß genug.«

»Das war sie früher einmal ...« warf Phileas Fogg halblaut ein. »Bitte, heben Sie ab, Sir«, fügte er hinzu, indem er den Kartenstoß vor Thomas Flanagan platzierte.

Während des Spiels verstummte die Diskussion. Aber dann nahm Andrew Stuart sie wieder auf: »Was heißt früher? Ist die Erde vielleicht kleiner geworden?«

»Zweifellos«, antwortete Gauthier Ralph. »Ich teile Mr. Foggs Ansicht. Die Erde ist kleiner geworden, weil wir sie heute zehn Mal schneller umrunden können als noch vor 100 Jahren. Und dies bedeutet in unserem Fall, dass die Nachforschungen beschleunigt werden.«

»Und dem Dieb die Flucht erleichtert wird!«

»Sie spielen aus, Mr. Stuart!« sagte Phileas Fogg.

Doch Stuarts Zweifel waren immer noch nicht ausgeräumt, und sobald die Whistpartie beendet war, fuhr er fort:

»Zugegeben, Mr. Ralph, Ihre These, die Erde sei kleiner

geworden, ist wirklich amüsant! Weil man sie heutzutage in 3 Monaten umrunden kann …«

»80 Tage«, warf Phileas Fogg ein.

»Das stimmt, meine Herren«, bestätigte John Sullivan, »nur 80 Tage, seit die Great Indian Peninsular Railway den Streckenabschnitt zwischen Rothal und Allahabad in Betrieb genommen hat. Hier ist die Berechnung, die der *Morning Chronicle* aufgestellt hat:

Von London nach Suez durch den Mont Cenis und über Brindisi, per Bahn und Dampfschiff	7	Tage
Von Suez nach Bombay, per Dampfschiff	13	»
Von Bombay nach Kalkutta, per Bahn	3	»
Von Kalkutta nach Hongkong (China), per Dampfschiff	13	»
Von Hongkong nach Yokohama (Japan), per Dampfschiff	6	»
Von Yokohama nach San Francisco, per Dampfschiff	22	»
Von San Francisco nach New York, per Bahn	7	»
Von New York nach London, per Schiff und Bahn	9	»
Insgesamt	80	Tage«

»Ja, 80 Tage!« rief Andrew Stuart aus und stach versehentlich mit einer Trumpfkarte. »Dabei sind die Unbilden des Wetters, Gegenwind, Schiffbruch, Entgleisungen von Zügen usw. aber nicht berücksichtigt!«

»80 Tage, alles inbegriffen«, erwiderte Phileas Fogg und spielte weiter, denn inzwischen hatte die Diskussion über die Whistpartie die Oberhand gewonnen.

»Selbst wenn die Inder oder Indianer die Gleise demontieren?« rief Andrew Stuart. »Wenn sie die Züge anhalten, die Gepäckwagen plündern und die Reisenden skalpieren?«

»Alles inbegriffen«, wiederholte Phileas Fogg, legte seine letzten Karten auf den Tisch und fügte hinzu: »Die beiden höchsten Trümpfe.«

Andrew Stuart, der geben musste, begann zu mischen und sagte: »Theoretisch mögen Sie Recht haben, Mr. Fogg, doch in der Praxis ...«

»Auch in der Praxis, Mr. Stuart.«

»Das möchte ich sehen!«

»Bitte sehr. Fahren wir gemeinsam.«

»Gott behüte!« rief Stuart. »Aber ich wette mit Vergnügen um 4000 Pfund Sterling, dass eine solche Reise unter den genannten Bedingungen keinesfalls zu schaffen ist.«

»Im Gegenteil, sie ist sehr wohl zu schaffen«, erwiderte Fogg.

»Dann machen Sie sie doch!«

»Eine Reise um die Welt in 80 Tagen?«

»Ja.«

»Einverstanden.«

»Und wann soll es losgehen?«

»Sofort.«

»Das ist doch verrückt!« rief Andrew Stuart aus, den die Beharrlichkeit seines Mitspielers zu ärgern begann. »Spielen wir lieber weiter.«

»Dann müssen Sie neu geben. Sie haben sich vertan.«

Nervös nahm Stuart die Karten auf, legte sie aber plötzlich wieder auf den Tisch.

»Also gut, Mr. Fogg«, sagte er, »ich wette um 4000 Pfund!«

»Mein lieber Stuart«, schaltete Fallentin sich ein, »beruhigen Sie sich. Das ist doch nicht Ihr Ernst!«

»Wenn es um eine Wette geht, ist es mir immer ernst«, entgegnete Andrew Stuart.

»Abgemacht«, sagte Fogg und wandte sich den anderen zu. »Ich habe 20 000 Pfund Sterling auf der Bank der Brüder Baring. Die setze ich gerne dagegen ...«

»20 000 Pfund Sterling!« rief John Sullivan. »20 000 Pfund Sterling, die Sie verlieren könnten, wenn Sie durch unvorhersehbare Ereignisse aufgehalten werden!«

»Es gibt keine unvorhersehbaren Ereignisse«, erwiderte Phileas Fogg ruhig.

»Also gut, Mr. Fogg, ich wette um 4 000 Pfund!«

»Aber Mr. Fogg, 80 Tage sind doch nur als Minimum gedacht!«

»Wenn man mit einem Minimum gut wirtschaftet, kommt man auch damit zurecht.«

»Um im Rahmen zu bleiben, müssten Sie ja jeweils mit mathematischer Genauigkeit vom Zug ins Schiff und vom Schiff in den nächsten Zug springen!«

»Dann springe ich eben mit mathematischer Genauigkeit.«

»Sie belieben zu scherzen!«

»Ein Engländer pflegt nie zu scherzen, wenn es um etwas so Ernstes wie eine Wette geht«, entgegnete Phileas Fogg. »Ich wette hiermit um 20 000 Pfund Sterling gegen jeden, der möchte, dass ich in höchstens 80 Tagen um die Erde reisen werde, also in 1920 Stunden oder 115 200 Minuten. Nehmen Sie die Wette an?«

»Wir nehmen sie an«, erklärten die Herren Stuart, Fallentin, Sullivan, Flanagan und Ralph nach kurzer Unterredung.

»Gut«, sagte Fogg. »Der nächste Zug nach Dover geht um 8 Uhr 45. Den nehme ich.«

»Noch heute Abend?« fragte Sullivan.

»Noch heute Abend«, erwiderte Phileas Fogg. Dann blätterte er in seinem Taschenkalender und fügte hinzu: »Da wir heute Mittwoch, den 2. Oktober, haben, muss ich bis zum 21. Dezember, 8 Uhr 45 abends, wieder in London sein, hier im Salon des Reform Clubs. Andernfalls gehören die 20 000 Pfund Sterling auf meinem Konto bei der Baring Bank de facto und de jure Ihnen, meine Herren. Hier ist ein Scheck über die genannte Summe.«

Man setzte ein Protokoll auf, das die sechs an der Wette beteiligten Herren auf der Stelle unterzeichneten. Phileas Fogg war ganz ruhig geblieben. Er hatte gewiss nicht gewettet, um zu gewinnen, und hatte nur 20 000 Pfund Sterling gesetzt – die Hälfte seines Vermögens –, weil er die andere Hälfte zur Durchführung dieses schwierigen, um nicht zu sagen aussichtslosen Unternehmens benötigen würde. Seinen Kontrahenten hingegen schien nicht ganz wohl in ihrer Haut zu sein. Nicht, dass ihnen der Einsatz zu hoch erschienen wäre, aber sie hatten Skrupel wegen der ungleichen Wettbedingungen.

Es schlug 7 Uhr. Man bot Mr. Fogg an, die Whistpartie abzubrechen, damit er seine Reisevorbereitungen treffen könne.

»Ich bin immer bereit!« erwiderte dieser ungerührt und verteilte die Karten. »Karo ist Trumpf«, fügte er hinzu. »Ich glaube, Sie spielen aus, Mr. Stuart.«

4. KAPITEL
In welchem Phileas Fogg seinen Diener Passepartout verblüfft

Um 19 Uhr 25 verabschiedete sich Phileas Fogg, nachdem er fast 20 Guineen gewonnen hatte, von seinen ehrenwerten Whistpartnern und verließ den Reform Club. Um 19 Uhr 50 schloss er die Tür seines Hauses auf und trat ein.

Passepartout, der seinen Dienstplan gewissenhaft studiert hatte, war höchst überrascht, dass Mr. Fogg nicht zum exakten Zeitpunkt, sondern zu so ungewöhnlicher Stunde erschien. Eigentlich hätte der Bewohner des Hauses Saville Row Nr. 7 erst um Punkt Mitternacht zurückkehren dürfen.

Phileas Fogg stieg sofort in sein Zimmer hinauf und rief:

»Passepartout.«

Passepartout antwortete nicht. Damit konnte unmöglich er gemeint sein. Es war ja noch viel zu früh.

»Passepartout«, wiederholte Fogg, ohne die Stimme zu erheben.

Passepartout erschien.

»Ich musste Sie zweimal rufen«, stellte Mr. Fogg fest.

»Aber es ist noch nicht Mitternacht«, erwiderte Passepartout, seine Taschenuhr in der Hand.

»Ich weiß«, sagte Fogg, »und ich mache Ihnen auch keinen Vorwurf. Wir brechen in 10 Minuten auf, nach Dover und Calais.«

Das runde Gesicht des Franzosen verzog sich zu einer Grimasse. Er musste sich wohl verhört haben.

»Der gnädige Herr verreist?« fragte er.

»Ja«, antwortete Phileas Fogg. »Wir machen eine Reise um die Welt.«

Zusammengesunken stand Passepartout da – mit hängenden Armen, weit aufgerissenen Augen und hochgezogenen Brauen sah er aus, als hätte ihn vor Verblüffung der Schlag gerührt.

»Eine Reise um die Welt!« murmelte er.

»In 80 Tagen«, sagte Fogg. »Wir haben also keine Sekunde zu verlieren.«

»Und die Reisekoffer?« fragte Passepartout, der ohne es zu merken mit dem Kopf wackelte.

»Keine Koffer. Nur eine Reisetasche. Für mich packen Sie zwei wollene Nachthemden und drei Paar Strümpfe ein. Für Sie das Gleiche. Den Rest kaufen wir unterwegs. Legen Sie meinen Regenmantel und die Reisedecke bereit. Und ziehen Sie robuste Schuhe an. Obwohl wir ja so gut wie nie zu Fuß gehen werden. Beeilen Sie sich.«

Passepartout hätte gern noch etwas erwidert. Aber er konnte nicht. Er verließ das Zimmer von Mr. Fogg und stieg in seines hinauf. Dort ließ er sich auf einen Stuhl fallen, stieß einen vulgären französischen Fluch aus und murmelte dann: »Allerhand, wirklich allerhand! Und das mir, der ich doch einen ruhigen Posten wollte!«

Mechanisch erledigte er seine Reisevorbereitungen. Eine Reise um die Welt in 80 Tagen! Hatte er es mit einem Wahnsinnigen zu tun? Nein ... War das Ganze ein Scherz? Sie fuhren nach Dover, na gut. Und nach Calais, bitte sehr. So unrecht war das dem wackeren Burschen dann auch wieder nicht, hatte er doch seit 5 Jahren keinen Fuß mehr auf heimatlichen Boden gesetzt. Wer weiß, vielleicht fuhren sie sogar nach Paris, und die große Hauptstadt hätte er liebend gern einmal wieder gesehen. Ein Gentleman, der jeden seiner Schritte so ökonomisch bemaß, würde dort sicher Station machen ... Ja, ganz gewiss, aber dies änderte trotzdem nichts daran, dass dieser Gentleman, der bisher so häuslich gewesen war, nun wirklich aufbrach und verreiste!

Um 8 Uhr hatte Passepartout die bescheidene Reisetasche gepackt, die seine Garderobe und die seines Herrn enthielt. Immer noch voller Sorge verließ er sein Zimmer, schloss bedächtig die Tür und ging zu Mr. Fogg.

Mr. Fogg stand schon bereit. Er hatte sich *Bradshaw's Continental Railway Steam Transit and General Guide* unter den Arm geklemmt, dem er unterwegs alle nötigen Informationen entnehmen würde. Fogg nahm Passepartout die Reisetasche ab, öffnete sie und ließ ein dickes Bündel jener schönen Banknoten hineingleiten, die in jedem Land der Welt als Zahlungsmittel akzeptiert werden.

»Sie haben nichts vergessen?« fragte er.

»Nein, Sir.«

»Was ist mit meinem Regenmantel und der Reisedecke?«

»Sind hier.«

»Gut. Nehmen Sie die Tasche.«

Mr. Fogg gab Passepartout die Reisetasche zurück.

»Und achten Sie gut darauf«, fügte er hinzu, »sie enthält jetzt 20 000 Pfund Sterling.«

Fast wäre Passepartout die Tasche aus der Hand gefallen, als hätten sich die 20 000 Pfund in schweres, gediegenes Gold verwandelt.

Herr und Diener stiegen die Treppe hinunter, dann wurde der Haustürschlüssel zweimal herumgedreht.

Am Ende der Saville Row gab es einen Droschkenplatz. Phileas Fogg und sein Diener stiegen in eine Kutsche, die sie im Nu zur Charing Cross Station brachte, wo man Anschluss an die Züge der South Eastern Railway hatte.

20 Minuten nach 8 hielt die Droschke vor dem Gittertor des Bahnhofs. Passepartout sprang hinaus. Sein Herr folgte und bezahlte den Kutscher.

Eine armselige Bettlerin bat um ein Almosen

In diesem Moment näherte sich eine armselige Bettlerin, die mit ihrem Kind an der Hand barfuß durch den Straßenschmutz tappte. Sie trug einen zerlumpten Hut mit einer zerzausten Feder und über ihren ärmlichen Fetzen ein zerrissenes Umschlagetuch. Sie kam auf Mr. Fogg zu und bat um ein Almosen.

Fogg zückte die 20 Guineen, die er soeben beim Whist gewonnen hatte, und schenkte sie der Bettlerin.

»Das ist für Sie, gute Frau«, sagte er, »es freut mich, dass wir uns begegnet sind.«

Dann ging er weiter.

Passepartout spürte, wie seine Augen feucht wurden. Sein Herr hatte sich damit soeben ein Stück seines Herzens erobert.

Kurz darauf betraten sie die große Bahnhofshalle. Phileas Fogg beauftragte Passepartout, zwei Fahrkarten erster Klasse nach Paris zu lösen. Als Fogg sich umwandte, erblickte er seine fünf Whistpartner aus dem Reform Club.

»Meine Herren«, sagte er, »ich reise ab. Anhand der verschiedenen Visa in meinem Reisepass, den ich extra zu diesem Zweck mitgenommen habe, werden Sie nach meiner Rückkehr die Reiseroute überprüfen können.«

»Oh, Mr. Fogg«, entgegnete Gauthier Ralph höflich, »das ist doch nicht nötig. Wir verlassen uns ganz auf Ihr Wort als Gentleman!«

»Doch, es ist besser so«, beharrte Fogg.

»Und Sie vergessen nicht, wann Sie zurück sein müssen?« fragte Andrew Stuart.

»In 80 Tagen«, erwiderte Fogg. »Am Samstag, dem 21. Dezember 1872, abends um 8 Uhr 45. Auf Wiedersehen, meine Herren.«

Um 20 Uhr 40 nahmen Phileas Fogg und sein Diener im selben Abteil Platz. Um 20 Uhr 45 schrillte ein Pfiff und der Zug setzte sich in Bewegung.

Die Nacht war stockfinster. Es regnete in feinen Tropfen. Phileas Fogg saß in seiner Ecke und sprach kein Wort. Passepartout, immer noch wie betäubt, hielt die Tasche mit den Banknoten an sich gepresst.

Doch der Zug hatte Sydenham noch nicht passiert, da stieß Passepartout einen verzweifelten Schrei aus!

»Was ist denn los?« fragte Mr. Fogg.

»Es ist … vor lauter Eile … in der Aufregung … habe ich vergessen …«

»Was denn?«

»Die Gasheizung in meinem Zimmer abzudrehen!«

»Nun, junger Mann«, erwiderte Mr. Fogg kühl, »dann brennt sie jetzt eben auf Ihre Kosten weiter!«

5. KAPITEL
In welchem an der Londoner Börse eine neue Aktie auftaucht

Als Phileas Fogg London verließ, ahnte er wohl kaum, welch ungeheures Aufsehen seine Abreise erregen würde. Die Nachricht von der Wette verbreitete sich zuerst im Reform Club und versetzte die Mitglieder dieses erlauchten Kreises in helle Aufregung. Vom Club aus griff diese Erregung dann auf die Zeitungsreporter über, von den Zeitungen auf die Londoner Öffentlichkeit und schließlich auf das ganze Vereinigte Königreich.

Die ›Sache mit der Reise um die Welt‹ wurde so eifrig und leidenschaftlich kommentiert, diskutiert und analysiert, als handle es sich um eine Neuauflage der *Alabama*-Affäre. Die einen ergriffen Partei für Phileas Fogg; die anderen hingegen – und diese bildeten bereits nach kurzer Zeit eindeutig die Mehrheit – bezweifelten die Möglichkeit seines Erfolgs. Eine solche Reise um die Welt zu machen, und zwar nicht nur theoretisch und auf dem Papier, sondern in derart kurzer Zeit mit den heutzutage verfügbaren Verkehrsmitteln – dies sei nicht nur unmöglich, es sei verrückt!

Die *Times,* der *Standard,* der *Evening Star,* der *Morning*

Chronicle und zwanzig andere wichtige Zeitungen des Landes erklärten sich gegen Mr. Fogg. Nur der *Daily Telegraph* unterstützte ihn bis zu einem gewissen Grad. Phileas Fogg wurde generell als schrullig oder verrückt abgetan, und seine Clubfreunde wurden gerügt, weil sie sich auf eine solche Wette eingelassen hatten, deren Urheber wohl kaum im Vollbesitz seiner geistigen Kräfte gewesen sein konnte.

Die betreffenden Zeitungsartikel behandelten das Thema zwar äußerst leidenschaftlich, aber auch vollkommen logisch. Man weiß ja, wie sehr sich die Engländer für alles interessieren, was irgendwie mit Geografie zusammenhängt. Daher gab es quer durch sämtliche Gesellschaftsschichten keinen einzigen Leser, der die Phileas Fogg gewidmeten Artikel nicht regelrecht verschlungen hätte.

Während der ersten Tage schlugen sich einige kühne Geister – überwiegend Frauen – auf seine Seite, vor allem, nachdem die *Illustrated London News* ein Porträt veröffentlicht hatten, dem Foggs Fotografie aus dem Archiv des Reform Clubs zu Grunde lag. Einige Gentlemen wagten sogar zu äußern: »Nun ja! Warum eigentlich nicht? Man hat schon viel merkwürdigere Dinge erlebt!« Dies waren vorwiegend Leser des *Daily Telegraph.* Aber bald spürte man, dass selbst die Unterstützung durch diese Zeitung allmählich schwächer wurde.

In der Ausgabe der *Proceedings of the Royal Geographic Society* vom 7. Oktober nämlich erschien ein langer Artikel, der das Thema von allen Seiten beleuchtete und bewies, dass dieses Unterfangen blanker Wahnsinn war. Dem Artikel zufolge stand alles gegen den Reisenden, sowohl menschliches Versagen als auch die Naturgewalten. Voraussetzung für das Gelingen dieses Plans war eine ans Wunderbare grenzende Übereinstimmung sämtlicher Abfahrts- und Ankunftszeiten, die es nicht gab, die es nicht geben konnte. Mit festen Zugankunftszeiten kann man allenfalls in Europa rechnen, wo es um relativ kurze Entfernungen geht. Doch wenn man 3 Tage benötigt, um Indien zu durchreisen, oder 7 Tage, um die Ver-

Es gab keinen einzigen Leser, der die Phileas Fogg gewidmeten Artikel nicht regelrecht verschlungen hätte

einigten Staaten zu durchqueren, kann man bei einem solchen Unterfangen auch dann noch auf die Pünktlichkeit der Züge setzen? Und wie sah es mit Maschinenschäden, Entgleisungen, Zusammenstößen, Wetterunbilden und Schneeverwehungen aus – stand denn nicht alles gegen Phileas Fogg? War er auf den Dampfschiffen nicht dichtem Nebel oder Winterstürmen ausgeliefert? Kam es denn gar so selten vor, dass selbst die tüchtigsten transatlantischen Linienschiffe 2 bis 3 Tage Verspätung hatten? Und es reichte ja schon eine einzige Verspätung aus, um die Kette der Verkehrsverbindungen endgültig zu zerreißen. Verpasste Phileas Fogg auch nur ein einziges Dampfschiff, und sei es um wenige Stunden, dann musste er auf das nächste Schiff warten, und seine Reise war unwiderruflich gescheitert.

Dieser Artikel schlug hohe Wellen. Fast alle Zeitungen druckten ihn nach, und Phileas Foggs Aktie stürzte in den Keller.

In den ersten Tagen nach der Abreise des Gentlemans waren beträchtliche Summen auf den Ausgang seines Unternehmens gesetzt worden. Bekanntlich geht es in der Welt der Wettbegeisterten in England intelligenter und kultivierter zu als in der Welt der Spieler. Das Wetten liegt den Engländern im Blut. Folglich setzten nicht nur etliche Mitglieder des Reform Clubs hohe Summen auf Erfolg oder Misserfolg Phileas Foggs, sondern es schloss sich auch die ganze Bevölkerung an. Phileas Fogg wurde wie ein Rennpferd in eine Art ›Gestütbuch‹ eingetragen. Er wurde an der Börse notiert und sofort auf dem Londoner Markt gehandelt. ›Phileas Fogg‹ wurde gekauft und offeriert, als festverzinsliches oder Prämienpapier, und es wurden enorme Umsätze gemacht. 5 Tage nach seinem Aufbruch jedoch, als der Artikel in den *Proceedings of the Royal Geographic Society* erschienen war, nahmen die Offerten überhand. Die Phileas Fogg-Aktie verlor an Wert. Sie wurde bündelweise verschleudert – erst 5 zu 1, dann 10 zu 1, dann 20, 50 und schließlich 100 zu 1!

Nur ein einziger Anhänger hielt ihm noch die Treue, und

zwar der alte, gelähmte Lord Albermale. Dieser ehrenwerte Gentleman war an den Lehnstuhl gefesselt und hätte für eine Reise um die Welt sein gesamtes Vermögen hingegeben, und wenn sie 10 Jahre gedauert hätte! Er setzte 5 000 Pfund Sterling auf Phileas Fogg. Wann immer man ihm vor Augen führen wollte, wie sinnlos, ja idiotisch dieses Projekt doch sei, antwortete er bloß: »Wenn die Sache überhaupt zu schaffen ist, dann soll es am besten ein Engländer sein, der sie als Erster vollbringt!«

Phileas Foggs Anhänger wurden also immer rarer; alle Welt wandte sich gegen ihn, nicht ohne Grund. Er wurde nur noch 150 zu 1 angeboten, dann 200 zu 1 – bis ein gänzlich unerwartetes Ereignis 7 Tage nach seiner Abfahrt dazu führte, dass das Interesse an der Aktie endgültig erlosch.

An diesem Tag erreichte den Polizeipräsidenten von London abends um 9 Uhr folgendes Telegramm:

Suez an London

Rowan, Polizeipräsident
Präsidium, Scotland Place

Verfolge Bankräuber Phileas Fogg. Sofort Haftbefehl nach Bombay senden (Britisch-Indien).

Fix, Kriminalinspektor.

Dieses Telegramm schlug ein wie eine Bombe. Der ehrenwerte Gentleman löste sich in Luft auf und machte dem Dieb der Banknoten Platz. Sein Foto, das man wie die Bilder sämtlicher Mitglieder im Archiv des Reform Clubs aufbewahrte, wurde von der Polizei überprüft. Es stellte sich heraus, dass es bis ins Detail jener Personenbeschreibung glich, die sich durch die Ermittlungen ergeben hatte. Man erinnerte sich an die geheimnisvolle Existenz Phileas Foggs, sein abgeschiedenes Leben, den überstürzten Aufbruch, und plötzlich schien es sonnenklar, dass dieser Mann, der eine Reise um die Welt vortäuschte und sich dabei auf eine absurde Wette stützte, in Wirklichkeit nur eins im Schilde geführt hatte: die englische Polizei auf eine falsche Fährte zu locken.

6. KAPITEL
In welchem Inspektor Fix tatsächlich allen Grund zur Ungeduld hat

Das Telegramm, welches die wahre Identität Mr. Phileas Foggs enthüllte, war aufgrund folgender Ereignisse abgesandt worden.

Am Mittwoch, den 9. Oktober, wurde um 11 Uhr vormittags der Passagierdampfer *Mongolia* in Suez erwartet. Das Schiff der Peninsular and Oriental Steam Navigation Company war ein Schraubendampfer von 2800 Bruttoregistertonnen und 500 PS, mit metallenem Schiffskörper und Spardeck. Die *Mongolia* fuhr regelmäßig von Brindisi durch den Suezkanal nach Bombay. Sie war einer der schnellsten Dampfer dieser Schifffahrtsgesellschaft und hatte die vorschriftsmäßige Geschwindigkeit von etwa 10 Knoten von Brindisi nach Suez und 9,53 Knoten von Suez nach Bombay noch stets übertroffen.

Während sie auf die Ankunft der *Mongolia* warteten, schlenderten zwei Herren den Kai entlang, inmitten des Gewühls aus Einheimischen und Fremden, die heutzutage massenhaft in diese Stadt strömen; sie war ja früher nur ein kleiner Marktflecken gewesen, hatte jetzt aber durch das großartige Bauwerk von M. de Lesseps eine bedeutende Zukunft vor sich.

Bei einem der beiden Männer handelte es sich um den britischen Konsul in Suez, der – trotz der bedenklichen Prognosen der englischen Regierung und der düsteren Prophezeiungen des Ingenieurs Stephenson – täglich englische Schiffe durch den Kanal fahren sah, die auf diese Weise die alte Route von England nach Indien ums Kap der Guten Hoffnung herum auf die Hälfte verkürzten.

Der andere war ein kleiner, dürrer Mann mit recht intelligentem Gesicht und hektischen Gesten, der mit erstaunlicher Beharrlichkeit die Brauen runzelte. Seine langen Wimpern überschatteten sehr wache Augen, deren glühenden Blick

Kriminalinspektor Fix

er jedoch nach Belieben verschleiern konnte. In diesem Moment legte er eine gewisse Ungeduld an den Tag, schritt ständig auf und ab und schien keine Sekunde stillstehen zu können.

Dieser Mann hieß Fix und war einer jener englischen Kriminalinspektoren, die man nach dem Diebstahl in der Bank of England in die verschiedensten Hafenstädte gesandt hatte. Fix sollte alle Reisenden, die durch den Suezkanal fuhren, genauestens in Augenschein nehmen, und wenn ihm einer verdächtig vorkam, sollte er ihn solange beschatten, bis der Haftbefehl eintraf.

Exakt vor 2 Tagen hatte Fix vom Londoner Polizeipräsidenten die Personenbeschreibung des mutmaßlichen Täters erhalten; eben jenes distinguierten, gut gekleideten Herrn, der in der Schalterhalle der Bank beobachtet worden war.

Der Kriminalbeamte, angespornt durch die üppige Prämie, die für den Fall des Erfolgs ausgesetzt war, konnte die Ankunft der *Mongolia* verständlicherweise kaum erwarten.

»Und Sie meinen also«, fragte er jetzt bestimmt schon zum zehnten Mal, »dass dieses Schiff auf keinen Fall Verspätung hat, Sir?«

»Nein, Mr. Fix«, erwiderte der Konsul. »Es wurde gestern auf der Höhe von Port Said gemeldet, und die 160 Kilometer Länge des Kanals sind für ein so schnelles Schiff praktisch keine Entfernung. Die Regierung setzt ja für alle Schiffe, die 24 Stunden vor der regulären Ankunftszeit einlaufen, eine Prämie aus – ich darf Sie daran erinnern, dass die *Mongolia* diese 25 Pfund Sterling noch jedes Mal gewonnen hat.«

»Der Dampfer kommt direkt aus Brindisi?« fragte Fix.

»Direkt aus Brindisi, wo man die Post nach Indien an Bord genommen hat. Er hat am Samstagnachmittag um 5 Uhr abgelegt. Haben Sie noch etwas Geduld, er wird bald da sein. Allerdings ist mir schleierhaft, wie Sie den Mann, falls er denn wirklich an Bord der *Mongolia* sein sollte, anhand der Personenbeschreibung erkennen wollen.«

»Solche Typen, Herr Konsul«, antwortete Fix, »erkennt

man nicht, man *spürt* sie. Man braucht ein Gespür dafür, und dieses Gespür ist wie ein sechster Sinn, der sich aus Hören, Sehen und Riechen zusammensetzt. Ich habe in meinem Leben schon ein paar dieser Herren verhaftet, und ich verbürge mich dafür: Wenn der Mann an Bord ist, entwischt er mir nicht.«

»Das hoffe ich sehr, Mr. Fix, denn schließlich handelt es sich um einen schwer wiegenden Diebstahl.«

»Einen brillanten Diebstahl!« schwärmte der Kriminalbeamte. »55 000 Pfund Sterling! Solche Glücksfälle gibt es nur noch selten! Die Diebe werden ja immer kleinkarierter! Leute vom Schlage eines Sheppard sterben langsam aus! Heute lässt sich mancher schon wegen ein paar Schilling aufknüpfen!«

»Mr. Fix«, erwiderte der Konsul, »wenn ich Sie so reden höre, kann ich nur sagen: Ich wünsche Ihnen von Herzen Erfolg! Aber ich wiederhole noch einmal, dass Sie es unter den gegebenen Umständen nicht leicht haben werden. Ist Ihnen klar, dass dieser Dieb nach der Beschreibung, die Sie erhalten haben, aufs Haar einem ehrenwerten Gentleman gleicht?«

»Sir«, erwiderte Inspektor Fix schulmeisterlich, »*alle* großen Diebe sehen wie Ehrenmänner aus. Es liegt doch auf der Hand, dass man mit einem Schurkengesicht rechtschaffen bleiben muss, sonst wird man gleich verhaftet! Die ehrlichen Gesichter, *die* muss man sich besonders scharf ansehen. Eine schwierige Aufgabe, das gebe ich zu, und weniger ein Handwerk als vielmehr eine Kunst.«

Wie man sieht, mangelte es diesem Fix nicht an einem gesunden Selbstbewusstsein.

Inzwischen belebte sich der Kai immer mehr. Seeleute der verschiedensten Nationalitäten, Händler, Börsenmakler, Lastenträger und Fellachen strömten herbei. Die Ankunft des Dampfers schien kurz bevorzustehen.

Es herrschte recht schönes Wetter, doch von Osten her wehte ein kalter Wind. Im bleichen Sonnenlicht zeichneten sich über der Stadt die Konturen einiger Minarette ab.

Nach Süden hin ragte ein über 1 Kilometer langer Damm wie ein Arm in die Reede von Suez hinaus. Auf dem Roten Meer schaukelten mehrere Fischer- und Küstenboote im Wind, die vereinzelt noch die elegante Form antiker Galeeren hatten.

Während er durch die Menge schlenderte, sah Fix aus berufsmäßiger Gewohnheit jedem Passanten einen Augenblick lang scharf ins Gesicht.

Es war jetzt halb 11.

»Der kommt wohl nicht mehr, der Dampfer!« rief Fix, als er die Hafenuhr schlagen hörte.

»Er kann nicht mehr weit sein«, antwortete der Konsul.

»Wie lange hat er denn hier in Suez Aufenthalt?« erkundigte sich Fix.

»4 Stunden. Die Zeit, in der Kohle geladen wird. Von Suez bis Aden am andern Ende des Roten Meeres rechnet man 1310 Seemeilen, und dafür braucht das Schiff genügend Brennmaterial.«

»Und von Suez fährt es direkt nach Bombay?«

»Direkt, ohne Ladung zu löschen.«

»Nun ja«, sagte Fix, »wenn der Dieb diese Route und dieses Schiff genommen hat, dann plant er wohl, in Suez von Bord zu gehen, um auf einem anderen Weg zu den holländischen oder französischen Kolonien in Asien zu gelangen. Er wird genau wissen, dass er in Indien nicht sicher ist, weil er dort britischen Boden betreten würde.«

»Es sei denn, Ihr Mann wäre ganz besonders schlau«, entgegnete der Konsul. »Bekanntlich kann sich ein britischer Verbrecher in London immer noch sicherer fühlen als irgendwo im Ausland.«

Nach dieser Bemerkung, die dem Inspektor zu denken gab, begab sich der Konsul wieder in sein nahe gelegenes Büro. Der Inspektor blieb allein zurück, erfüllt von nervöser Ungeduld und der sonderbaren Vorahnung, dass sich sein Dieb an Bord der *Mongolia* befinden musste – und in der Tat, wenn dieser Gauner England verlassen hatte, um sich in die Neue Welt abzusetzen, dann würde er eher den Weg über Indien wählen, der weniger gründlich überwacht wurde beziehungsweise schwerer zu überwachen war als die Atlantikroute.

Doch Fix sollte nicht lange bei diesen Überlegungen verweilen. Lautes Tuten kündigte die Ankunft des Dampfers an. Die ganze Horde der Träger und Fellachen stürzte in wildem Tumult auf den Kai, was ein wenig um Glieder und Garderobe der Reisenden fürchten ließ. Zehn Boote legten ab und ruderten der *Mongolia* entgegen.

Bald erblickte man den mächtigen Schiffsrumpf, der sich zwischen den Ufern des Kanals näher schob, und Schlag 11 ging das Schiff in der Reede vor Anker und ließ mit lautem Getöse Dampf ab.

Es befanden sich recht viele Passagiere an Bord. Manche blieben auf dem Spardeck, um das pittoreske Panorama der Stadt zu betrachten. Doch die meisten stiegen in die Boote, die längsseits der *Mongolia* angelegt hatten.

Fix musterte jeden, der an Land kam, mit scharfem Blick.

In diesem Moment trat einer der Passagiere, der die diensteifrig herbeistürmenden Fellachen energisch zurückgestoßen hatte, auf Fix zu und erkundigte sich sehr höflich nach dem Weg zum Britischen Konsulat. Er hielt einen Pass in der Hand, den er zweifellos mit dem britischen Visum versehen lassen wollte.

Instinktiv griff Fix nach dem Pass und überflog die Angaben zur Person.

Seine Hand begann so sehr zu zittern, dass ihm das Dokument beinahe entglitten wäre. Die Angaben zur Person entsprachen haargenau der Personenbeschreibung, die er vom Londoner Polizeipräsidium erhalten hatte.

»Dieser Pass gehört aber nicht Ihnen?« fragte er den Reisenden.

»Nein«, antwortete der, »er gehört meinem Herrn.«

»Und wo ist Ihr Herr jetzt?«

»Er ist noch an Bord.«

Ein Passagier stieß die diensteifrig herbeistürmenden Fellachen energisch zurück

»Er muss aber persönlich im Konsulat erscheinen«, sagte der Inspektor, »um sich auszuweisen.«

»Ach! Ist das wirklich nötig?«

»Unerlässlich.«

»Und wo finden wir das Konsulat?«

»Dort, am Ende des Platzes«, erwiderte der Inspektor und wies auf ein 200 Schritt weit entferntes Gebäude.

»Na gut, dann hole ich meinen Herrn eben her. Aber er wird über diese Störung nicht erfreut sein.«

Und darauf grüßte der Reisende und kehrte an Bord des Dampfers zurück.

7. KAPITEL
In welchem sich einmal mehr zeigt, wie wenig Reisepässe der Polizei von Nutzen sind

Der Inspektor begab sich zurück auf den Kai und eilte zum Konsulat. Dort wurde er auf seine dringende Bitte hin sofort vorgelassen.

»Sir«, begann er ohne Umschweife, »ich habe allen Grund zu der Vermutung, dass unser Mann an Bord der *Mongolia* ist.«

Und Fix berichtete, was sich zwischen dem Bediensteten und ihm bezüglich des Reisepasses abgespielt hatte.

»Gut, Mr. Fix«, erwiderte der Konsul, »ich würde mir das Gesicht dieses Gauners gern mal aus der Nähe betrachten. Aber vielleicht kommt er ja gar nicht in mein Büro, wenn er derjenige ist, für den Sie ihn halten. Ein Dieb hinterlässt ungern Spuren, und im Übrigen sind die Passformalitäten ja nicht mehr zwingend vorgeschrieben.«

»Sir, wenn dieser Kerl wirklich so gerissen ist, wie wir annehmen müssen, dann kommt er!«

»Um seinen Pass abstempeln zu lassen?«

»Ja. Reisepässe dienen immer nur dem einen Zweck, ehrliche Leute zu behindern und Gaunern die Flucht zu erleichtern. Ich garantiere Ihnen, dass sein Pass in Ordnung sein wird, hoffe aber doch, dass Sie ihn nicht abstempeln werden …«

»Und warum nicht?« entgegnete der Konsul. »Wenn der Pass in Ordnung ist, habe ich kein Recht, das Visum zu verweigern.«

»Sir, ich muss diesen Mann so lange hier festhalten, bis der Haftbefehl aus London eingetroffen ist!«

»Oh, Mr. Fix, das ist *Ihr* Problem!« sagte der Konsul. »*Ich* kann doch nicht …«

Der Konsul sprach seinen Satz nicht zu Ende. Denn in diesem Moment klopfte es an der Tür, und der Bürodiener führte zwei Fremde herein, von denen der eine genau jener Bedienstete war, mit dem sich der Inspektor soeben unterhalten hatte.

Der Andere, tatsächlich sein Herr, wies seinen Pass vor und bat den Konsul kurz, ihn abzustempeln.

Der Konsul nahm den Pass und prüfte ihn genau, während Fix in der Ecke stand und den Fremden beobachtete oder ihn vielmehr mit Blicken verschlang.

Als der Konsul fertig war, fragte er:

»Sie Sind Phileas Fogg, Esq.?«

»Ja, Sir«, antwortete der Fremde.

»Und dieser Mann ist Ihr Diener?«

»Ja. Ein Franzose namens Passepartout.«

»Sie kommen aus London?«

»Ja.«

»Und Sie reisen nach …?«

»Bombay.«

»Gut, Sir. Sie wissen, dass diese Formalität mit dem Visum unnötig ist und Sie den Pass nicht mehr vorweisen müssen?«

»Das weiß ich, Sir«, erwiderte Phileas Fogg, »aber Ihr Stempel soll als Nachweis dienen, dass ich über Suez gekommen bin.«

»In Ordnung, Sir.«

Der Konsul signierte und datierte den Pass und drückte seinen Stempel darauf. Mr. Fogg bezahlte, grüßte kühl und verließ das Büro, gefolgt von seinem Diener.

»Nun?« fragte der Inspektor.

»Nun«, erwiderte der Konsul, »auf mich macht er den Eindruck eines absolut ehrbaren Mannes!«

»Schon möglich«, meinte Fix, »aber darum geht es jetzt nicht. Finden Sie nicht auch, Sir, dass dieser durch nichts zu erschütternde Gentleman aufs Haar dem Dieb gleicht, dessen Personenbeschreibung ich erhalten habe?«

»Ja, zugegeben, aber Sie wissen doch selbst, wie das mit diesen Personenbeschreibungen ...«

»Ich muss ganz sicher sein. Der Diener scheint mir nicht so unzugänglich wie sein Herr. Außerdem ist er Franzose und bestimmt eine rechte Plaudertasche. Bis bald, Sir!«

Der Inspektor ging hinaus und begab sich auf die Suche nach Passepartout.

Nachdem Mr. Fogg das Konsulat verlassen hatte, war er zum Kai zurückgegangen. Er erteilte seinem Diener ein paar Instruktionen, bestieg ein Boot, fuhr zur *Mongolia* zurück und suchte seine Kabine auf. Dort nahm er sein Notizbuch zur Hand, das folgende Eintragungen enthielt:

»Abreise aus London: Mittwoch, 2. Oktober, 20 Uhr 45.«

»Ankunft in Paris: Donnerstag, 3. Oktober, 7 Uhr 20.«

»Abfahrt aus Paris: Donnerstag, 8 Uhr 40.«

»Über den Mont Cenis nach Turin, Ankunft: Freitag, 4. Oktober, 6 Uhr 35.«

»Abreise aus Turin: Freitag, 7 Uhr 20.«

»Ankunft in Brindisi: Samstag, 5. Oktober, 16 Uhr.«

»Eingeschifft auf der *Mongolia*: Samstag, 17 Uhr.«

»Ankunft in Suez: Mittwoch, 9. Oktober, 11 Uhr.«

»Insgesamt bisher benötigte Zeit: 158 ½ Stunden, also 6 ½ Tage.«

Mr. Fogg trug diese Daten in einen Reiseplan ein; er war in Spalten unterteilt, die einen Zeitraum vom 2. Oktober bis zum 21. Dezember umfassten und in denen Monat, Datum und Wochentag der planmäßigen und der tatsächlichen Ankunftszeiten in den größeren Städten verzeichnet waren: Paris, Brindisi, Suez, Bombay, Kalkutta, Singapur, Hongkong, Yokohama, San Francisco, New York, Liverpool und London. So konnte er an jeder Station der Reise berechnen, wie viel Zeit er gewonnen oder verloren hatte.

Mit Hilfe dieser methodischen Auflistung war Mr. Fogg über alles im Bilde und wusste stets, ob er einen Vorsprung hatte oder hinter seinem Zeitplan zurückgeblieben war.

Und so notierte er an diesem Mittwoch, dem 9. Oktober, die Ankunftszeit in Suez, die absolut planmäßig war und weder einen Vorsprung noch eine Verspätung bedeutete.

Anschließend ließ er sich in seiner Kabine das Mittagessen servieren. Die Stadt zu besichtigen kam ihm erst gar nicht in den Sinn, da er zu jener Sorte von Engländern gehörte, die die Länder, durch die sie reisen, von ihren Bediensteten besichtigen lassen.

8. KAPITEL
In welchem Passepartout vielleicht ein bisschen mehr plaudert, als er sollte

Im Nu hatte Fix Passepartout eingeholt, der gemächlich den Kai entlangspazierte und sich die Gegend anschaute, da *er* sich keineswegs verpflichtet fühlte, auf das Anschauen von Sehenswürdigkeiten zu verzichten.

»Nun, mein Lieber«, sprach Fix ihn an, »ist Ihr Pass abgestempelt?«

»Ach, Sie sind's, Sir!« erwiderte der Franzose. »Danke bestens. Es ist alles erledigt.«

»Und jetzt schauen Sie sich ein bisschen um?«

»Ja, aber wir reisen so schnell, dass es mir vorkommt wie im Traum. Und hier sind wir jetzt also in Suez?«

»In Suez.«

»In Ägypten?«

»In Ägypten, genau.«

»Und in Afrika?«

»In Afrika.«

»In Afrika!« wiederholte Passepartout. »Ich kann es kaum fassen. Stellen Sie sich vor, Sir, ich dachte, wir fahren höchstens bis Paris, und jetzt habe ich die berühmte Hauptstadt von gerade mal 7 Uhr 20 bis 8 Uhr 40 erblickt, zwischen dem Gare du Nord und dem Gare de Lyon, durch die Glasscheiben einer Droschke im strömenden Regen! Welch ein Jammer! Wie gern hätte ich den Friedhof Père-Lachaise und den Cirque des Champs-Elysées wieder gesehen!«

»Dann pressiert es Ihnen also sehr?« wollte der Kriminalinspektor wissen.

»Mir nicht, aber meinem Herrn. Apropos, ich muss noch Socken und Hemden kaufen! Wir sind ganz ohne Gepäck aufgebrochen, nur mit einer einzigen Reisetasche.«

»Ich führe Sie zu einem Basar, dort finden Sie alles, was Sie brauchen.«

»Sie sind zu liebenswürdig, Sir!« erwiderte Passepartout.

Die beiden machten sich auf den Weg, und Passepartout plauderte ununterbrochen weiter.

»Vor allem darf ich auf keinen Fall das Schiff verpassen!«

»Sie haben noch genug Zeit«, entgegnete Fix. »Es ist noch nicht einmal 12 Uhr.«

Passepartout zog seine große Taschenuhr heraus.

»12 Uhr?« rief er. »Es ist 9 Uhr 52!«

»Ihre Uhr geht nach«, erwiderte Fix.

»Meine Uhr? Ein Familienerbstück, das ich von meinem Großvater bekommen habe! Sie geht im ganzen Jahr nicht einmal 5 Minuten nach. Das ist ein echtes Chronometer!«

»Ich sehe schon, woran es liegt. Sie richten sich noch nach der Londoner Zeit, aber in Suez ist es jetzt ungefähr 2 Stunden später. Sie müssen Ihre Uhr immer wieder neu auf die Landeszeit einstellen.«

»Was? Ich soll meine Uhr anrühren?« rief Passepartout entsetzt. »Niemals!«

»Meine Uhr? Ein Familienerbstück!«

»Nun, dann stimmt sie nicht mehr mit der Sonne überein.«

»Dann hat die Sonne den Schaden, Sir! Dann ist sie im Unrecht!«

Und mit hochmütiger Geste steckte der wackere Bursche die Uhr in die Westentasche zurück.

Kurz darauf erkundigte sich Fix:

»Sie haben London also Hals über Kopf verlassen?«

»Das kann man wohl sagen! Letzten Mittwoch kam Mr. Fogg ganz gegen seine Gewohnheit schon um 8 Uhr abends aus dem Club zurück. Und eine dreiviertel Stunde später sind wir abgereist.«

»Aber wohin will er denn, Ihr Herr?«

»Immer der Nase nach! Er macht nämlich eine Reise um die Welt!«

»Eine Reise um die Welt?« rief Fix.

»Ja, in 80 Tagen! Wegen einer Wette, sagt er, aber unter uns, ich glaube kein Wort davon. Das wäre doch verrückt. Da muss was anderes dahinter stecken.«

»Aha! Dann ist er wohl etwas exzentrisch, dieser Mr. Fogg?«

»Ich glaube schon.«

»Und reich?«

»Offensichtlich. Und er hat ein hübsches Sümmchen mitgenommen, in nagelneuen Banknoten! Und knauserig ist er wirklich nicht! Stellen Sie sich vor, er hat dem Maschinisten der *Mongolia* eine saftige Belohnung versprochen, wenn wir Bombay früher als geplant erreichen!«

»Kennen Sie Ihren Herrn denn schon lang?«

»Ich?« erwiderte Passepartout. »Ich bin am Tag unserer Abreise in seine Dienste getreten.«

Man kann sich denken, welche Wirkung diese Auskünfte auf die ohnehin schon überreizte Fantasie des Polizeiinspektors haben mussten.

Der überstürzte Aufbruch aus London kurz nach dem Diebstahl, die große Summe, die Fogg mit sich führte, die

Eile, mit der er in weit entfernte Länder gelangen wollte, der Vorwand dieser exzentrischen Wette – das alles bestärkte Fix in seiner vorgefassten Meinung, ja *musste* ihn bestärken! Er lockte noch mehr aus dem Franzosen heraus und gelangte schließlich zu der Gewissheit, dass dieser Bursche seinen Herrn eigentlich gar nicht kannte, dass Letzterer völlig zurückgezogen in London lebte, dass man ihn für reich hielt, ohne etwas über die Herkunft dieses Reichtums zu wissen, dass Mr. Fogg als rätselhafter Mann galt usw. Gleichzeitig wurde Fix aber auch klar, dass Phileas Fogg bestimmt nicht in Suez von Bord gehen, sondern tatsächlich nach Bombay weiterreisen wollte.

»Ist es weit bis nach Bombay?« wollte Passepartout jetzt wissen.

»Ziemlich weit«, erwiderte der Inspektor. »Noch etwa 10 Tage per Schiff.«

»Und wo liegt Bombay?«

»In Indien.«

»In Asien?«

»Natürlich.«

»Verflixt! Ich muss Ihnen was erzählen ... Mir macht da etwas große Sorgen ... mein Brenner!«

»Was für ein Brenner?«

»Mein Gasbrenner. Ich habe vergessen, ihn abzudrehen, und jetzt brennt er auf meine Kosten! Ich habe ausgerechnet, dass mich das Gas in 24 Stunden 2 Schilling kostet, gerade 6 Pence mehr, als ich verdiene, Sie werden also verstehen, wenn diese Reise noch länger dauert, dann ...«

Ob Fix die Sache mit dem Gasbrenner verstand? Wohl kaum. Er hörte nämlich gar nicht mehr zu, sondern fasste einen Entschluss. Sie waren im Basar angelangt. Dort ließ Fix den Franzosen seine Besorgungen machen, empfahl ihm, auf keinen Fall die Abfahrt der *Mongolia* zu verpassen und eilte dann zum Büro des britischen Konsuls zurück.

Nun, wo Fix seiner Sache sicher war, hatte er sein entschiedenes Auftreten zurückgewonnen.

»Sir«, sagte er zum Konsul, »ich habe nicht mehr den geringsten Zweifel. Das ist der Mann. Er spielt den Exzentriker, der eine Reise um die Welt in 80 Tagen machen will.«

»Na, so ein Pfiffikus!« erwiderte der Konsul. »Und nachdem er die Polizei zweier Kontinente hinters Licht geführt hat, kehrt er nach London zurück!«

»Das werden wir ja sehen.«

»Und Sie irren sich auch ganz gewiss nicht?«

»Nein, ich irre mich nicht.«

»Aber warum hat dieser Dieb dann darauf bestanden, sich durch das Visum bestätigen zu lassen, dass er Suez passiert hat?«

»Warum? ... das weiß ich nicht, Sir«, erwiderte der Inspektor. »Aber hören Sie sich einmal Folgendes an.«

Und Fix fasste die wichtigsten Punkte seines Gesprächs mit dem Diener dieses Mr. Fogg zusammen.

»Ja, es spricht tatsächlich alles gegen diesen Mann«, sagte der Konsul. »Und was werden Sie jetzt unternehmen?«

»Ich telegrafiere nach London, man soll mir sofort einen Haftbefehl nach Bombay schicken. Als Nächstes schiffe ich mich auf der *Mongolia* ein und hefte mich dem Dieb an die Fersen, bis nach Indien; und dort, auf britischem Territorium, spreche ich ihn dann höflich an, präsentiere mit der einen Hand den Haftbefehl und lege ihm die andere Hand auf die Schulter.«

Nachdem er dies in frostigem Ton geäußert hatte, verabschiedete sich der Polizeiinspektor vom Konsul und begab sich zum Telegrafenamt. Von dort sandte er dem Londoner Polizeipräsidenten die Depesche, von der soeben die Rede war.

Eine Viertelstunde später ging Fix an Bord der *Mongolia,* nur mit einer kleinen Tasche in der Hand, doch üppig mit Geld versehen, und kurz darauf pflügte das schnelle Schiff mit Volldampf durchs Rote Meer.

9. KAPITEL

In welchem das Rote Meer und der Indische Ozean Phileas Foggs Plänen gewogen sind

Die Entfernung zwischen Suez und Aden beträgt exakt 1310 Seemeilen, und das Lastenheft der Schifffahrtsgesellschaft bewilligt den Passagierdampfern dafür eine Fahrtzeit von 138 Stunden. Die Dampfkessel der *Mongolia* aber wurden so stark beheizt, dass man die vorschriftsmäßige Fahrtzeit gewiss unterschreiten würde.

Das Reiseziel der meisten Passagiere, die man in Brindisi an Bord genommen hatte, war Indien. Die einen fuhren nur bis Bombay, andere via Bombay nach Kalkutta, denn seit quer durch den indischen Subkontinent eine Eisenbahnlinie führt, muss man nicht mehr per Schiff die Südspitze Ceylons umrunden.

Unter den Passagieren der *Mongolia* befanden sich Staatsbeamte und Offiziere sämtlicher Dienstgrade. Die Offiziere gehörten teils der regulären britischen Armee an, teils führten sie indische Sepoy-Regimenter, doch alle wurden reich entlohnt, sogar jetzt noch, nachdem die englische Regierung in die Rechte und Pflichten der Ostindischen Handelsgesellschaft eingetreten war: Ein Leutnant erhielt 280 Pfund Sterling im Jahr, ein Brigadegeneral 2400 und Generäle 4000 Pfund Sterling.*

Es lebte sich also angenehm auf der *Mongolia*, in Gesellschaft dieser Staatsbediensteten, zu denen sich noch ein paar junge Engländer gesellten; die Taschen voller Geld, wollten sie in fernen Ländern neue Handelsniederlassungen gründen. Der Zahlmeister, der als Vertrauensmann der Schifffahrtsgesellschaft für den Proviant zuständig und im Rang

* Die Besoldung der Zivilbeamten ist noch höher. Einfache Assistenten, auf der untersten Stufe der Hierarchie, bekommen 480 Pfund; Richter 2400 Pfund, Gerichtspräsidenten 10000 Pfund; Gouverneure 12000 Pfund und der Generalgouverneur über 24000 Pfund jährlich.

(Anm. des Autors)

dem Kapitän ebenbürtig war, sorgte für reichliche Bewirtung. Beim Frühstück am Morgen, beim Mittagessen um 14 Uhr, beim Abendessen um 17 Uhr 30 und beim Souper um 20 Uhr bogen sich die Tische unter Platten mit frischem Fleisch und vielerlei Zwischengerichten aus der Metzgerei und der Küche des Dampfers. Die weiblichen Reisenden – es gab davon einige an Bord – kleideten sich zweimal täglich um. Auch wurde Musik gemacht, ja sogar getanzt, wenn es der Seegang zuließ.

Aber das Rote Meer ist äußerst launenhaft und kann sehr tückisch werden, wie alle lang gestreckten, schmalen Meeresarme. Wehte der Wind von der asiatischen oder der afrikanischen Küste her, dann schlingerte die *Mongolia*, eine lange, von der Schiffsschraube angetriebene Spindel, ganz fürchterlich. Sogleich verschwanden die Damen, die Klaviere verstummten, man sang und tanzte nicht mehr. Und doch, trotz der Böen, trotz der Stürme, schob sich das Dampfschiff, von seiner starken Maschine angetrieben, unaufhaltsam der Meerenge von Bab el-Mandeb entgegen.

Und was tat unterdessen Phileas Fogg? Es wäre ja durchaus vorstellbar gewesen, dass er sich in besorgter, nervöser Verfassung befand, voller Angst, der Wind könne drehen oder die schwere Dünung könne einen Maschinenschaden verursachen, kurz, vor allen möglichen Havarien, die die *Mongolia* zum Einlaufen in einen Zwischenhafen gezwungen und somit den Erfolg der Reise gefährdet hätten.

Doch weit gefehlt – oder zumindest, falls Phileas Fogg vielleicht doch an solche Eventualitäten dachte, merkte man ihm nichts davon an. Er war immer noch der gelassene Gentleman, das unerschütterliche Mitglied des Reform Clubs, und kein Zwischenfall oder Unglück vermochte ihn aus der Fassung zu bringen. Er schien von allem ebenso unberührt wie die Chronometer an Bord. Man sah ihn nur selten an Deck. Er machte sich nichts aus dem Anblick des geschichtsträchtigen Roten Meers, Schauplatz der ersten historischen Ereignisse der Menschheit. Er kam nicht an Deck, um die faszinierenden Städte zu betrachten, die die Meerufer säumten und deren malerische Silhouetten manchmal am Horizont auftauchten. Er dachte nicht einmal im Traum an die Gefahren des Arabischen Golfs, über den die alten Geschichtsschreiber, Strabo, Arrianus, Artemidorus und Idrisi voller Grauen berichten und den die Seeleute früherer Zeiten nur zu beschiffen wagten, nachdem sie zuvor durch Opfergaben die Gunst der Götter herabgefleht hatten.

Was also tat dieses Original, das auf der *Mongolia* gefangen saß? Zuerst einmal nahm Fogg täglich seine vier Mahlzeiten ein; kein Rollen, kein Stampfen vermochte dieses wunderbar austarierte Räderwerk aus der Balance zu bringen. Und dann spielte er Whist.

Ja, er hatte Whistpartner gefunden, die diesem Spiel ebenso begeistert anhingen wie er. Es waren dies ein Steuereinnehmer, der auf seinen Posten nach Goa zurückkehrte, ein gewisser Reverend Decimus Smith, Pfarrer in Bombay, und ein Brigadegeneral der britischen Armee, auf dem Rückweg zu seinem Regiment in Benares. Diese drei Passagiere spielten ebenso leidenschaftlich Whist wie Mr. Fogg und saßen stundenlang mit ihm zusammen, ebenso schweigend ins Spiel vertieft wie er.

Was Passepartout betraf, so konnte auch ihm die Seekrankheit nicht das Geringste anhaben. Er bewohnte eine Kabine im Heck des Schiffs und ließ sich die Mahlzeiten, genau wie sein Herr, tüchtig schmecken. Man muss sagen, dass ihn die Reise unter diesen Bedingungen keineswegs mehr verdross. Er machte das Beste daraus. Gut untergebracht und gut verköstigt sah er etwas von der Welt, und im Übrigen war er überzeugt, dass diese ganze Geschichte in Bombay ein Ende finden würde.

Am 10. Oktober, dem Tag nach der Abfahrt von Suez, begegnete er an Deck zu seiner Freude jenem freundlichen Herrn wieder, den er angesprochen hatte, nachdem er in Ägypten an Land gegangen war.

»Wenn ich mich nicht irre, Sir«, sagte er, indem er mit seinem liebenswürdigsten Lächeln auf ihn zu trat, »sind Sie doch der Herr, der mir in Suez so freundlich den Weg gezeigt hat.«

»Ja, in der Tat«, erwiderte der Kriminalinspektor. »Ich erinnere mich! Sie sind doch der Diener jenes wunderlichen Engländers ...«

»Stimmt, Mr. ...?«

»Fix.«

»Es freut mich sehr, Mr. Fix, Sie hier an Bord wieder zu sehen. Wohin reisen Sie denn?«

»Nach Bombay, genau wie Sie.«

»Um so besser! Haben Sie diese Reise schon einmal gemacht?«

»Schon mehrmals. Ich bin ein Angestellter der Peninsular Company.«

»Dann kennen Sie sich also in Indien aus?«

»Ja ... schon ...« erwiderte Fix zurückhaltend.

»Und wie ist nun dieses Indien? Interessant?«

»Sehr interessant! Dort gibt es Moscheen, Minarette, Tempel, Fakire, Pagoden, Tiger, Schlangen, Tempeltänzerinnen! Sie haben doch genügend Zeit, sich ein bisschen im Land umzusehen?«

»Das will ich hoffen, Mr. Fix. Sie werden gewiss verstehen, dass ein Mensch von Verstand nicht sein ganzes Leben damit zubringen kann, ständig vom Dampfschiff in den Zug und vom Zug ins nächste Dampfschiff zu springen. Und das Ganze unter dem Vorwand, in 80 Tagen um die Welt zu reisen! Nein, diese Possen werden in Bombay ein Ende finden, glauben Sie mir!«

»Und wie geht es Mr. Fogg?« fragte Fix in ungezwungenem Ton.

»Sehr gut, Sir. Mir übrigens auch. Ich futtere wie ein Scheunendrescher. Das macht die Seeluft!«

»Aber Ihren Herrn sehe ich nie auf Deck.«

»Nein. Den interessiert das alles nicht.«

»Haben Sie schon einmal daran gedacht, Mr. Passepartout,

dass diese angebliche Reise in 80 Tagen nur als Vorwand für irgendeine geheime Mission dienen könnte ... eine diplomatische Mission zum Beispiel?«

»Ehrlich gesagt, Mr. Fix, davon weiß ich nichts, und außerdem interessiert es mich nicht die Bohne.«

Nach dieser Begegnung kamen Passepartout und Fix noch des Öfteren miteinander ins Gespräch. Der Inspektor fand es wichtig, sich mit Mr. Foggs Diener anzufreunden. Das konnte bei Gelegenheit von Nutzen sein. Deshalb lud er Passepartout in der Bar der *Mongolia* oft zu einem Glas Whisky oder Ale ein, was der gute Kerl gerne annahm, ohne sich zu zieren; ja er wollte sich sogar unbedingt revanchieren – weil er Fix nämlich für einen anständigen Gentleman hielt.

Unterdessen glitt der Dampfer rasch übers Meer. Am 13. Oktober kam Mokka in Sicht, von seiner zerfallenen Stadtmauer umgeben, über die grünende Dattelpalmen ragten. In den fernen Bergen erstreckten sich riesige Kaffeeplantagen. Entzückt betrachtete Passepartout diese berühmte Stadt und fand sogar, dass sie mit ihrer runden Mauer und der geschleiften Festung, die einem Henkel glich, wie eine riesige Mokkatasse aussah.

In der folgenden Nacht durchfuhr die *Mongolia* das Bab el-Mandeb, was auf Arabisch »Tor der Tränen« bedeutet, und am nächsten Morgen, dem 14. Oktober, machte es vor dem Steamer Point fest, nordwestlich des Hafens von Aden. Dort sollte abermals Kohle aufgenommen werden.

Die Speisung eines Schiffsdampfkessels so weit von den Produktionszentren entfernt ist eine schwere, wichtige Angelegenheit. Allein die Peninsular and Oriental Steam Navigation Company zahlt dafür jährlich rund 800 000 Pfund Sterling. Denn es mussten Depots in mehreren Häfen eingerichtet werden, und in diesen weit entfernten Meeren kommt die Kohle auf 4 Pfund Sterling pro Tonne.

Die *Mongolia* hatte noch 1650 Seemeilen bis Bombay vor sich und würde 4 Stunden am Steamer Point liegen, um ihre Kohlebunker aufzufüllen.

Am nächsten Morgen machte die Mongolia vor dem Steamer Point fest

Aber auch diese Verzögerung brachte Phileas Foggs Zeitplan keineswegs durcheinander, denn sie war einkalkuliert. Im Übrigen war die *Mongolia,* statt am 15. Oktober morgens, bereits am 14. Oktober abends in Aden eingelaufen. Dies bedeutete einen Vorsprung von 15 Stunden.

Mr. Fogg und sein Diener gingen an Land. Der Gentleman wollte seinen Pass abstempeln lassen. Fix folgte ihnen unbemerkt. Nachdem Phileas Fogg diese Formalität erledigt hatte, kehrte er an Bord zurück und setzte die unterbrochene Whistpartie fort.

Seiner Gewohnheit folgend schlenderte Passepartout durch die Stadt Aden, deren 25 000 Bewohner sich aus Somalis, Indern, Parsen, Juden, Arabern und Europäern zusammensetzte. Er bestaunte die Befestigungsanlagen, die Aden zum Gibraltar des Indischen Ozeans machten, und die wundervollen Zisternen, an denen die englischen Ingenieure auch heute noch arbeiten, 2 000 Jahre nach den Ingenieuren des Königs Salomo.

»Hochinteressant, hochinteressant!« murmelte Passepartout, als er wieder an Bord kam. »Mir dämmert allmählich, dass dieses Reisen keineswegs nutzlos ist, wenn man mal etwas Neues sehen will.«

Ab 6 Uhr abends pflügte die Schiffsschraube der *Mongolia* durch die Fluten des Golfs von Aden und bald schon durch den Indischen Ozean. Von Aden bis Bombay durfte der Dampfer 168 Stunden benötigen. Im Übrigen schien ihm der Indische Ozean gewogen. Der Wind wehte ständig aus Nordwest. Die Segel kamen dem Dampf zu Hilfe.

Da das Schiff jetzt schwer beladen war, rollte es nicht mehr so stark. Die Damen präsentierten sich in neuer Garderobe an Deck. Es wurde wieder gesungen und getanzt.

Die Reise verlief also unter den günstigsten Bedingungen. Und Passepartout freute sich sehr über den liebenswürdigen Gefährten, den ihm der Zufall in Gestalt von Mr. Fix beschert hatte.

Am 20. Oktober gegen Mittag rückte die indische Küste in

Seiner Gewohnheit folgend schlenderte Passepartout durch die Stadt

Sicht. 2 Stunden später kam ein Lotse an Bord der *Mongolia.* Am Horizont zeichnete sich harmonisch eine Hügellinie ab. Bald schon waren deutlich die unzähligen Palmen zu erkennen, hinter denen sich Bombay verbirgt. Der Dampfer fuhr in den natürlichen Vorhafen ein, der von den Inseln Salsette, Kolaba, Elephanta, Trombay und Butcher's Island gebildet wird. Und um 15 Uhr 30 machte er im Hafen von Bombay fest.

Phileas Fogg beendete gerade seine 33. Whistpartie an diesem Tag. Zusammen mit seinem Partner hatte er in einem verwegenen Spiel alle 13 Stiche gemacht, so dass er diese Überfahrt mit einem brillanten Schlemm beenden konnte.

Fahrplanmäßig hätte die *Mongolia* erst am 22. Oktober in Bombay eintreffen sollen. Nun aber hatte sie schon am 20. ihr Ziel erreicht. Somit waren seit der Abfahrt aus London 2 Tage gewonnen, welche Phileas Fogg in seinem Reiseplan gewissenhaft in die Spalte »Zeitgewinn« eintrug.

10. KAPITEL

In welchem Passepartout von Glück sagen kann, dass er nur einen seiner Schuhe verloren hat

Bekanntlich hat Indien – dieses auf seiner südlichen Spitze stehende Dreieck – eine Fläche von über 1400000 Quadratmeilen, auf denen, ungleichmäßig verteilt, 180 Millionen Menschen leben. Ein gewisser Teil dieses gigantischen Landes steht direkt unter der Herrschaft der britischen Regierung. Sie hat einen Generalgouverneur in Kalkutta eingesetzt, Gouverneure in Madras, Bombay und Bengalen sowie einen Vizegouverneur in Agra.

Doch Britisch-Indien im engeren Sinn umfasst nur ein Gebiet von 700000 Quadratmeilen und eine Bevölkerung von 100–110 Millionen. Das heißt, dass sich immer noch ein beträchtlicher Teil des Territoriums der britischen Herrschaft entzieht; und in der Tat besteht die indische Unabhängigkeit bei manchen der grausamen, gefürchteten Radschas im Landesinneren immer noch uneingeschränkt.

Von 1756 – als an der Stelle, wo heute die Stadt Madras steht, damals die erste englische Siedlung gegründet wurde – bis zum großen Sepoy-Aufstand übte die berühmte East India Company schrankenlose Macht aus. Sie annektierte eine Provinz nach der anderen: Man kaufte sie den Radschas gegen Jahresrenten ab, die dann aber nur spärlich oder gar nicht ausgezahlt wurden; die East India Company setzte auch den Generalgouverneur und sämtliche Beamten und Militärs ein. Doch jetzt existiert sie nicht mehr, und die britischen Gebiete Indiens unterstehen direkt der englischen Krone.

Daher ist der Subkontinent von seiner ganzen Erscheinung her, was Sitten und ethnografische Unterschiede betrifft, in rascher Veränderung begriffen. War man früher traditionell zu Fuß, zu Pferd, auf dem Karren, in der Schubkarre, in der Sänfte, auf dem Rücken eines Trägers oder in der Kutsche usw. gereist, so befahren heute schnelle Dampfer den Indus und den Ganges, und die Eisenbahn durchquert Indien in seiner ganzen Breite, mit vielen Nebenstrecken, so dass man von Bombay nach Kalkutta nur noch 3 Tage benötigt.

Doch führt diese Eisenbahnlinie nicht auf direktem Weg durch das Land. Die Luftlinie beträgt nur 1000 bis 1100 Meilen. Und selbst bei mittlerer Geschwindigkeit würde ein Zug keine 3 Tage brauchen; doch die Strecke wird um mindestens ein Drittel länger, weil sie im Norden einen Bogen bis Allahabad beschreibt.

Hier folgt in groben Zügen die Route der Great Indian Peninsular Railway: Nachdem sie die Insel von Bombay verlassen hat, passiert sie Salsette, führt gegenüber von Tannah aufs Festland, überquert die Gebirgskette der Westlichen Ghats, verläuft in nordöstlicher Richtung nach Burhanpur, durchschneidet das mehr oder weniger unabhängige Bundelkhand, schlängelt sich nach Allahabad, biegt in östlicher Richtung ab, trifft bei Benares auf den Ganges, entfernt sich wieder ein wenig von ihm und verläuft schließlich in südöstlicher Richtung über Burdwan und die französische Stadt Chandernagor zurück zur Endstation Kalkutta.

Nachmittags um halb 5 waren die Passagiere in Bombay von Bord der *Mongolia* gegangen, der Zug nach Kalkutta fuhr abends Punkt 8.

Mr. Fogg verabschiedete sich von seinen Whistpartnern, verließ den Dampfer, gab seinem Diener genaue Instruktionen, was er zu besorgen hatte, schärfte ihm ein, dass er sich kurz vor 8 am Bahnhof einfinden sollte und schritt dann in seinem gleichmäßigen Gang, sekundengenau wie das Pendel einer astronomischen Uhr, zur Passbehörde.

Phileas Fogg dachte also gar nicht daran, sich Bombays Wunder anzuschauen. Er besichtigte weder das Rathaus, die wunderschöne Bibliothek, die Forts, die Docks, den Baumwollmarkt noch die Basare, Moscheen, Synagogen, armenischen Kirchen oder die herrliche Pagode von Malebar Hill mit ihren beiden polygonen Türmen. Er betrachtete weder die Meisterwerke von Elephanta, ihre geheimnisvollen unterirdischen Gewölbe, verborgen im Südosten der Reede, noch die Kanheri-Grotten auf Salsette, jene bewundernswerten Relikte buddhistischer Architektur!

Nein! Nichts. Phileas Fogg verließ die Passbehörde, begab sich in aller Ruhe zum Bahnhof und bestellte sich ein Abendessen. Unter anderem glaubte ihm der Oberkellner ein Frikassee aus »hiesigen Kaninchen« empfehlen zu müssen, das ganz besonders schmackhaft sei. Phileas Fogg bestellte das Kaninchenfrikassee und kostete es gewissenhaft, doch trotz der würzigen Soße schmeckte es abscheulich.

Er klingelte den Oberkellner herbei. »Herr Ober«, fragte er und sah ihn dabei scharf an, »das soll Kaninchen sein?«

»Ja, Mylord«, gab der Kerl dreist zurück, »Dschungelkaninchen!«

»Und dieses Kaninchen hat nicht zufällig miaut, als es geschlachtet wurde?«

»Miaut? Oh! Mylord! Ein Kaninchen! Ich schwöre Ihnen …«

»Herr Oberkellner!« sagte Mr. Fogg kalt, »schwören Sie nicht! Denken Sie lieber daran, dass Katzen in Indien früher als heilige Tiere galten. Das war noch in der guten alten Zeit.«

»Für die Katzen, Mylord?«

»Und vielleicht auch für die Reisenden!«

Nach dieser Bemerkung setzte Fogg in aller Ruhe sein Abendessen fort.

Kurz nachdem Fogg die *Mongolia* verlassen hatte, ging auch Inspektor Fix an Land und eilte unverzüglich zum Polizeichef von Bombay. Er wies sich als Kriminalbeamter aus, schilderte kurz seinen Auftrag und die Erkenntnisse, die man über den mutmaßlichen Dieb besaß. Ob der Haftbefehl aus London schon eingetroffen sei?... Er war noch nicht da. Und er konnte ja auch noch gar nicht da sein, weil man ihn erst nach Foggs Abreise losgeschickt hatte.

Fix war fassungslos. Er beschwor den Polizeichef, sofort einen Haftbefehl für Mr. Fogg auszustellen. Doch der Polizeichef weigerte sich. Für diesen Fall war die Londoner Polizei zuständig, und nur sie war befugt, einen Haftbefehl auszustellen. Diese Prinzipienfestigkeit, diese unerbittliche Gesetzestreue erklären sich zur Gänze aus den englischen Sitten, die keinerlei Willkür gestatten, wo es um die Freiheit des Individuums geht.

Fix beharrte nicht auf seiner Forderung, sondern fand sich damit ab, auf den Haftbefehl warten zu müssen. Doch beschloss er, diesen undurchschaubaren Gauner während seines gesamten Aufenthalts in Bombay keinen Moment aus den Augen zu lassen. Da er keine Sekunde daran zweifelte, dass Phileas Fogg hier bleiben würde – wovon bekanntlich ja auch Passepartout überzeugt war – durfte sich der Haftbefehl ruhig noch etwas Zeit lassen.

Doch als Passepartout von seinem Herrn beim Verlassen der *Mongolia* besagte Instruktionen erhielt, wusste er gleich, dass in Bombay dasselbe passieren würde wie zuvor in Suez und Paris: Die Reise war hier keineswegs zu Ende, sie würde mindestens noch bis Kalkutta gehen und vielleicht noch weiter. Und allmählich fragte er sich, ob es Mr. Fogg mit dieser Wette nicht vielleicht doch bitter ernst war, und ob das Schicksal ihn, Passepartout, der sich nach einem ruhigen Leben sehnte, nicht doch tatsächlich in 80 Tagen um die Welt hetzen würde!

Nachdem er ein paar Hemden und Socken besorgt hatte, verbrachte er die restliche Zeit damit, sich in Bombay umzusehen. Überall drängten sich riesige Menschenmassen, und neben Europäern aus allen möglichen Ländern begegneten ihm Perser mit spitzen Mützen, indische Kaufleute mit runden Turbanen, Shinder mit quadratischen Kappen, Armenier in langen Gewändern und Parsen mit hohen schwarzen Mitren. Genauer gesagt handelte es sich um ein Fest, das von den Parsen oder Gebern begangen wurde, direkten Nachkommen der Zoroaster-Anhänger, und die fleißigste, zivilisierteste, intelligenteste, sittenstrengste Bevölkerungsgruppe Indiens, zu der die reichen Kaufleute Bombays gehören. An jenem Tag zelebrierten sie eine Art religiösen Karneval, mit Prozessionen und Belustigungen, bei denen Bajaderen, in rosarote, gold- und silberdurchwirkte Schleier gehüllt, zum Klang der Kniegeigen und Trommeln wunderschöne und doch überaus sittsame Tänze aufführten.

Es muss wohl nicht darauf hingewiesen werden, dass Passepartout diese fremdartigen Zeremonien mit offenem Mund und aufgesperrten Augen verfolgte und dabei wie der einfältigste Tölpel wirkte, den man sich vorstellen kann.

Doch zu seinem eigenen Schaden und dem seines Herrn, denn Passepartout gefährdete die gesamte Reise, trieb ihn seine Neugier dann doch etwas zu weit.

Nachdem er sich einen Eindruck vom parsischen Karneval verschafft hatte, schlug Passepartout den Weg zum Bahnhof ein, und als er die herrliche Pagode von Malabar Hill erblickte, kam ihm die unglückselige Idee, sie auch von innen zu besichtigen.

Zweierlei war ihm nicht bekannt: Erstens ist Christen das

Betreten bestimmter indischer Pagoden strikt untersagt, und zweitens dürfen selbst die Gläubigen den Tempel nur betreten, nachdem sie an der Tür die Schuhe ausgezogen haben. Dazu ist noch anzumerken, dass die britische Verwaltung aus Gründen politischer Klugheit die religiösen Sitten des Landes bis hin zu den nebensächlichsten Details respektiert und diesen Respekt auch generell fordert, indem sie entsprechende Verstöße streng bestraft.

Passepartout hatte die Pagode von Malebar Hill als harmloser Tourist betreten und bestaunte gerade das gleißende Flittergold der brahmanischen Verzierungen, als er plötzlich auf die heiligen Steinfliesen niedergerissen wurde. Drei Priester hatten sich wutentbrannt auf ihn gestürzt, zerrten ihm Schuhe und Socken von den Füßen und begannen, ihn unter wildem Geschrei krumm und lahm zu schlagen.

Der kräftige, gelenkige Franzose rappelte sich schnell wieder hoch. Mit einem Fausthieb und einem Fußtritt brachte er zwei seiner Gegner zu Fall, die durch ihre wallenden Gewänder stark behindert wurden. Dann rannte er aus der Pagode hinaus, so schnell ihn seine Beine trugen, und ließ bald auch den dritten Priester hinter sich, der ihn verfolgt hatte und nun versuchte, das gaffende Volk aufzuhetzen.

5 Minuten vor 8, kurz vor Abfahrt des Zuges, erreichte Passepartout den Bahnhof – barfuß, ohne Hut und ohne das Paket mit den Einkäufen, das er bei der Schlägerei verloren hatte.

Fix stand auf dem Bahnsteig. Er war Fogg zum Bahnhof gefolgt und hatte erkannt, dass dieser Schurke Bombay nun also doch verlassen würde. Prompt fasste er den Entschluss, ihn nach Kalkutta zu begleiten und falls nötig auch noch weiter. Passepartout konnte Fix, der sich im Schatten hielt, nicht sehen; doch Fix seinerseits hörte, wie Passepartout seinem Herrn in knappen Worten sein Abenteuer schilderte.

»Ich hoffe, dass so etwas nicht noch einmal vorkommt«, sagte Phileas Fogg nur, als er in einem der Waggons des Zuges Platz nahm.

Mit einem Fausthieb und einem Fußtritt brachte Passepartout zwei seiner Gegner zu Fall

Der arme Bursche, barfuß und in erbärmlichem Zustand, folgte seinem Herrn, ohne ein Wort zu erwidern.

Fix wollte gerade in einen anderen Waggon einsteigen, als er es sich plötzlich anders überlegte. Ihm war eine Idee gekommen.

»Nein, ich bleibe«, dachte er. »Ein Delikt, auf indischem Boden begangen … Jetzt habe ich den Kerl!«

In diesem Moment ertönte der schrille Pfiff der Lokomotive, und der Zug verschwand in der Nacht.

11. KAPITEL
In welchem Phileas Fogg zu einem Fantasiepreis ein Reittier ersteht

Der Zug war pünktlich abgefahren. Unter den Passagieren befanden sich etliche Touristen, Offiziere und Beamte, sowie ein paar Opium- und Indigohändler, die geschäftlich in den östlichen Teil des Subkontinents unterwegs waren.

Passepartout saß im gleichen Abteil wie sein Herr. Ein dritter Reisender hatte in der gegenüber liegenden Ecke Platz genommen. Es war der Brigadegeneral Sir Francis Cromarty, einer von Mr. Foggs Whistpartnern auf der Überfahrt von Suez nach Bombay, der zu seinem bei Benares stationierten Truppenteil zurückkehrte.

Sir Francis Cromarty, groß, blond, ungefähr 50 Jahre alt, hatte sich bei der letzten Revolte der Sipoy-Truppen rühmlich hervorgetan und konnte sich mit Fug und Recht als Einheimischer bezeichnen. Seit seiner Jugend nämlich hatte er in Indien gelebt und sich nur selten in seinem Geburtsland blicken lassen. Er war ein gebildeter Mann, der sehr gern über Sitten, Geschichte und das politische System Indiens Auskunft erteilt hätte, wenn es Phileas Fogg nur in den Sinn gekommen wäre, danach zu fragen. Aber dieser Mann fragte nichts. Er reiste auch nicht, sondern beschrieb einen Kreis. Er stellte einen schweren Körper dar, der sich auf einer Umlaufbahn um die Erdkugel befand und dabei den rationalen Gesetzen der Mechanik folgte. Gerade eben war er wieder damit beschäftigt, im Kopf zu addieren, wie viel Stunden man seit der Abfahrt von London bereits benötigt hatte. Und wenn es in seiner Natur gelegen hätte, irgendeine unnütze Bewegung zu machen, würde er sich gewiss die Hände gerieben haben.

Sir Francis Cromarty war das eigentümliche Wesen seines Reisegefährten bereits aufgefallen, auch wenn er ihn bisher nur mit den Spielkarten in der Hand oder zwischen zwei Whistpartien beobachtet hatte. Für ihn bestand durchaus Grund zu der Frage, ob unter dieser kalten Hülle überhaupt ein menschliches Herz schlug und ob Phileas Fogg eine Seele besaß, die sich für die Schönheiten der Natur und für moralische Bestrebungen empfänglich zeigte. Der Brigadegeneral hatte gewisse Zweifel. Von all den Sonderlingen, denen er schon begegnet war, ließ sich kein einziger mit diesem seltsamen Produkt der exakten Wissenschaften vergleichen.

Phileas Fogg hatte Sir Francis Cromarty durchaus nicht verschwiegen, dass er sich auf einer Weltreise befand, und auch nicht, unter welchen Bedingungen sie sich vollzog. Doch für den Brigadegeneral war diese Wette nur ein exzentrischer Spleen, der keinem sinnvollen Zweck diente und dem es an jenem *transire benefaciendo* mangelte, das doch jeden vernünftigen Menschen leiten sollte. Wenn dieser schrullige Gentleman so weitermachte wie bisher, dann würde er durchs Leben gehen ohne etwas zu vollbringen, weder für sich noch für andere.

Eine Stunde nach der Abfahrt von Bombay hatte der Zug über die Viadukte bereits die Insel Salsette überquert und das Festland erreicht. Bei der Station Kalyan ließ er die Abzweigung rechts liegen, die über Kandallah und Puna in den Südosten Indiens führt, und erreichte Powell. Danach fuhr der Zug in die weit verzweigten Berge der West-Ghats. Diese Gebirgskette besteht aus Trapp und Basaltgestein, und ihre höchsten Gipfel sind von dichten Wäldern bedeckt.

Von Zeit zu Zeit wechselten Sir Francis Cromarty und Phileas Fogg ein paar Worte, und soeben nahm der Brigadegeneral die stockende Unterhaltung wieder auf und sagte:

»Noch vor ein paar Jahren, Mr. Fogg, hätten Sie hier an dieser Stelle eine Verzögerung hinnehmen müssen, die Ihre Reisepläne wohl stark gefährdet hätte.«

»Weshalb denn, Sir Francis?«

»Weil damals die Eisenbahnlinie nur bis zum Fuß dieses Gebirges reichte, das man dann im Tragsessel oder auf dem Rücken eines Ponys überqueren musste, um nach Kandallah zu gelangen.«

»Diese Verzögerung hätte mein Reiseprogramm keineswegs durcheinander gebracht«, erwiderte Mr. Fogg. »Eventuelle Hindernisse habe ich bereits in meine Pläne mit einbezogen.«

»Gewiss aber hätte Ihnen das Abenteuer Ihres Dieners, Mr. Fogg«, setzte der Brigadegeneral von neuem an, »größte Unannehmlichkeiten bereiten können!«

Passepartout, die Beine in seine Reisedecke gewickelt, schlief tief und fest und wäre wohl nicht einmal im Traum auf den Gedanken gekommen, dass man über ihn sprach.

»Die britische Verwaltung ahndet solche Vergehen sehr streng, und das zu Recht«, fuhr Sir Francis Cromarty fort. »Sie möchte sicherstellen, dass die religiösen Bräuche der Hindus respektiert werden. Und wenn man Ihren Diener gefasst hätte ...«

»Nun ja, wenn man ihn gefasst hätte, Sir Francis«, erwiderte Phileas Fogg, »dann wäre er verurteilt worden, hätte seine Strafe abgebüßt und wäre danach seelenruhig nach Europa zurückgekehrt. Ich sehe nicht, warum dieser Zwischenfall seinen Herrn hätte aufhalten sollen!«

Und damit brach die Unterhaltung wieder ab. In der darauf folgenden Nacht überquerte der Zug die Ghats, passierte Nasik und rollte am nächsten Tag, dem 21. Oktober, durch eine relativ flache Gegend, das Hoheitsgebiet von Khandesch. Dieses sorgfältig bewirtschaftete Land war mit kleinen Dörfchen gesprenkelt; die europäischen Kirchtürme ersetzten hier die Minarette der Pagoden. Zahllose Flüsse und Bäche, die alle in den Godawari mündeten, schlängelten sich durch die fruchtbare Landschaft.

Passepartout war aufgewacht. Er schaute hinaus und konnte es nicht fassen, dass er in einem Zug der Great Peninsular Railway durchs Land der Hindus fuhr. Dies kam ihm mehr als unwahrscheinlich vor. Und doch war es so! Die Lokomotive, in deren Führerstand ein Engländer saß und die mit englischer Kohle beheizt wurde, ließ ihren Rauch über Baumwoll- und Kaffeeplantagen, Muskatnuss-, Gewürznelkenbäume und rote Pfeffersträucher wehen. Ihr Dampf kringelte sich in Spiralen um hohe Palmen, zwischen denen pittoreske Bungalows, einige *viharis,* verlassene Klöster, und herrliche Tempel auftauchten, übersät mit den endlos variierten Ornamenten der indischen Baukunst. Mal dehnten sich Ebenen, so weit das Auge reichte, dann wieder schnaufte die Lok zischend und pfeifend durch den Dschungel, wo sie Schlangen und Tiger in tödlichen Schrecken versetzte, oder fuhr durch von der Bahntrasse zerschnittene Wälder, in denen noch Elefanten lebten und dem vorbeischnaubenden Ungetüm gedankenvoll nachblickten.

An diesem Vormittag passierten die Reisenden nach der Station Malligaum jenes düstere Gebiet, das durch die Anhänger der Göttin Kali so oft mit Blut getränkt wurde. Nicht weit davon erhoben sich Ellora mit seinen wundervollen Pagoden und das berühmte Aurangabad, Hauptstadt des grausamen Aurangseb, die jetzt aber nur noch Hauptort einer der vom Nisam-Reich abgespaltenen Provinzen war. Diese Gegend hatte unter der Herrschaft Feringheas, dem Oberhaupt der Thags, König der »Würger«, gestanden. Die mörderischen Würger, in einer Sekte zusammengeschlossen, die man einfach nicht zu fassen bekam, erdrosselten zu Ehren der Todesgöttin Opfer jeden Alters, ohne dass jemals Blut vergossen worden wäre, und es gab Zeiten, wo man in dieser Gegend an keiner Stelle graben konnte, ohne auf Leichen zu stoßen. Der englische Generalgouverneur hatte zwar schon eine be-

Der Dampf der Lokomotive kringelte sich in Spiralen um hohe Palmen

trächtliche Anzahl dieser Morde verhindern können, doch existiert und agiert diese grauenhafte Vereinigung bis heute.

Mittags um halb 1 hielt der Zug im Bahnhof von Burhanpur, und Passepartout erstand um teures Geld ein Paar mit falschen Perlen besetzte Pantoffeln, in die er mit unverhohlener Eitelkeit hineinschlüpfte.

Nach einem hastig eingenommenen Mittagsmahl fuhren die Reisenden nach Asirgarh weiter; ihr Weg führte sie eine Weile am Tapti entlang, einem kleinen Fluss, der bei Surat in den Golf von Kambay mündet.

An dieser Stelle sollte man vielleicht erwähnen, welche Gedanken Passepartout gerade durch den Kopf gingen. Bis zur Ankunft in Bombay hatte er allen Anlass zu der Hoffnung gehabt, dass die ganze Unternehmung hier ein Ende finden würde. Doch seit er mit Volldampf durch Indien raste, hatte sich bei ihm ein Sinneswandel vollzogen. Sein Naturell brach sich Bahn. Die wilden Fantasien seiner Jugend kehrten zurück, er nahm die Pläne seines Herrn ernst, er glaubte an die Existenz dieser Wette und somit an die Reise um die Welt und das zeitliche Maximum, das nicht überschritten werden durfte. Er sorgte sich sogar schon um mögliche Verspätungen, um Unglücksfälle, die sich unterwegs ereignen konnten. Dieses gewagte Unterfangen ging ihn nun selber an, und er zitterte bei dem Gedanken, dass er es am Vortag durch seine unverzeihliche Neugier hätte gefährden können. Da er wesentlich weniger stoisch war als sein Herr, machte er sich auch wesentlich größere Sorgen. Wieder und wieder zählte er die bislang verstrichenen Tage, verfluchte jeden Halt des Zuges, schimpfte über das Schneckentempo und verübelte es Mr. Fogg insgeheim, dass er dem Zugführer keine Belohnung versprochen hatte. Allerdings war dem guten Burschen nicht bekannt, dass dies vielleicht auf einem Dampfer möglich gewesen wäre, nicht aber in der Eisenbahn, deren Fahrtgeschwindigkeit exakt vorgeschrieben ist.

Gegen Abend erreichte man die Pässe des Satpura-Gebirges, die Khandesch von Bundelkhand trennen.

Am Morgen des 22. Oktober fragte Sir Francis Cromarty nach der Zeit, worauf Passepartout nach einem Blick auf sein Chronometer verkündete, es sei 3 Uhr morgens. Doch natürlich ging diese großartige Uhr 4 Stunden nach, denn man hatte sie ja nach dem Meridian von Greenwich eingestellt, der inzwischen 77 Längengrade in westlicher Richtung entfernt lag.

Sir Francis berichtigte Passepartouts Zeitangabe mit der gleichen Erklärung, die ihm zuvor schon Fix geliefert hatte. Er versuchte ihm begreiflich zu machen, dass er die Uhr auf jedem Meridian neu stellen müsse und dass sich jeder Tag, da man konstant nach Osten reise, der Sonne entgegen, pro Längengrad um 4 Minuten verkürze. Vergebens. Ob der starrsinnige Bursche nun die Erläuterungen des Brigadegenerals begriffen hatte oder nicht – er weigerte sich strikt, seine Uhr vorzustellen, so dass sie also weiterhin Londoner Zeit anzeigte. Ein harmloser Tick, der niemandem Schaden zufügte.

Um 8 Uhr vormittags hielt der Zug etwa 20 Kilometer vor der Station Rothal mitten auf einer weiten Lichtung, die einige Bungalows und Arbeiterhütten säumten.

Der Zugführer lief draußen an den Waggons entlang und rief:

»Alles aussteigen! Alles aussteigen!«

Phileas Fogg blickte zu Sir Francis Cromarty hinüber, der aber auch nicht zu wissen schien, was dieser Halt inmitten eines Tamarinden- und Akazienwaldes bedeuten sollte.

Passepartout, nicht weniger verblüfft, sprang aufs Gleis hinunter, kam aber sofort wieder zurück und schrie: »Sir! Keine Schienen mehr!«

»Was soll das heißen?« fragte Sir Francis Cromarty.

»Dass der Zug nicht weiterfahren kann!«

Der Brigadegeneral stieg sofort aus. Phileas Fogg folgte ihm ohne Eile. Die beiden Männer wandten sich an den Zugführer.

»Wo sind wir denn hier?« erkundigte sich Sir Francis Cromarty.

»In der Nähe des Dörfchens Kholby«, erwiderte der Zugführer.

»Und hier halten wir?«

»Jawohl. Die Strecke ist noch nicht fertig ...«

»Wie? Nicht fertig?«

»Nein. Ein Abschnitt von etwa 50 Meilen von hier bis Allahabad ist noch im Bau. Dort gehen die Gleise dann weiter.«

»Aber in den Zeitungen stand doch, dass die gesamte Strecke befahrbar sei!«

»Was soll ich sagen, Herr Offizier, die Zeitungen haben sich eben getäuscht.«

»Und Sie verkaufen Fahrkarten von Bombay nach Kalkutta!« schnauzte ihn Sir Francis Cromarty an, der allmählich in Rage geriet.

»Gewiss«, erwiderte der Zugführer, »aber die Passagiere wissen ja, dass sie auf eigene Faust von Kholby nach Allahabad kommen müssen.«

Sir Francis Cromarty schäumte vor Wut. Passepartout hätte den Zugführer am liebsten verprügelt, obwohl der Mann nichts dafür konnte. Er wagte seinen Herrn nicht anzusehen.

»Sir Francis«, sagte Mr. Fogg schlicht, »wenn es Ihnen recht ist, wollen wir jetzt überlegen, wie wir nach Allahabad gelangen.«

»Mr. Fogg, wirkt sich diese Verzögerung nicht sehr nachteilig auf Ihren Reiseplan aus?«

»Nein, Sir Francis, ich hatte sie ja vorausgesehen.«

»Wie! Sie wussten also, dass das Gleis ...«

»Keineswegs, aber ich wusste, dass früher oder später irgendein Hindernis auftauchen würde. Es ist also kein Schaden entstanden. Ich habe 2 Tage Vorsprung, die ich jetzt opfern kann. Am 25. mittags läuft ein Dampfer von Kalkutta nach Hongkong aus. Heute ist erst der 22., so dass wir Kalkutta rechtzeitig erreichen werden.«

Auf eine Antwort, die von solcher Zuversicht geprägt war, ließ sich nichts mehr erwidern.

Es war leider nur allzu wahr, dass man die Gleisbauarbeiten hier eingestellt hatte. Die Zeitungen ähneln jenen Uhren, die partout immer der Zeit voraus sein wollen, und so hatten sie voreilig über die Fertigstellung der Gleise berichtet. Allerdings waren die meisten Reisenden über die Unterbrechung der Strecke im Bilde gewesen und hatten sich darum gleich nach Verlassen des Zuges sämtlicher Fortbewegungsmittel bemächtigt, die das Dörfchen zu bieten hatte: vierrädrige Palki-gharis, von Zebus, die höckrigen Rindern ähneln, gezogene Karren, außerdem Kutschen, die aussahen wie fahrbare Pagoden, sowie Tragesessel und Ponys. So kam es, dass Mr. Fogg und Sir Francis Cromarty, nachdem sie im ganzen Dorf gesucht hatten, mit leeren Händen zurückkehrten.

»Dann gehe ich eben zu Fuß«, sagte Phileas Fogg.

Passepartout, der gerade zu seinem Herrn zurückkam, zog eine viel sagende Grimasse und blickte auf seine prächtigen, aber untauglichen Pantoffeln hinunter. Zum Glück hatte er sich gleichfalls umgeschaut und sagte jetzt zögernd: »Ich glaube, ich habe ein Transportmittel gefunden, Sir.«

»Und das wäre?«

»Einen Elefanten! Er gehört einem Inder, der hundert Schritt von hier entfernt wohnt.«

»Schauen wir uns diesen Elefanten doch einmal an«, erwiderte Fogg.

5 Minuten später erreichten Phileas Fogg, Sir Francis Cromarty und Passepartout eine Hütte, an die eine mit hohen Pfählen umzäunte Koppel grenzte. In der Hütte wohnte ein Inder und in der Koppel ein Elefant. Auf ihre Bitte hin führte der Inder Mr. Fogg und seine zwei Begleiter in die Koppel.

Dort standen sie einem halbgezähmten Tier gegenüber, das nicht zum Lastentragen, sondern zum Kämpfen abgerichtet wurde. Zu diesem Zweck hatte sein Besitzer damit begonnen, das von Natur aus friedliche Gebaren des Elefanten ganz allmählich in jene Tobsucht zu verwandeln, welche die Inder *mutsch* nennen – und zwar indem er ihn 3 Monate lang nur mit Zucker und Butter fütterte. Diese Behandlung

Dort standen sie einem halbgezähmten Tier gegenüber

mag ungeeignet scheinen, um ein solches Resultat zu erzielen, doch die Züchter wenden sie trotzdem erfolgreich an. Mr. Fogg konnte sich glücklich schätzen – besagter Elefant unterlag dieser Diät erst seit kurzer Zeit und zeigte noch keinerlei Anzeichen von *mutsch.*

Kiouni – so hieß er – konnte wie alle seine Artgenossen in raschem Tempo weite Strecken zurücklegen, und in Ermanglung eines anderen Reittiers beschloss Phileas Fogg, den Elefanten zu kaufen.

Doch in Indien sind Elefanten teuer, denn ihre Zahl wird immer kleiner. Da sich für Zirkuskämpfe ausschließlich Elefantenbullen eignen, sind sie besonders gefragt. Diese Tiere pflanzen sich in Gefangenschaft nur spärlich fort, weshalb man immer wieder wilde Elefanten jagen muss. Außerdem erfordern sie die aufwendigste Pflege, und als Mr. Fogg ihn fragte, ob er den Elefanten anmieten könne, lehnte der Inder rundweg ab.

Fogg ließ nicht locker und bot einen übertriebenen Preis für das Tier, nämlich 10 Pfund Sterling pro Stunde. Der Mann lehnte ab. 20 Pfund Sterling? Auch dies wurde abgelehnt. 40 Pfund Sterling? Der Mann blieb hart. Passepartout zuckte bei jedem höheren Gebot zusammen, doch der Inder ließ sich nicht in Versuchung führen.

Dabei war dies ein hübsches Sümmchen. Angenommen, der Elefant brauchte 15 Stunden bis Allahabad, dann hätte sein Besitzer 600 Pfund Sterling eingestrichen.

Phileas Fogg, der völlig gelassen blieb, schlug dem Inder nun vor, er wolle ihm den Elefanten abkaufen und bot ihm zunächst einmal 1 000 Pfund Sterling dafür.

Aber der Inder wollte nicht verkaufen! Vielleicht witterte der Bursche ja ein Bombengeschäft.

Sir Francis Cromarty nahm Mr. Fogg beiseite und beschwor ihn, es sich noch einmal gut zu überlegen, bevor er weiterbot. Phileas Fogg erwiderte seinem Reisegefährten, er neige keineswegs zu unüberlegten Handlungen, schließlich gehe es um eine Wette um 20 000 Pfund. Er brauche diesen

Elefanten unbedingt und werde ihn auch bekommen, und wenn er den zwanzigfachen Wert des Tiers bezahlen müsse.

Fogg ging zu dem Inder zurück, an dessen habgierig glitzernden Äuglein man leicht ablesen konnte, dass es für ihn nur eine Frage des Preises war. Fogg bot nacheinander 1200 Pfund Sterling, 1500, 1800 und schließlich 2000. Der sonst so rotwangige Passepartout war bleich vor Erregung. Als Fogg 2000 Pfund Sterling bot, gab der Inder endlich nach.

»Bei meinen Pantoffeln!« rief Passepartout. »Was für ein günstiger Preis für Elefantenfleisch – das ist ja fast geschenkt!«

Nachdem der Handel abgeschlossen war, musste nur noch ein Führer gefunden werden. Dies erwies sich als weniger schwierig. Ein intelligent aussehender junger Parse bot seine Dienste an. Fogg engagierte ihn und versprach ihm einen ansehnlichen Lohn, der seine Intelligenz nur noch verdoppeln konnte.

Der Elefant wurde unverzüglich herbeigeführt und für die Reise gerüstet. Der Parse verstand sich aufs Handwerk des *mahout,* des Elefantentreibers. Er breitete eine Art Satteldecke über den Rücken des Elefanten und befestigte an seinen Flanken je einen ziemlich unbequemen Tragekorb.

Phileas Fogg bezahlte den Inder mit Banknoten aus der sagenhaften Reisetasche. Es war, als würden die Scheine Passepartouts Eingeweiden entrissen. Sodann machte Mr. Fogg Sir Francis Cromarty das Angebot, ihn zum Bahnhof Allahabad mitzunehmen. Der Brigadegeneral dankte erfreut. Ein Reisender mehr würde das mächtige Tier wohl kaum ermüden.

In Kholby versorgte man sich mit Proviant. Sir Francis Cromarty nahm in einem der Tragekörbe Platz, Fogg kletterte in den anderen. Passepartout setzte sich rittlings auf die Satteldecke, zwischen seinen Herrn und den Brigadegeneral. Der Parse hockte sich dem Elefanten ins Genick, und gegen 9 Uhr vormittags trabte das Tier zum Dorf hinaus und bahnte sich den kürzesten Weg durch den dichten Wald der Fächerpalmen.

12. KAPITEL
In welchem sich Phileas Fogg und seine Gefährten quer durch den indischen Dschungel wagen, und was sich daraus ergibt

Um die Reise abzukürzen, ließ der Führer die im Bau befindliche Bahnlinie rechts liegen. Die Trasse, immer wieder durch die bizarren Ausläufer des Vindhya-Gebirges blockiert, war nicht gerade die kürzeste Strecke, deren Wahl aber doch eigentlich in Phileas Foggs Interesse lag. Der mit den Wegen und Pfaden der Gegend bestens vertraute Parse behauptete, man könne etwa 20 Meilen einsparen, wenn man quer durch den Dschungel reite, und alle waren damit einverstanden.

Phileas Fogg und Sir Francis Cromarty, die bis zum Hals in ihren Tragekörben steckten, wurden durch den scharfen Trab des Elefanten, der von seinem *mahout* überdies noch ständig zur Eile angetrieben wurde, kräftig durchgerüttelt. Doch sie ertrugen ihre Lage mit einem Höchstmaß an britischer Gelassenheit und wechselten kaum ein Wort, zumal sie einander nicht sehen konnten.

Passepartout, der auf dem Rücken des Tieres thronte und den ruckartigen Stößen direkt ausgesetzt war, folgte geflissentlich dem Rat seines Herrn und gab Acht, dass ihm die Zunge nicht zwischen die Zähne geriet – er hätte sie sich sonst leicht abbeißen können. Der brave Bursche, der zwischen Nacken und Rücken des Elefanten hin- und hergeschleudert wurde, vollführte Sprünge wie ein Zirkusclown auf dem Trampolin. Aber er riss seine Witze darüber, lachte, während er durch die Luft gewirbelt wurde, und fischte von Zeit zu Zeit aus seinem Reisesack ein Stück Zucker, das sich der kluge Kiouni mit dem Ende des Rüssels angelte, ohne seinen gleichmäßigen Trab auch nur einen Moment zu unterbrechen.

Nach einem Ritt von 2 Stunden ließ der Führer den Elefanten anhalten und gönnte ihm eine Stunde Rast. Nachdem das Tier an einem nahen Tümpel seinen Durst gestillt hatte, ver-

Passepartout lachte, während er durch die Luft gewirbelt wurde

schlang es Zweige und Sträucher. Sir Francis Cromarty war diese Ruhepause hochwillkommen, denn er fühlte sich wie gerädert. Mr. Fogg hingegen wirkte noch so frisch und munter, als sei er gerade erst aus dem Bett gestiegen.

»Ja, ist der Mensch denn aus Eisen?« rief der Brigadegeneral und betrachtete ihn voller Bewunderung.

»Aus Schmiedeeisen«, erwiderte Passepartout, der gerade mit der Zubereitung eines schlichten Mahls beschäftigt war.

Um die Mittagszeit gab der Führer dann das Signal zum Aufbruch. Nach und nach gerieten sie in immer rauere Gegenden. Auf die großen Wälder folgten erst Dickichte aus Tamarinden und Zwergpalmen, dann weite, öde Ebenen, übersät mit dürrem Gestrüpp und mächtigen Syenitblöcken. Dieser ganze Teil des oberen Bundelkhand wird von Reisenden nur selten besucht, denn die einheimische Bevölkerung frönt noch geradezu fanatisch den grausamsten Bräuchen des Hinduismus. Hier hat sich die Herrschaft der Engländer noch nicht durchzusetzen vermocht, denn dieses Gebiet zählt noch immer zum Einflussbereich der Radschas, denen in ihren unzugänglichen Verstecken im Vindhya-Gebirge schwer beizukommen ist.

Mehrmals erblickten sie eine Horde dieser Furcht erregenden Hindus, die wütend hinter dem rasch vorbeitrabenden Vierfüßler her gestikulierten. Der Parse wich ihnen übrigens aus, so gut es ging, denn er hielt sie für Leute, mit denen nicht gut Kirschen essen war. Tiere waren an diesem Tag kaum zu sehen, nur hie und da ein paar Affen, die zu Passepartouts großem Vergnügen unter allerlei Verrenkungen und Grimassen das Weite suchten.

Eine Frage beschäftigte den Burschen ganz besonders. Was würde Mr. Fogg mit dem Elefanten machen, wenn sie die Station Allahabad erreichten? Würde er ihn mitnehmen? Unmöglich! Rechnete man zum Kaufpreis noch die Transportkosten hinzu, dann musste das Tier seinen Besitzer ja in den Ruin treiben. Wollte er ihn verkaufen oder wieder in die Freiheit entlassen? Dies prächtige Tier hatte es wahrlich verdient, dass man sich darüber Gedanken machte. Falls Mr. Fogg gar auf die Idee kommen sollte, ihm, Passepartout, den Elefanten zu schenken, würde ihn das in große Verlegenheit bringen. Die Sache ließ ihm einfach keine Ruhe.

Um 8 Uhr abends war die Hauptkette des Vindhya-Gebirges überschritten, und die Reisenden machten am Fuß des nördlichen Rückens bei einem verfallenen Bungalow Halt.

Die an diesem Tag zurückgelegte Strecke betrug ungefähr 25 Meilen, und bis Allahabad war es noch einmal so weit.

Die Nacht war kalt. Der Parse machte im Bungalow aus trockenen Zweigen ein Feuer, dessen Wärme von allen als äußerst wohltuend empfunden wurde. Das Abendessen bestand aus Vorräten, die man in Kholby eingekauft hatte. Die Reisenden aßen erschöpft und fühlten sich völlig zerschlagen. Die Unterhaltung bestand nur aus wenigen abgerissenen Sätzen, die bald in lautes Schnarchen übergingen. Der Führer wachte neben Kiouni, welcher an den Stamm eines mächtigen Baums gelehnt im Stehen schlief.

Ihre Nachtruhe wurde von keinem Zwischenfall gestört. Hin und wieder hörte man in der Stille der Nacht das Gebrüll eines Geparden oder Panters, in welches sich das gellende Gekreisch der Affen mischte. Doch die Fleischfresser ließen es bei dem Gebrüll bewenden und verzichteten auf feindselige Manöver gegen die Gäste im Bungalow. Sir Francis Cromarty schlief tief und fest wie ein abgekämpfter, wackerer Soldat. Passepartout wälzte sich unruhig hin und her, denn er vollführte im Traum noch einmal die Purzelbäume des zurückliegenden Tages. Mr. Fogg jedoch schlummerte so friedlich, als ruhe er in seinem stillen Haus in der Saville Row.

Um 6 Uhr früh brachen sie wieder auf. Der Führer hoffte, noch am selben Abend Allahabad zu erreichen. So würde Mr. Fogg nur einen Teil des Vorsprungs von 48 Stunden einbüßen, den er seit dem Beginn der Reise gewonnen hatte.

Es ging jetzt die letzten Ausläufer des Vindhya-Gebirges hinab, und Kiouni hatte wieder sein flottes Tempo angeschlagen. Um die Mittagszeit machten sie einen Bogen um den

Marktflecken Kallenger am Kani, einem der kleinen Nebenflüsse des Ganges. Bewohnte Ortschaften mied der Führer, weil er sich auf den menschenleeren Ebenen, den ersten Niederungen des mächtigen Stroms, sicherer fühlte. Die Station Allahabad lag nur noch 12 Meilen in nordöstlicher Richtung entfernt. Man machte unter ein paar Bananenstauden Halt und verzehrte mit großem Genuss die Früchte, die nach Aussagen von Reisenden so gesund sind wie Brot und »so köstlich munden wie Rahm«.

Um 2 Uhr nachmittags ritt der Führer in einen dichten Wald, der mehrere Meilen weit durchquert werden musste. Im Schutz der Bäume zu reisen war ihm offenbar lieber. Jedenfalls hatte er bislang alle unliebsamen Begegnungen zu vermeiden gewusst, und es schien bereits so, als werde die Reise ganz ohne Zwischenfälle verlaufen – da blieb der Elefant auf einmal mit allen Anzeichen der Unruhe stehen.

Es war gerade 4 Uhr.

»Was ist denn los?« fragte Sir Francis Cromarty und reckte den Kopf aus seinem Tragekorb heraus.

»Ich weiß nicht, Herr Offizier«, erwiderte der Parse, indem er auf das wirre Gemurmel horchte, welches durchs dichte Astwerk drang.

Kurz darauf war dieses Gemurmel schon deutlicher vernehmbar. Es hörte sich an wie ein Konzert von Menschenstimmen und Blechblasinstrumenten, wenn auch noch weit entfernt.

Passepartout war ganz Auge, ganz Ohr. Mr. Fogg wartete geduldig, ohne ein Wort zu sagen.

Der Parse sprang zum Boden hinab, band den Elefanten an einen Baum und verschwand im dichten Unterholz. Nach wenigen Minuten kam er zurück und rief:

»Eine Prozession von Brahmanen, die direkt auf uns zukommt. Sie sollten uns besser nicht bemerken!«

Der Führer band den Elefanten los und führte ihn ins Dickicht. Die Reisenden mahnte er, keinesfalls abzusteigen. Er selbst hielt sich bereit, schnell auf sein Reittier zu springen, falls sie flüchten mussten. Doch nahm er an, dass die Schar der Gläubigen sie nicht entdecken würde, denn das dichte Laub verbarg sie vollständig.

Das wirre Getöse von Stimmen und Instrumenten kam immer näher. Eintöniger Gesang mischte sich unter das Schlagen der Trommeln und Zimbeln. Bald tauchte die Spitze des Zuges unter den Bäumen auf, 50 Schritte von der Stelle entfernt, an der sich Mr. Fogg mit seinen Gefährten versteckte. Durchs Geäst konnten sie mühelos erkennen, aus welch kuriosen Gestalten sich diese religiöse Zeremonie zusammensetzte.

Der Prozession voran schritten mehrere Priester, die Mitren und lange bestickte Gewänder trugen. Die nun folgenden Männer, Frauen und Kinder psalmodierten eine Art Totenklage, welche in gleichmäßigen Abständen von Tamtam- und Zimbelschlägen unterbrochen wurde. Dahinter tauchte auf einem Wagen mit riesigen Rädern, deren Speichen und Felgen ineinander geflochtene Schlangen darstellten, eine abscheuliche Statue auf, die von einem doppelten Gespann prächtig aufgeputzter Zebus gezogen wurde. Die Statue hatte vier Arme, einen dunkelrot bemalten Rumpf, wilde Augen, wirres Haar, die Zunge baumelte ihr aus dem Mund, die Lippen waren mit Henna und Betel gefärbt. Um den Hals trug sie eine Kette aus Totenköpfen, ihre Hüften umschlang ein Gürtel aus abgeschlagenen Händen. Diese Statue stand auf dem geköpften Leib eines Riesen.

Sir Francis Cromarty erkannte sie sofort.

»Die Göttin Kali«, murmelte er, »die Göttin der Liebe und des Todes!«

»Des Todes, da stimme ich zu – aber der Liebe? Nie und nimmer!« meinte Passepartout. »So eine garstige Vettel!«

Der Parse bedeutete ihm zu schweigen.

Um die Statue tanzten mit wilden Gebärden unter krampfhaften Zuckungen mehrere alte Fakire herum, zebraartig mit ockergelben Streifen bemalt und von oben bis unten mit kreuzförmigen Schnitten übersät, aus denen Blut tropfte –

stumpfsinnige Fanatiker, die sich bei großen Hindu-Zeremonien immer noch vor die Räder des Dschagannath-Wagens warfen.

Dahinter folgten einige Brahmanen in ihren prunkvollen orientalischen Gewändern. Sie schleppten eine Frau mit sich, die sich kaum auf den Beinen halten konnte.

Diese Frau war noch sehr jung, weiß wie eine Europäerin. Kopf, Hals, Schultern, Ohren, Arme, Hände und Zehen waren mit Juwelen, Halsbändern, Armreifen, Broschen und Ringen überladen. Unter einer goldbestickten Tunika, von dünnem Musselin bedeckt, zeichnete sich ihre Gestalt ab.

Wächter mit blanken Säbeln und langen damaszierten Pistolen im Gürtel trugen hinter dieser jungen Frau – welch grauenvoller Kontrast! – einen Toten auf einer Sänfte einher.

Es war der Leichnam eines alten Mannes, in die kostbare Kleidung eines Radschas gehüllt. Wie im Leben trug er einen perlenverzierten Turban, ein Gewand aus golddurchwirkter Seide und einen diamantenbesetzten Kaschmirgürtel, in dem die prächtigen Waffen eines indischen Fürsten steckten.

Den Schluss des Zuges bildeten etliche Musikanten und eine Nachhut aus Fanatikern, deren Gekreisch bisweilen sogar den ohrenbetäubenden Lärm der Instrumente übertönte.

Sir Francis Cromarty betrachtete all diesen Pomp mit sonderbar trauriger Miene und sagte zum Führer gewandt:

»Ein Satti!«

Der Parse nickte und legte den Finger auf die Lippen. Die große Prozession wälzte sich langsam unter den Bäumen dahin, und bald waren die letzten Reihen in den Tiefen des Waldes verschwunden.

Nach und nach verhallten die Gesänge. Ein paar Mal drang noch aus der Ferne Geschrei herüber, dann folgte auf den ganzen Tumult wieder tiefe Stille.

Phileas Fogg hatte Sir Francis Cromartys Bemerkung gehört und fragte gleich nachdem die Prozession verschwunden war:

»Was ist das, ein ›Satti‹?«

»Ein Satti, Mr. Fogg«, antwortete der Brigadegeneral, »ist ein Menschenopfer, aber ein freiwilliges. Die junge Frau, die Sie soeben gesehen haben, wird morgen früh kurz nach Tagesanbruch verbrannt.«

»Ha, diese Schurken!« rief Passepartout, der einen Aufschrei der Empörung nicht unterdrücken konnte.

»Und der Leichnam?« fragte Mr. Fogg.

»Das ist der Leichnam des Fürsten, ihres Gatten«, erwiderte der Führer. »Er war ein unabhängiger Radscha im Bundelkhand.«

»Wie?« fragte Phileas Fogg, ohne dass seine Stimme die geringste Erregung verriet. »Diese barbarischen Bräuche existieren in Indien also immer noch? Und wir Engländer sind nicht imstande sie auszurotten?«

»Im größten Teil Indiens«, erwiderte Sir Francis Cromarty, »finden diese Menschenopfer nicht mehr statt; aber in diesen unwirtlichen Gegenden und ganz besonders im Gebiet von Bundelkhand hört unser Einfluss auf. Der ganze nördliche Rücken des Vindhya-Gebirges ist tagtäglich Schauplatz von Mord und Plünderungen.«

»Die Unglückliche!« flüsterte Passepartout. »Lebendig verbrannt zu werden!«

»Ja«, erwiderte der Brigadegeneral, »lebendig verbrannt! Und wenn sie nicht verbrannt würde – Sie machen sich ja keine Vorstellung davon, welch erbarmungswürdiges Leben sie dann bei ihren Verwandten führen müsste! Man würde ihr den Kopf kahl scheren, ihr kaum ein paar Reiskörner gönnen, sie immer nur zurückstoßen; sie würde als unrein gelten und schließlich in irgendeinem Winkel krepieren wie ein räudiger Hund. Weit häufiger als Liebe oder religiöser Fanatismus treibt diese Unglücklichen deshalb die Aussicht auf ein so grauenhaftes Los in den Flammentod. Gelegentlich erfolgt der Opfertod aber tatsächlich aus freien Stücken und ist dann nur durch energisches Einschreiten der Regierung zu verhindern. Als ich zum Beispiel vor einigen Jahren in Bom-

Die Unglückliche schien keinen Widerstand zu leisten

bay lebte, bat eine junge Witwe den Gouverneur um die Erlaubnis, sich mit der Leiche ihres Mannes verbrennen zu lassen. Wie Sie sich denken können, schlug ihr der Gouverneur die Bitte ab. Daraufhin verließ die Witwe die Stadt, floh zu einem der unabhängigen Radschas und opferte sich dort.«

Der Führer hatte dem Bericht des Brigadegenerals kopfschüttelnd zugehört und sagte jetzt:

»Die Opferung morgen früh bei Sonnenaufgang findet nicht freiwillig statt.«

»Woher wollen Sie das wissen?«

»Das ist im ganzen Bundelkhand bekannt«, erwiderte der Führer.

»Aber die Unglückliche schien keinen Widerstand zu leisten«, bemerkte Sir Francis Cromarty.

»Weil man sie mit Haschisch und Opium betäubt hat«, erklärte der Führer.

»Und wohin bringt man sie jetzt?«

»In die Pagode von Pilladschi, 2 Meilen von hier. Dort muss sie die Nacht verbringen und auf ihre Todesstunde warten.«

»Und wann soll die Opferung stattfinden?«

»Morgen, bei Tagesanbruch.«

Nach dieser Antwort führte der Parse den Elefanten aus dem dichten Unterholz heraus und schwang sich auf seinen Nacken. Doch gerade als er ihn durch einen speziellen Pfiff antreiben wollte, hielt Mr. Fogg ihn zurück und sagte zu Sir Francis Cromarty:

»Und wenn wir diese Frau retten würden?«

»Diese Frau retten? Aber Mr. Fogg!« rief der Brigadegeneral.

»Ich habe noch 12 Stunden Vorsprung. Die könnte ich dafür nehmen.«

»Sieh an! Sie hören auf die Stimme Ihres Herzens!« rief Sir Francis Cromarty.

»Manchmal«, erwiderte Phileas Fogg schlicht. »Wenn ich Zeit dazu habe.«

13. KAPITEL

In welchem Passepartout einen weiteren Beweis dafür liefert, dass dem Kühnen das Glück hold ist

Es war ein kühner Plan, gespickt mit Schwierigkeiten, ja vielleicht undurchführbar. Mr. Fogg war drauf und dran, sein Leben aufs Spiel zu setzen, zumindest seine Freiheit und damit den Erfolg seiner gesamten Unternehmung, aber er zögerte keinen Augenblick. Im Übrigen fand er in Sir Francis Cromarty einen entschlossenen Verbündeten.

Was Passepartout betraf, der war bereit, auf den konnte man zählen. Der Plan seines Herrn begeisterte ihn. Er erkannte ein Herz, eine Seele unter dieser Hülle aus Eis. Allmählich gewann er seinen Herrn richtig lieb.

Blieb noch der Führer. Wessen Partei würde er ergreifen? Würde er sich nicht auf die Seite der Hindus schlagen? Falls mit seiner Hilfe nicht zu rechnen war, musste man sich wenigstens seiner Neutralität versichern!

Sir Francis Cromarty fragte ihn ganz direkt.

»Herr Offizier«, antwortete der Führer, »ich bin Parse, und diese Frau ist gleichfalls Parsin. Verfügen Sie über mich!«

»Gut so«, sagte Mr. Fogg zu ihm.

»Allerdings sollten Sie wissen«, fügte der Parse hinzu, »dass wir nicht nur unser Leben riskieren, sondern auch grässliche Martern, wenn man uns ertappt. Überlegen Sie es sich also gut.«

»Wir haben es uns bereits überlegt«, antwortete Mr. Fogg. »Ich glaube, wir sollten den Einbruch der Nacht abwarten, bevor wir handeln?«

»Das glaube ich auch«, sagte der Führer.

Der wackere Hindu erzählte ihnen nun einiges über das Opfer. Es war ein Hindumädchen, eine berühmte Schönheit parsischer Abstammung, Tochter reicher Kaufleute in Bombay. Sie hatte in jener Stadt eine englische Erziehung genossen, und ihrem Benehmen, ihrer Bildung nach hätte man sie für eine Europäerin halten können. Ihr Name war Aouda.

Als Waise hatte man sie gegen ihren Willen mit dem greisen Radscha von Bundelkhand verheiratet. 3 Monate später war sie bereits verwitwet. Da sie wusste, was für ein Schicksal ihr nun drohte, war sie geflohen. Doch sie wurde bald wieder aufgegriffen und von den Angehörigen des Radschas, die ein Interesse daran hatten, dass sie starb, jenem Opfertod geweiht, dem sie jetzt wohl nicht mehr entrinnen konnte.

Diese Erzählung bestärkte Mr. Fogg und seine Gefährten nur noch in ihrem hochherzigen Entschluss. Man entschied, dass der Führer zunächst den Elefanten so nah wie möglich an die Pagode von Pilladschi heranführen sollte.

Eine halbe Stunde später machten sie Halt in einem Gehölz, 500 Schritte von der Pagode entfernt, die man von hier aus allerdings nicht sehen konnte; doch das Geschrei der Fanatiker war deutlich zu hören.

Nun wurden Mittel und Wege erörtert, wie man zu der bedauernswerten Frau gelangen sollte. Der Führer kannte die Pagode von Pilladschi, in der die Ärmste angeblich festgehalten wurde. War es möglich, durch eins der Tore einzudringen, nachdem der Schlaf die betrunkene Horde übermannt hatte? Oder mussten sie ein Loch in die Mauer brechen? Das ließ sich erst später an Ort und Stelle entscheiden. Doch eins stand außer Zweifel: Die Befreiung musste noch in dieser Nacht erfolgen, nicht erst am nächsten Tag, wenn die junge Frau zum Scheiterhaufen geführt wurde. Dann wäre es für jedes Einschreiten zu spät gewesen.

Mr. Fogg und seine Gefährten warteten auf die Nacht. Sobald sich gegen 6 Uhr die Dämmerung herabsenkte, beschlossen sie, das Terrain um die Pagode zu sondieren. Die letzten Schreie der Fakire waren verstummt. Ihrer Gewohnheit nach mussten die Hindus jetzt in den tiefen Rausch des *hang* gesunken sein – flüssiges Opium, vermischt mit einem Aufguss aus Haschisch –, und dann war es vielleicht möglich, sich an ihnen vorbei zum Tempel zu schleichen.

Der Parse, der Mr. Fogg, Sir Francis Cromarty und Passepartout voranging, bewegte sich geräuschlos durch den Wald.

Nachdem sie etwa 10 Minuten durchs Dickicht geschlichen waren, kamen sie an das Ufer eines kleinen Flusses und erblickten dort im Schein der harzbestrichenen Fackeln einen mächtigen Holzstoß. Dies war der Scheiterhaufen, aus kostbarem Sandelholz errichtet und bereits mit einem parfümierten Öl getränkt. Ganz oben ruhte der einbalsamierte Leichnam des Radschas, der gemeinsam mit seiner Witwe verbrannt werden sollte. 100 Schritte vom Scheiterhaufen entfernt ragten im Dunkel die Minaretts der Pagode über die Baumwipfel.

»Kommen Sie!« flüsterte der Führer.

Mit doppelter Vorsicht glitt er lautlos durchs hohe Gras, gefolgt von seinen Gefährten.

Jetzt wurde die Stille nur noch vom Säuseln des Winds in den Zweigen unterbrochen.

Bald darauf machte der Führer am Rand einer Lichtung Halt. Mehrere Harzfackeln beleuchteten den Platz. Überall auf dem Boden lagen berauschte Schläfer herum. Man musste an ein mit Leichen übersätes Schlachtfeld denken. Männer, Frauen, Kinder, alle lagen durcheinander. Einige der Betrunkenen röchelten vor sich hin.

Im Hintergrund, zwischen den dichten Bäumen, ragte schemenhaft der Tempel von Pilladschi empor. Doch zur großen Enttäuschung des Führers wachten vor den Toren im Schein der rußenden Fackeln die Soldaten des Radschas und paradierten mit gezückten Säbeln auf und ab. Also wachten vermutlich auch drinnen die Priester.

Weiter wagte sich der Parse nicht. Er sah, dass es unmöglich war, in den Tempel einzudringen und führte seine Gefährten wieder zurück.

Auch Phileas Fogg und Sir Francis Cromarty hatten erkannt, dass dieser Versuch zum Scheitern verurteilt war.

Sie blieben stehen und berieten sich leise.

»Warten wir«, sagte der Brigadegeneral, »es ist gerade erst 20 Uhr. Möglich, dass auch die Wachen noch vom Schlaf überwältigt werden.«

Im Schein der rußenden Fackeln wachten die Soldaten des Radschas

»Das wäre durchaus möglich«, antwortete der Parse.

Phileas Fogg und seine Begleiter streckten sich am Fuß eines Baumes aus und warteten.

Wie lang wurde ihnen die Zeit! Der Führer ließ sie dann und wann allein, um vom Waldrand aus hinüberzuspähen. Noch immer wachten die Soldaten des Radschas im Schein der Fackeln, und durch die Fenster der Pagode drang mattes Licht.

So wartete man bis Mitternacht. Doch die Lage blieb unverändert. Offenbar war nicht damit zu rechnen, dass die Wachen irgendwann in Schlummer sanken. Ihnen war das berauschende Getränk vermutlich vorenthalten worden. Man musste also anders vorgehen und eine Öffnung in die Mauer brechen, durch die man dann in die Pagode eindringen konnte. Blieb noch die Frage, ob die Priester ihr Opfer ebenso aufmerksam bewachten wie die Soldaten das Tempeltor.

Nach einer letzten Unterredung erklärte sich der Führer zum Aufbruch bereit. Mr. Fogg, Sir Francis und Passepartout folgten ihm. Um die Pagode über die Apsis zu erreichen, mussten sie einen ziemlich weiten Umweg machen.

Etwa eine halbe Stunde nach Mitternacht gelangten sie an den Fuß der Mauer, ohne jemandem begegnet zu sein. Auf dieser Seite waren zwar keine Wachen postiert, doch gab es hier auch nirgends Fenster und Türen.

Es war eine pechschwarze Nacht. Der Mond, im letzten Viertel, war noch kaum über den Horizont gestiegen und von großen Wolken verdeckt. Die hohen Bäume machten die Finsternis noch undurchdringlicher.

Aber es genügte nicht, dass man den Fuß der Mauern erreicht hatte; jetzt musste noch eine Öffnung hineingebrochen werden. Für diese Arbeit standen Fogg und seinen Gefährten bis auf ihre Taschenmesser keinerlei Werkzeuge zur Verfügung. Zum Glück waren die Wände des Tempels aus einem Holz-Ziegelstein-Gemisch, das bestimmt keinen allzu großen Widerstand bot. Und hatte man erst einen Ziegel herausgelöst, dann war der Rest ein Kinderspiel.

So leise wie möglich machten sie sich ans Werk. Sie lösten Stein um Stein heraus, der Parse auf der einen, Passepartout auf der andern Seite, um auf diese Weise eine Öffnung von etwa 2 Fuß Durchmesser zu schaffen.

Sie kamen gut voran, doch plötzlich ertönte im Innern des Tempels ein Schrei, auf den umgehend Schreie von draußen folgten.

Passepartout und der Führer hielten inne. Hatte man sie entdeckt? Hatte jemand Alarm geschlagen? Die schiere Vernunft gebot ihnen zu fliehen – und genau das taten sie auch, gemeinsam mit Phileas Fogg und Sir Francis Cromarty. Erneut kauerten sie sich ins schützende Dickicht und warteten, ob der Alarm, wenn es denn einer war, wieder abgeblasen würde; in diesem Fall hätten sie sich sofort wieder ans Werk gemacht.

Doch da – welch fürchterliches Missgeschick! – tauchten auch an der Apsis der Pagode Wachen auf und postierten sich so, dass eine Annäherung nun vollkommen ausgeschlossen war.

Die vier Männer packte eine schier unbeschreibliche Enttäuschung. Jetzt, wo sie nicht mehr zu dem bedauernswerten Opfer gelangen konnten, wie sollten sie es noch retten? Sir Francis Cromarty ballte die Fäuste. Passepartout war außer sich, und der Führer hatte alle Mühe, ihn zu beschwichtigen. Nur der unerschütterliche Fogg wartete ab, ohne sich etwas von seinen Gefühlen anmerken zu lassen.

»Bleibt uns denn jetzt etwas anderes übrig, als weiterzureisen?« fragte der Brigadegeneral leise.

»Nein, uns bleibt nichts anderes übrig«, erwiderte der Führer.

»Halt«, sagte Fogg. »Es reicht, wenn ich morgen vor Mittag in Allahabad eintreffe.«

»Worauf hoffen Sie noch?« entgegnete Sir Francis Cromarty. »In wenigen Stunden bricht der Tag an, und dann ...«

»Es kann sich auch im letzten Augenblick noch eine günstige Gelegenheit auftun.«

Der Brigadegeneral hätte viel darum gegeben, in Phileas Foggs Blick lesen zu können. Worauf zählte dieser kaltblütige Brite noch? Wollte er sich im Augenblick des Opfertods auf die junge Frau stürzen und sie den Armen ihrer Henker entreißen?

Das wäre blanker Wahnsinn gewesen, und *so* wahnsinnig war dieser Mann dann hoffentlich doch nicht? Dennoch erklärte sich Sir Francis Cromarty bereit, den Ausgang dieses schrecklichen Dramas abzuwarten. Auf alle Fälle drang der Führer darauf, dass man das derzeitige Versteck verließ, und brachte seine Gefährten wieder zur Lichtung zurück. Dort konnten sie im Schutz der Bäume die in Gruppen liegenden Schläfer im Auge behalten.

In Passepartout, der auf den untersten Ästen eines Baumes hockte, rumorte eine Idee; sie war ihm erst wie ein Blitz durch den Kopf geschossen und nistete sich jetzt in seinem Gehirn ein. Anfangs hatte er sich gesagt: »Der reinste Wahnsinn!« jetzt aber murmelte er vor sich hin: »Warum eigentlich nicht? Es wäre eine Chance, vielleicht die einzige, und wo es doch solche Schwachköpfe sind ...«

Genauer formulierte Passepartout seine Gedanken nicht, doch kurz darauf glitt er geschmeidig wie eine Schlange die unteren Äste des Baums hinab, deren Spitzen fast den Boden berührten.

Die Stunden verstrichen, und irgendwann kündigten ein paar hellere Schattierungen die Morgendämmerung an. Trotzdem herrschte noch tiefe Finsternis.

Es war so weit. Die schlafende Menge erwachte zu neuem Leben. Wieder ertönten dumpf die Schläge der Tamtams. Man hörte Gesänge und Geschrei. Nun war die Stunde gekommen, in der die Unglückliche sterben sollte.

Schon öffneten sich die Tore der Pagode. Helles Licht fiel nach draußen. In dieser Beleuchtung sahen Mr. Fogg und Sir Francis Cromarty, wie das Opfer von zwei Priestern herausgeschleift wurde. Es schien sogar, als bäume sich der Selbsterhaltungstrieb der Ärmsten ein letztes Mal auf und als versuche sie, die Betäubung des Rausches abzuschütteln und sich von ihren Henkern loszureißen. Sir Francis Cromartys Herz klopfte zum Zerspringen; krampfhaft fasste er nach der Hand Phileas Foggs und spürte, dass diese Hand ein blankes Messer hielt.

In diesem Augenblick setzte sich die Menge in Bewegung. Die junge Frau war in jene Starre zurückgesunken, die vom Haschischrauch hervorgerufen wird. Man schleppte sie durch die Reihen der Fakire, die sie mit ihrem psalmodierenden Geschrei begleiteten.

Unauffällig schlossen sich Phileas Fogg und seine Gefährten dem Ende des Zuges an und folgten ihm.

2 Minuten später erreichten sie das Ufer des Flusses und blieben weniger als 50 Schritte von dem Scheiterhaufen entfernt stehen, auf dem der Leichnam des Radschas lag. Im Halbdunkel sahen sie die Todgeweihte völlig starr neben dem Leichnam ihres Gatten liegen.

Jetzt näherte sich eine Fackel dem Stoß und das mit Öl getränkte Holz stand lichterloh in Flammen.

In diesem Moment wurde Phileas Fogg von Sir Francis Cromarty und dem Führer zurückgehalten, weil er in einer Anwandlung selbstlosen Wahnsinns auf den Scheiterhaufen zustürzen wollte ...

Schon hatte sich Phileas Fogg losgerissen, als sich die Szenerie plötzlich mit einem Schlag änderte. Aus allen Kehlen drang ein Schrei des Entsetzens. Die Menge warf sich von Grauen gepackt zu Boden.

Dann war der alte Radscha also gar nicht tot? Denn plötzlich richtete er sich auf wie ein Gespenst, nahm die junge Frau in seine Arme und stieg mitten durch die Rauchwirbel als geisterhafte Erscheinung vom Scheiterhaufen herab.

Die Fakire, Soldaten und Priester lagen von jähem Entsetzen gelähmt mit dem Gesicht zu Boden und wagten die Augen nicht aufzuschlagen, um dieses Wunder zu schauen!

Das leblose Opfer ruhte in den starken Armen, die es trugen, als habe es gar kein Gewicht. Mr. Fogg und Sir Francis

Aus allen Kehlen drang ein Schrei des Entsetzens

Cromarty waren aufrecht stehen geblieben. Der Parse hatte den Kopf gesenkt, und gewiss war Passepartout nicht weniger verblüfft! …

Jetzt näherte sich der Auferstandene jener Stelle, wo Mr. Fogg und Sir Francis Cromarty warteten; und dort stieß er plötzlich hervor:

»Los, nichts wie weg!«

Passepartout hatte sich zum Scheiterhaufen geschlichen, mitten in den dichten Rauch hinein! *Passepartout* hatte die immer noch herrschende Dunkelheit genutzt, um die junge Frau dem Tod zu entreißen! *Passepartout* war in seiner Rolle als alter Radscha mit dem Glück des Kühnen mitten durchs allgemeine Entsetzen geschritten!

Im nächsten Augenblick waren die Vier im Wald verschwunden, und der Elefant trug sie in scharfem Trab von dannen. Allerdings bewies ihnen wildes Geschrei, Gebrüll, ja sogar eine Kugel, die Mr. Foggs Hut durchschlug, dass ihre List durchschaut war.

Jetzt erblickten die Priester auf dem lodernden Scheiterhaufen nämlich die Leiche des alten Radscha. Nachdem sie sich von ihrem Schrecken erholt hatten, merkten sie, dass es sich hier um eine Entführung handelte.

Sie stürzten sofort in den Wald. Die Wachen folgten ihnen auf dem Fuß. Eine Salve wurde abgefeuert, doch die Entführer flohen rasch und waren schon wenige Augenblicke später den Kugeln und Pfeilen entronnen.

14. KAPITEL

In welchem Phileas Fogg durch das herrliche Gangestal reist, ohne es auch nur eines Blickes zu würdigen

Die kühne Entführung war geglückt. Noch eine Stunde später lachte Passepartout unbändig über seinen Erfolg. Sir Francis Cromarty hatte dem unerschrockenen Franzosen die Hand geschüttelt. Sein Herr hatte gesagt: »Gut gemacht« – was aus dem Munde dieses Gentleman ein großes Lob war. Passepartout hatte erwidert, die Ehre gebühre vielmehr seinem Herrn. Er habe nur eine »lustige« Idee gehabt. Dann brach er erneut in Gelächter aus bei dem Gedanken, dass er, Passepartout, einstiger Turnlehrer und Feuerwehrhauptmann, den Witwer einer zauberhaften jungen Frau gespielt hatte, einen alten einbalsamierten Radscha!

Die junge Inderin hatte gar nicht mitbekommen, was geschehen war. In Reisedecken gehüllt ruhte sie nun in einem der Tragekörbe.

Mittlerweile trabte der Elefant, von dem Parsen mit großer Geschicklichkeit geführt, rasch durch den immer noch finsteren Wald. Eine Stunde nachdem sie die Pagode von Pilladschi verlassen hatten, durchquerte er eine weite Ebene. Um 7 Uhr wurde Rast gemacht. Die junge Frau befand sich immer noch in einem Zustand völliger Erschöpfung. Der Führer flößte ihr ein paar Schlucke Wasser und Brandy ein, doch die Betäubung, die sie umfing, würde wohl noch einige Zeit anhalten.

Aber Sir Francis Cromarty, der sich mit der berauschenden Wirkung des eingeatmeten Haschischrauchs auskannte, sah keinen Anlass zur Besorgnis.

Weitaus mehr als der Gesundheitszustand der jungen Inderin beunruhigten den Brigadegeneral ihre Zukunftsaussichten. Er eröffnete Phileas Fogg ohne zu zögern, dass Mrs. Aouda, wenn sie in Indien bliebe, ihren Henkern unweigerlich erneut in die Hände fallen werde. Die britische Polizei würde es nicht verhindern können, dass diese Fanatiker, welche auf dem ganzen Subkontinent verbreitet waren, die junge Frau wieder in ihre Gewalt brachten, sei es nun in Madras, in Bombay oder Kalkutta. Und zum Beweis für seine Worte erzählte er von einem ganz ähnlichen Fall, der sich vor kurzem zugetragen hatte. Seiner Meinung nach war die junge Frau erst dann in Sicherheit, wenn sie Indien verließ.

Phileas Fogg erwiderte, dass er diesen Bedenken Rechnung tragen und darüber nachsinnen werde.

Gegen 10 Uhr verkündete der Führer, dass sie die Station Allahabad erreicht hätten. Von hier aus führte die unterbrochene Eisenbahnstrecke weiter nach Kalkutta, wohin die Züge nicht einmal einen Tag und eine Nacht benötigten.

Phileas Fogg würde also rechtzeitig das Dampfschiff erreichen, das erst am nächsten Tag, dem 25. Oktober, mittags nach Hongkong auslief.

Die junge Frau wurde in einem Raum im Bahnhofsgebäude untergebracht. Passepartout erhielt den Auftrag, verschiedene Toilettenartikel für sie einzukaufen, sowie Kleider, Schals, Pelzwerk usw., was immer er fand. Sein Herr gewährte ihm völlig freie Hand.

Passepartout brach sofort auf und lief durch die Straßen der Stadt. Allahabad ist die Stadt Gottes, eine der heiligsten Städte Indiens – sie wurde am Zusammenfluss der beiden heiligen Flüsse Ganges und Jumna erbaut, deren Wasser Scharen von Pilgern aus dem ganzen Subkontinent anzieht. Den Legenden des Ramajana-Epos zufolge liegt die Quelle des Ganges im Himmel, von wo aus er durch die Gnade Brahmas zur Erde hinabströmt.

Während des Einkaufs hatte Passepartout sich in der Stadt umgesehen. Sie wurde früher von einem mächtigen Fort aus verteidigt, das nun als Staatsgefängnis dient. In dieser einstigen Industrie- und Handelsstadt gab es jetzt allerdings weder Handel noch Industrie. Vergeblich hielt Passepartout Ausschau nach einem Modegeschäft, als befände er sich in der Regent Street, ein paar Schritte von Farmer & Co. entfernt; was er suchte, fand er zuletzt im Trödelladen eines alten Juden: ein Kleid mit kariertem Schottenmuster, einen weiten Mantel und einen wundervollen Fischotterpelz, für den er ohne zu zögern 75 Pfund Sterling hinlegte. Triumphierend kehrte er zum Bahnhof zurück.

Mrs. Aouda kam langsam wieder zu Bewusstsein. Die Wirkung der Rauschmittel, mit denen die Priester von Pilladschi sie betäubt hatten, ließ allmählich nach, und ihre schönen Augen gewannen ihre ganze indische Sanftheit zurück.

Der Dichterkönig Usaaf Uddaul rühmt die Reize der Königin von Ahmehnagara mit folgenden Worten:

»Ihr glänzendes Haar, exakt in der Mitte gescheitelt, umrahmt die harmonische Linie ihrer zarten, hellen Wangen mit ihrem glatten, frisch schimmernden Glanz. Ihre ebenholzfarbenen Brauen wölben sich mit der Kraft des Bogens von Kama, dem Gott der Liebe, und unter ihren langen, seidenen Wimpern schwimmt in den schwarzen Pupillen der großen klaren Augen, wie in den heiligen Seen des Himalaja, der reinste Widerschein himmlischen Lichts. Fein, ebenmäßig und weiß leuchten die Zähne zwischen den lächelnden Lippen hervor, wie Tautropfen im halbgeschlossenen Kelch einer Granatapfelblüte. Ihre zarten, symmetrisch geschwungenen Ohren, ihre rot gefärbten Hände und winzigen Füße, zart gewölbt wie Lotusblüten, funkeln vom Glanz der schönsten Perlen Ceylons, der edelsten Diamanten von Golkonda. Die schmale, geschmeidige Taille, mit einer Hand zu umspannen, betont den erlesenen Schwung ihrer gerundeten Hüften und ihres Busens Pracht, der kostbarsten Schätze blühender Jugend. Unter den seidenen Falten der Tunika scheint sie aus purem Silber geformt, von der göttlichen Hand Vikvakarmas, des ewigen Bildhauers.«

Doch auch ohne diese blumige Übertreibung genügt es, wenn man sagt, dass Mrs. Aouda, Witwe des Radschas von Bundelkhand, eine bezaubernde Frau war, und zwar durchaus im europäischen Sinn des Wortes. Ihr Englisch war nahezu makellos, und der Parse hatte keineswegs übertrieben, als er behauptete, diese junge Parsin sei durch Erziehung und Bildung in eine Europäerin verwandelt worden.

Inzwischen stand die Abfahrt des Zuges unmittelbar bevor. Der Parse wartete. Mr. Fogg zahlte ihm den vereinbarten Lohn und keinen Penny mehr. Dies erstaunte Passepartout ein wenig, denn er wusste ja, was sein Herr der Treue dieses Mannes verdankte. Immerhin hatte der Parse beim Abenteuer mit der Pagode von Pilladschi freiwillig sein Leben aufs Spiel gesetzt, und falls die Hindus dies jemals erfahren sollten, würde er ihrer Rache wohl kaum entrinnen.

Und Kiouni? Was machte man mit einem Elefanten, der so viel Geld gekostet hatte?

Doch Phileas Foggs Entscheidung war bereits gefallen.

»Parse«, sagte er zu dem Führer, »Du hast uns pflichteifrig und treu gedient. Für deinen Pflichteifer habe ich dich schon bezahlt, nicht jedoch für deine Treue. Möchtest du diesen Elefanten? Er gehört dir.«

Die Augen des Parsen leuchteten. »Damit schenkt mir der gnädige Herr ja ein Vermögen!« rief er aus.

»Nimm es nur an«, erwiderte Mr. Fogg. »Ich stehe trotzdem noch in deiner Schuld.«

»Bravo!« rief Passepartout. »Nimm ihn, mein Freund! Kiouni ist ein tüchtiges, mutiges Tier!«

Dann ging er zu dem Elefanten und hielt ihm ein paar Zuckerstücke hin. »Da, Kiouni, friss!«

Der Elefant gab ein zufriedenes Grunzen von sich. Dann schlang er seinen Rüssel um Passepartouts Taille, hob ihn auf und setzte ihn sich auf den Kopf. Passepartout, der sich nicht im Geringsten fürchtete, streichelte das Tier, welches ihn kurz darauf wieder sanft auf die Erde setzte. Anschließend reichte ihm der wackere Kiouni den Rüssel, den der gute Bursche wie eine Hand ergriff und kräftig schüttelte.

Wenige Augenblicke später saßen Phileas Fogg, Sir Francis Cromarty, Passepartout und Mrs. Aouda, die den bequemsten Platz erhalten hatte, in einem behaglichen Eisenbahnabteil und fuhren mit Volldampf nach Benares.

Die beinahe 80 Meilen von Allahabad legten sie in 2 Stunden zurück.

Während dieser Fahrt kam die junge Frau allmählich wieder ganz zu sich; die betäubende Wirkung des Haschisch hatte sich verflüchtigt.

Wie maßlos überrascht war sie, als sie in diesem Zug erwachte, in diesem Abteil, in europäischer Kleidung, inmitten von Reisenden, die sie gar nicht kannte!

Passepartout fürchtete sich nicht im Geringsten

Ihre Gefährten zeigten sich rührend besorgt und reichten ihr etwas Likör, um ihre Lebensgeister zu wecken. Dann erzählte ihr der Brigadegeneral die ganze Geschichte. Er hob besonders die Opferbereitschaft Phileas Foggs hervor, der ohne Zögern sein Leben riskiert hatte, um sie zu retten, und schilderte dann den Ausgang des Abenteuers, den man Passepartouts kühnem Einfall verdankte.

Mr. Fogg ließ ihn reden, ohne ein Wort zu sagen. Passepartout jedoch wurde ganz verlegen und wiederholte ständig, das sei doch nicht der Rede wert.

Mrs. Aouda dankte ihren Rettern aus ganzem Herzen, allerdings mehr mit Tränen als mit Worten. Noch beredter als ihre Lippen brachten die schönen Augen ihre Dankbarkeit zum Ausdruck. Dann aber kehrte die Erinnerung an die Szenen des Satti zurück, und als sie der Gefahren gedachte, die ihr in Indien immer noch drohten, schauderte ihr vor Entsetzen.

Phileas Fogg ahnte, was in Mrs. Aouda vorging. Um sie zu beruhigen, bot er ihr an, wenn auch recht kühl und nüchtern, sie bis nach Hongkong zu geleiten, wo sie dann solange bleiben könne, bis die Sache in Vergessenheit geraten sei.

Dieses Angebot erfüllte Mrs. Aouda mit großer Dankbarkeit. In Hongkong wohnte nämlich einer ihrer Verwandten, Parse wie sie, der zu den wichtigsten Kaufherren dieser Stadt zählte, die übrigens absolut britischen Charakter hat, obwohl sie an der chinesischen Küste liegt.

Um halb 1 hielt der Zug im Bahnhof von Benares. Den brahmanischen Legenden zufolge soll sich hier die antike Stadt Kasi befunden haben, die einst zwischen dem Zenith und dem Nadir im Raum schwebte wie Mohammeds Grab. Doch nun, in dieser Epoche größerer Nüchternheit, stand Benares, das die Orientalisten als indisches Athen bezeichnen, ganz prosaisch auf dem Boden; seine Backsteinhäuser und Lehmhütten, soweit Passepartout ihrer ansichtig wurde, wirkten äußerst trostlos und boten keinerlei Reiz.

Hier war die Reise für Sir Francis Cromarty zuende. Die

Truppen, zu denen er zurückkehrte, lagerten einige Meilen nördlich der Stadt. Und so verabschiedete sich der Brigadegeneral von Phileas Fogg, wünschte ihm allen erdenklichen Erfolg und gab der Hoffnung Ausdruck, dass Mr. Fogg die Reise unter weniger originellen und dafür aussichtsreicheren Bedingungen fortsetzen könne. Mr. Fogg drückte ihm kurz die Hand. Mrs. Aouda verabschiedete sich da schon herzlicher. Nie werde sie vergessen, was sie Sir Francis Cromarty verdanke. Und Passepartout – der wurde vom Brigadegeneral mit einem festen Händedruck beehrt. Tief bewegt überlegte er, wo und wann er sich dafür durch seine Dienste erkenntlich zeigen könnte. Dann trennten sich die Wege der Reisenden.

Hinter Benares führte die Eisenbahnstrecke teilweise durchs Tal des Ganges. Bei recht schönem Wetter glitt vor den Fenstern des Abteils die abwechslungsreiche Landschaft von Bihar vorbei, bewaldete Berge, Gersten-, Mais- und Weizenfelder, Flüsse und Teiche voll grünlicher Alligatoren, schmucke Dörfer, Wälder in frischem Grün. In den Wassern des heiligen Stroms badeten ein paar Elefanten und Zebus mit großen Höckern, und nicht weit davon zelebrierten, trotz der fortgeschrittenen Jahreszeit und der schon kühlen Temperaturen, Gruppen frommer Hindus beiderlei Geschlechts die rituellen Waschungen. Diese Eiferer sind fanatische Gegner der Buddhisten, glühende Anhänger des brahmanischen Glaubens, der sich in folgenden drei Wesenheiten inkarniert: Wischnu, der Sonnengott, Schiwa, die göttliche Inkarnation der Naturgewalten, und Brahma, der höchste Herr der Priester und Gesetzgeber. Doch was mochten Brahma, Schiwa und Wischnu von diesem »britannisierten« Indien halten, wenn tutende Schiffe vorbeidampften, die heiligen Fluten des Ganges aufwühlten und alle Wesen in Angst und Schrecken versetzten: die Möwen, die über seinen Wassern segelten, die Schildkröten, die seine Ufer bevölkerten, die Gläubigen, die seine Gestade säumten.

Dies Panorama glitt schnell wie der Blitz vorbei, und man-

Gruppen frommer Hindus beiderlei Geschlechts zelebrierten die rituellen Waschungen

che Einzelheiten wurden von einer weißen Dampfwolke verschleiert. So konnte man zum Beispiel kaum Fort Khunar erkennen, 20 Meilen südöstlich von Benares, auch nicht die antike Festung der Radschas von Bihar oder die Stadt Ghasipur mit ihren bedeutenden Rosenwassermanufakturen; weder das Grabmahl von Lord Cornwallis, das sich am linken Ufer des Ganges erhebt, noch die befestigte Stadt Buxar; weder die Industrie- und Handelsstadt Patna, Schwerpunkt des indischen Opiummarkts, noch Monghir, eine durch und durch europäische Stadt, so britisch wie Manchester oder Birmingham, bekannt für ihre Eisengießereien, ihre Messer- und Waffenfabriken, deren hohe Schornsteine mit ihrem schwarzen Rauch den Himmel Brahmas beschmutzen – ein wahrer Schandfleck in diesem Land der Träume!

Dann kam die Nacht, und der Zug brauste mit Volldampf durch die Finsternis, begleitet vom Gebrüll und Geheul der Tiger, Bären und Wölfe, die vor der Lokomotive die Flucht ergriffen. Jetzt sah man gar nichts mehr von den Wundern Bengalens: weder Golkonda noch die Ruinen von Gour, weder die einstige Hauptstadt Murschedabad noch Burdwan, Hugli oder Chandarnagor – wo Passepartout voller Stolz die flatternde Flagge seines Heimatlandes erspäht hätte.

Um 7 Uhr morgens erreichten sie endlich Kalkutta. Der Dampfer nach Hongkong würde erst mittags auslaufen. Bis dahin blieben Phileas Fogg also noch 5 Stunden Zeit.

Seinem Reiseplan zufolge musste Mr. Fogg die indische Hauptstadt am 25. Oktober, 23 Tage nach seiner Abfahrt aus London, erreichen und war tatsächlich am vorgesehenen Tag eingetroffen. Leider hatte er die beiden Tage, die er zwischen London und Bombay hinzugewonnen hatte, bei der Durchquerung der indischen Halbinsel wieder verloren, wir wissen ja wie – aber es ist anzunehmen, dass er dies nicht bereute.

15. KAPITEL
In welchem die Tasche mit den Banknoten noch einmal um mehrere Tausend Pfund erleichtert wird

Der Zug war im Bahnhof von Kalkutta angekommen. Passepartout stieg als Erster aus, gefolgt von Mr. Fogg, der seiner jungen Reisegefährtin beim Aussteigen behilflich war. Phileas Fogg hatte die Absicht, sich sofort an Bord des Dampfers nach Hongkong zu begeben, und Mrs. Aouda dort komfortabel unterzubringen. Er wollte sie keinen Moment allein lassen in diesem Land, wo ihr solche Gefahren drohten.

Gerade als Mr. Fogg den Bahnhof verlassen wollte, kam ein Polizist auf ihn zu und fragte: »Mr. Phileas Fogg?«

»Ja, das bin ich.«

»Und dieser Mann ist Ihr Diener?« fragte der Polizist weiter und deutete auf Passepartout.

»Ja.«

»Dann muss ich Sie beide bitten, mit mir zu kommen.«

Mr. Fogg ließ sich keinerlei Überraschung anmerken. Dieser Polizist verkörperte das Gesetz, und das Gesetz ist allen Engländern heilig. Passepartout wollte als typischer Franzose Protest erheben, doch der Polizist tippte ihn mit seinem Stock an, und Phileas Fogg gab ihm mit einem Wink zu verstehen, er solle gehorchen.

»Kann diese junge Dame uns begleiten?« fragte Mr. Fogg.

»Ja«, erwiderte der Polizist.

Er führte Mr. Fogg, Mrs. Aouda und Passepartout zu einem Palki-ghari, einem Fahrzeug mit vier Rädern und ebenso vielen Sitzplätzen, das von zwei Pferden gezogen wird. Während der etwa 20-minütigen Fahrt sprach keiner ein Wort.

Der Wagen fuhr erst durch die »schwarze Stadt« mit ihren engen Straßen und armseligen Hütten, in denen es von schmutzigen, zerlumpten Menschen aus aller Herren Länder nur so wimmelte. Dann ging es weiter durch den europäischen Teil der Stadt, der von Fahnenmasten nur so strotzte. Zwischen freundlichen Backsteinhäusern und Schatten spendenden Palmen waren trotz der frühen Stunde schon elegante Reiter und prunkvolle Gespanne unterwegs.

Der Palki-ghari hielt vor einem schlichten Haus, das jedoch offenbar nicht als Wohngebäude diente. Der Polizist hieß seine Gefangenen – denn das waren sie in der Tat – aussteigen, führte sie dann in einen Raum mit vergitterten Fenstern und sagte: »Um halb 9 werden Sie dem Richter Obadiah vorgeführt.«

Dann zog er sich zurück und schloss die Tür.

»So! Jetzt hat man uns verhaftet!« rief Passepartout und ließ sich auf einen Stuhl sinken.

Mrs. Aouda wandte sich sogleich an Mr. Fogg und sagte mit nur mühsam unterdrückter Erregung: »Sir, Sie müssen mich zurücklassen! Sie werden nur meinetwegen verfolgt! Weil Sie mich gerettet haben!«

Phileas Fogg erwiderte bloß, dass er dies für ausgeschlossen halte. Ihn wegen dieses Vorfalls mit dem Satti zu belangen! Absolut unzulässig! Wie konnten sich die Kläger an die Öffentlichkeit wagen? Es müsse sich um einen Irrtum handeln. Mr. Fogg fügte hinzu, er werde die junge Frau auf keinen Fall im Stich lassen und sie sicher nach Hongkong geleiten.

»Aber das Schiff läuft mittags aus!« bemerkte Passepartout.

»Wir werden noch vor Mittag an Bord sein«, erwiderte der durch nichts zu erschütternde Gentleman.

Er sagte das so resolut, dass Passepartout unwillkürlich vor sich hin murmelte: »Parbleu! So viel steht fest! Wir sind noch vor Mittag an Bord!« Aber er war keineswegs beruhigt.

Um halb 9 öffnete sich die Tür. Der Polizist erschien und führte die Gefangenen in den angrenzenden Raum. Dies war ein Gerichtssaal, in dem bereits zahlreiche Zuschauer warteten, sowohl Europäer wie Inder.

Mr. Fogg, Mrs. Aouda und Passepartout nahmen auf einer Bank vor den Stühlen des Richters und des Gerichtsschreibers Platz.

Kurz darauf betraten hintereinander Richter Obadiah und der Gerichtsschreiber den Saal. Der Richter war ein kugelrunder Mann. Er nahm eine Perücke von der Wand und setzte sie flink auf.

»Den ersten Fall!« sagte er.

Doch dann griff er sich an den Kopf und rief:

»He! Das ist ja gar nicht meine Perücke!«

»Tatsächlich, Sir, es ist meine«, erwiderte der Schreiber.

»Mein lieber Mr. Oysterpuf, können Sie mir mal sagen, wie ein Richter mit der Perücke eines Schreibers auf dem Kopf anständig Recht sprechen soll?«

Sie tauschten die Perücken. Während dieser Präliminarien platzte Passepartout beinah vor Ungeduld, weil es ihm vorkam, als rase der Zeiger der großen Wanduhr in Windeseile übers Zifferblatt.

»Den ersten Fall«, wiederholte Richter Obadiah.

»Phileas Fogg?« fragte Schreiber Oysterpuf.

»Hier«, antwortete Mr. Fogg.

»Passepartout?«

»Anwesend!«

»Gut«, sagte Richter Obadiah. »Angeklagte, wir haben seit 2 Tagen mit jedem Zug aus Bombay auf Sie gewartet.«

»Aber wessen klagt man uns an?« rief Passepartout ungeduldig.

»Das werden Sie schon noch erfahren«, antwortete der Richter.

»Sir«, meldete sich jetzt Mr. Fogg zu Wort, »ich bin englischer Staatsbürger und habe das Recht ...«

»Haben Sie Grund, sich über Ihre Behandlung zu beschweren?« fragte Richter Obadiah.

»Keineswegs.«

»Gut! Man führe die Kläger herein.«

Auf diesen Befehl des Richters hin öffnete sich eine Tür, und ein Amtsdiener führte drei Hindu-Priester herein.

»Also doch«, murmelte Passepartout. »Das sind die Schurken, die unsere junge Dame verbrennen wollten!«

Die Priester stellten sich vor dem Richter auf, und der Schreiber verlas mit lauter Stimme die Anklage. Mr. Phileas Fogg und sein Diener Passepartout wurden beschuldigt, einen heiligen Ort der Brahmanen entweiht zu haben.

»Haben Sie gehört?« fragte der Richter nun Phileas Fogg.

»Ja, Sir«, erwiderte Mr. Fogg und warf einen Blick auf seine Uhr. »Und ich gestehe.«

»Ah! Sie gestehen ...?«

»Ich gestehe, erwarte aber auch, dass diese drei Priester ihrerseits gestehen, was sie bei der Pagode von Pilladschi im Schilde führten.«

Die Priester warfen sich verständnislose Blicke zu. Offenbar begriffen sie nicht, was der Angeklagte meinte.

»Genau!« rief Passepartout hitzig, »bei der Pagode von Pilladschi, vor der sie ihr Opfer verbrennen wollten!«

Erneut blickten sich die Priester verblüfft an, und Richter Obadiah war zutiefst erstaunt.

»Welches Opfer?« fragte er. »Wen wollte man verbrennen? Mitten in Bombay!«

»Bombay?« rief Passepartout aus.

»Natürlich. Es handelt sich nicht um die Pagode von Pilladschi, sondern um die Pagode von Malabar Hill in Bombay.«

»Und zum Beweis sind hier des Tempelschänders Schuhe«, sagte der Schreiber und stellte ein Paar Schuhe auf sein Pult.

»Meine Schuhe!« entfuhr es Passepartout, der vor Überraschung aus allen Wolken fiel.

Man kann sich denken, in welche Verwirrung dies Herrn und Diener stürzte. Längst hatten sie den Zwischenfall in der Pagode von Bombay vergessen, da brachte er sie unversehens in Kalkutta vor Gericht.

Inspektor Fix war damals sofort klar gewesen, welchen Vorteil er aus dieser unglückseligen Affäre ziehen konnte. Er hatte seine Abreise um 12 Stunden verschoben und den Priestern von Malabar Hill seinen Rat angetragen; er hatte ihnen beträchtlichen Schadensersatz versprochen, weil er ja wusste,

»Meine Schuhe!« entfuhr es Passepartout

wie streng die englische Verwaltung derlei Delikte ahndete. Dann hatte er die Brahmanen in den nächsten Zug gesetzt, um den Tempelschändern nachzufahren. Da jedoch die Befreiung der jungen Witwe viel Zeit gekostet hatte, waren Fix und die Hindupriester noch vor Phileas Fogg und seinem Diener in Kalkutta angelangt. Die Polizei hatte er telegrafisch angewiesen, Fogg und Passepartout gleich nach dem Verlassen des Zuges zu verhaften. Man kann sich lebhaft vorstellen, wie enttäuscht Fix reagierte, als er erfuhr, dass Phileas Fogg noch gar nicht in der Hauptstadt eingetroffen war. Vermutlich glaubte er, sein Dieb sei an einer der Zwischenstationen der Peninsular Railway ausgestiegen und in die nördlichen Provinzen geflohen. 24 Stunden hatte Fix in entsetzlicher Sorge am Bahnhof Wache gehalten. Wie groß war da seine Freude, als er Fogg an eben diesem Morgen aus dem Zug steigen sah, wenn auch in Begleitung einer jungen Dame, deren Anwesenheit Fix sich partout nicht erklären konnte. Sofort schickte er den Polizisten hin, und so kam es, dass Mr. Fogg, Passepartout und die Witwe des Radschas von Bundelkhand dem Richter Obadiah vorgeführt wurden.

Wäre Passepartout weniger mit seinen eigenen Problemen beschäftigt gewesen, dann hätte er vielleicht in einer Ecke des Gerichtssaals den Inspektor erspäht, der die Verhandlung natürlich mit größtem Interesse verfolgte – denn ebenso wie in Bombay und Suez, hatte er auch hier in Kalkutta noch immer keinen Haftbefehl in der Hand!

Indessen hatte Richter Obadiah das Geständnis zur Kenntnis genommen, das Passepartout entfahren war. Der gute Bursche hätte alles darum gegeben, seine leichtsinnigen Worte zurücknehmen zu können.

»Die Angeklagten sind also geständig?« fragte der Richter.

»Jawohl«, erwiderte Phileas Fogg kalt.

»Angesichts dessen«, erklärte der Richter, »dass nach englischem Recht allen Religionen des indischen Volkes der gleiche bedingungslose Schutz gewährt wird, und angesichts dessen, dass Mr. Passepartout gestanden hat, am 20. Oktober den Boden der Pagode von Malabar Hill entweiht zu haben, verurteilen wir besagten Passepartout zu 15 Tagen Gefängnis und einer Geldstrafe von 300 Pfund Sterling.«

»300 Pfund Sterling!« rief Passepartout entsetzt, dem im ersten Moment nur die empfindliche Geldstrafe vor Augen stand.

»Ruhe!« kläffte der Gerichtsdiener.

»Und angesichts dessen«, fuhr Richter Obadiah fort, »dass nicht zweifelsfrei erwiesen ist, ob zwischen Diener und Herrn nicht doch ein geheimes Einverständnis herrschte, und angesichts dessen, dass Letzterer in jedem Fall für Tun und Treiben seines Bediensteten verantwortlich ist, verurteile ich besagten Phileas Fogg zu 8 Tagen Gefängnis und einer Geldstrafe von 150 Pfund Sterling. Gerichtsschreiber, der nächste Fall!«

Fix, der in seiner Ecke hockte, empfand unsägliche Genugtuung. Wenn Phileas Fogg 8 Tage in Kalkutta festgehalten wurde, blieb reichlich Zeit für das Eintreffen des Haftbefehls.

Passepartout saß da wie betäubt. Dieses Urteil trieb seinen Herrn in den Ruin. Die Wette über 20 000 Pfund Sterling war verloren, und alles nur, weil er aus purer Neugier diese verwünschte Pagode betreten hatte!

Phileas Fogg, der so beherrscht wirkte, als gehe ihn das Urteil überhaupt nichts an, hatte nicht einmal die Stirn gerunzelt. Doch in dem Augenblick, als der Gerichtsdiener den nächsten Fall aufrufen wollte, erhob er sich und sagte:

»Ich möchte eine Kaution stellen.«

»Dieses Recht steht Ihnen jederzeit zu«, entgegnete der Richter.

Inspektor Fix lief es kalt über den Rücken, doch kehrte seine Zuversicht sofort zurück, als er hörte, wie der Richter »angesichts dessen, dass Phileas Fogg und sein Diener Ausländer sind«, die Kaution auf die ungeheuerliche Summe von 1 000 Pfund Sterling pro Person festsetzte. Wollte Mr. Fogg die Strafe also nicht verbüßen, würde ihn das 2 000 Pfund Sterling kosten.

»Ich zahle«, sagte der Gentleman.

Er entnahm der Reisetasche, die Passepartout bei sich trug, ein Bündel Banknoten und legte sie aufs Pult des Gerichtsschreibers.

»Diese Summe erhalten Sie zurück, wenn Sie Ihre Haftstrafe verbüßt haben«, sagte der Richter. »Inzwischen sind Sie gegen Kaution auf freien Fuß gesetzt.«

»Kommen Sie!« wandte sich Phileas Fogg an seinen Diener.

»Dann will ich wenigstens meine Schuhe zurück!« schrie Passepartout mit wütender Gebärde.

Man händigte ihm die Schuhe aus.

»Teure Latschen sind das«, murmelte er vor sich hin. »Jeder davon kostet über 1000 Pfund. Und dann drücken sie auch noch!«

Tief zerknirscht folgte Passepartout seinem Herrn, der Mrs. Aouda den Arm geboten hatte, aus dem Gerichtssaal.

Fix hoffte zwar immer noch, dass sein Dieb auf die 2000 Pfund Sterling nie und nimmer verzichten, sondern lieber die 8 Tage absitzen werde. Trotzdem heftete er sich Fogg an die Fersen.

Mr. Fogg winkte eine Droschke herbei, die er mit Mrs. Aouda und Passepartout sogleich bestieg. Fix rannte hinter dem Fuhrwerk her, das kurze Zeit später auf einem der Kais am Hafen hielt.

Eine halbe Meile entfernt lag die *Rangoon* vor Anker, von deren Mastspitze die Abfahrtsflagge wehte. Es schlug 11 Uhr. Mr. Fogg war sogar eine Stunde zu früh. Fix sah, wie Mr. Fogg, Mrs. Aouda und der Diener der Droschke entstiegen und in ein Boot kletterten. Wütend stampfte er mit dem Fuß.

»Dieser Schurke!« schrie Fix. »Da fährt er hin! Opfert 2000 Pfund Sterling! Nur ein Dieb kann so mit Geld um sich werfen! Ha! Wenn es sein muss, verfolge ich ihn bis ans Ende der Welt; aber wenn er so weitermacht, hat er bald alles verprasst!«

Der Polizeiinspektor hatte durchaus Grund zu dieser

Prophezeiung. Denn seit seiner Abreise aus London hatte Phileas Fogg für Reisekosten, Schmiergelder, den Elefantenkauf, Kautionen und Strafen schon über 5000 Pfund Sterling verschleudert. Und der Anteil, der den Kriminalbeamten bei Wiederbeschaffung der Summe als Prämie zustand, schrumpfte immer weiter.

16. KAPITEL

In welchem Fix so tut, als habe er von den Ereignissen, die man ihm schildert, nicht den blassesten Schimmer

Die *Rangoon,* einer jener Dampfer der Peninsular and Oriental Steam Navigation Company, die das Chinesische und Japanische Meer befuhren, war ein Schraubendampfer aus Eisen, mit 1770 Bruttoregistertonnen und 400 Pferdestärken. Zwar fuhr sie ebenso schnell wie die *Mongolia,* doch hatte sie weniger Komfort. Darum war Mrs. Aouda längst nicht so gut untergebracht, wie Phileas Fogg es sich gewünscht hätte. Andererseits handelte es sich um eine Überfahrt von nur 3500 Meilen, also von 11 bis 12 Tagen, und die junge Frau war keine anspruchsvolle Passagierin.

Während der ersten Tage dieser Überfahrt lernte Mrs. Aouda Phileas Fogg allmählich besser kennen. Bei jeder Gelegenheit bezeigte sie ihm aufs Lebhafteste ihre Dankbarkeit. Der gleichmütige Gentleman nahm dies scheinbar völlig ungerührt zur Kenntnis, ohne dass seine Stimme oder eine Geste irgendeine Gefühlsregung verraten hätten. Er sorgte dafür, dass es der jungen Frau an nichts fehlte. Täglich suchte er sie zu bestimmten Zeiten auf, und wenn er schon nicht plauderte, so hörte er ihr zumindest zu. Er begegnete ihr stets mit vollendeter Höflichkeit, wirkte aber ungefähr so charmant und spontan wie ein Automat mit eigens zu diesem Zweck kombinierten Bewegungsabläufen. Mrs. Aouda wusste nicht recht, was sie davon halten sollte, war jedoch von Passepartout bereits ein wenig über die exzentrische Per-

Bei jeder Gelegenheit bezeigte sie ihm aufs Lebhafteste ihre Dankbarkeit

sönlichkeit seines Herrn ins Bild gesetzt worden. Er hatte ihr von der kühnen Wette erzählt, die diesen Gentleman um die ganze Welt führte. Mrs. Aouda hatte gelächelt; aber schließlich schuldete sie ihm ihr Leben und sah ihn mit den Augen der Dankbarkeit.

Mrs. Aouda bestätigte, was der parsische Führer über ihr ergreifendes Schicksal erzählt hatte. Sie gehörte tatsächlich jener ranghöchsten indischen Bevölkerungsgruppe an. Etliche parsische Kaufleute hatten sich mit dem Baumwollhandel in Indien ein beachtliches Vermögen erworben. Einer von ihnen, Sir James Dschidschibhoy, war von der englischen Krone geadelt worden, und mit diesem reichen Mann, der in Bombay lebte, war Mrs. Aouda verwandt. Einen Vetter eben dieses Sir James Dschidschibhoy, den ehrenwerten Dschidschi, wollte sie in Hongkong aufsuchen. Würde er ihr Zuflucht und Hilfe gewähren? Sie war sich nicht sicher. Worauf Mr. Fogg erwiderte, dass sie sich keine Sorgen machen müsse; es werde sich alles mit mathematischer Logik entwickeln! Das waren seine Worte.

Ob die junge Frau diesen hässlichen Ausdruck verstand? Man weiß es nicht. Jedenfalls blickte sie Mr. Fogg mit großen Augen an, Augen so »rein und klar wie die heiligen Seen des Himalaja«. Aber der unerbittliche Mr. Fogg, zugeknöpft wie eh und je, schien nicht der Mann zu sein, sich in diese reinen, klaren Seen zu stürzen.

Der erste Teil der Reise mit der *Rangoon* verlief unter exzellenten Bedingungen. Es herrschte freundliches Wetter, und der Dampfer kam in jenem Abschnitt der riesigen Bucht, die bei den Seefahrern »die Klafter von Bengalen« heißt, recht gut voran. Man sah von der *Rangoon* aus Groß-Andaman, die Hauptinsel des Archipels, deren pittoresker, 2400 Fuß hoher Berg Saddle Peak den Seefahrern schon aus weiter Ferne als Landmarke dient.

Das Schiff fuhr ziemlich nah an der Küste entlang. Aber die wilden Papua zeigten sich nicht. Diese Geschöpfe stehen zwar auf der untersten Stufe der menschlichen Entwicklung, doch tut man ihnen Unrecht, wenn man sie für Kannibalen hält.

Die Inseln entfalteten ihr wundervolles Panorama. Endlose Wälder aus Fächer- und Arekapalmen, Muskatnuss-, Teak- und gigantischen Mimosenbäumen, aus Bambus und baumhohem Farn bedeckten die Landschaft, und im Hintergrund zeichnete sich die elegante Silhouette der Berge ab. An der Küste wimmelte es von Tausenden von Salanganen, deren essbare Nester im Reich der Mitte als Delikatesse gelten. Doch das vielfältige, bunte Schauspiel glitt im Nu vorüber, und die *Rangoon* dampfte rasch auf die Straße von Malakka zu, den Durchgang zum Südchinesischen Meer.

Was tat inzwischen eigentlich Inspektor Fix, der sich zu seinem Ärger ebenfalls auf dieser Überfahrt befand? Nachdem er in Kalkutta Instruktionen hinterlassen hatte, man solle ihm den Haftbefehl, wenn er denn endlich eintraf, sofort nach Hongkong schicken, war es ihm gelungen, sich auf der *Rangoon* einzuschiffen, ohne dass Passepartout etwas merkte. Fix hoffte, sich bis zur Ankunft des Dampfers verbergen zu können; es wäre ziemlich schwierig gewesen, seine Anwesenheit hier an Bord zu erklären, ohne bei Passepartout, der ihn ja noch in Bombay wähnte, Verdacht zu erregen. Schließlich zwang ihn die Macht der Umstände dann doch, seine Bekanntschaft mit dem jungen Burschen wieder aufzufrischen. Wie es dazu kam? Man wird sehen.

Alle Hoffnungen, alle Wünsche des Inspektors konzentrierten sich jetzt auf einen einzigen Ort der Welt, Hongkong; denn der Aufenthalt in Singapur war zu kurz, als dass Fix in dieser Stadt bestimmte Schritte unternehmen konnte. In Hongkong allerdings musste er den Dieb dann unbedingt verhaften, sonst entwischte er ihm ein für alle Mal.

In Hongkong betrat man wieder britisches Territorium, auf dieser Reiseroute aber zum allerletzten Mal. Danach boten China, Japan und Amerika diesem Fogg sichere Zuflucht. Falls Fix in Hongkong endlich den Haftbefehl vorfand, der ja offensichtlich hinter ihm herreiste, konnte er Fogg verhaften und gleich der dortigen Polizei übergeben. Ganz einfach. Doch später, wenn sie Hongkong wieder verlassen hatten, würde ein simpler Haftbefehl nicht mehr genügen. Dann bedurfte es schon eines Auslieferungsantrags. Dies bedeutete Verspätungen, Verzögerungen, Hindernisse aller Art, die der Gauner zweifellos dazu nutzen würde, um endgültig das Weite zu suchen. Wenn die Operation in Hongkong misslang, würde sich ein weiterer Versuch als äußerst schwierig, wenn nicht sogar unmöglich erweisen.

»Also«, wiederholte Fix immer wieder während der langen Stunden, die er in seiner Kabine zubrachte, »entweder ist der Haftbefehl in Hongkong eingetroffen, dann nehme ich den Mann fest, oder der Haftbefehl ist immer noch nicht da, dann muss ich Foggs Abreise um jeden Preis verhindern! Ich habe in Bombay versagt, ich habe in Kalkutta versagt! Wenn ich jetzt auch noch Hongkong verpatze, ist mein Ruf ruiniert! Ich muss es schaffen, koste es, was es wolle. Aber wie soll ich es anstellen, die Weiterfahrt dieses verfluchten Fogg zu vereiteln, falls es wirklich nötig sein sollte?«

Als letzten Ausweg hatte Fix beschlossen, Passepartout einzuweihen und ihm die ganze Wahrheit über seinen Herrn zu enthüllen, dessen Komplize er ja gewiss nicht war. Dann wüsste Passepartout Bescheid, hätte sicherlich Angst, in die Sache hineingezogen zu werden und würde sich mit ihm, Inspektor Fix, zusammentun. Doch war dies ein höchst riskantes Vorhaben, auf das er sich wirklich nur im äußersten Notfall einlassen durfte. Ein Wort Passepartouts zu seinem Herrn, und alles war verloren. Der Inspektor befand sich also in großer Verlegenheit, als sich ihm plötzlich durch den Umstand, dass Mrs. Aouda sich als Phileas Foggs Begleiterin an Bord der *Rangoon* befand, ganz neue Perspektiven auftaten.

Wer war diese Frau? Welche Umstände hatten dazu geführt, dass sie Foggs Begleiterin wurde? Offenbar waren sich die beiden zwischen Bombay und Kalkutta begegnet. Aber wo genau? Hatte der Zufall Phileas Fogg und die junge Dame zusammengeführt? Oder hatte der Gentleman die Reise durch Indien gar nur unternommen, um sich mit dieser bezaubernden Person zu treffen? Denn bezaubernd war sie in der Tat! Das hatte Fix im Gerichtssaal in Kalkutta durchaus bemerkt.

Man kann sich denken, wie furchtbar neugierig der Inspektor war. Er fragte sich, ob es dabei am Ende gar um eine kriminelle Entführung ging. Ja, so musste es sein! Der Gedanke nistete sich im Hirn des Inspektors ein, und schon sah er sämtliche Vorteile, die sich auch aus diesem Umstand ziehen ließen. Ob die junge Frau nun verheiratet war oder nicht, es handelte sich um eine Entführung. Und in Hongkong würde er den Entführer in Schwierigkeiten bringen, aus denen er sich mit Geld nicht mehr freikaufen konnte.

Aber er durfte keinesfalls warten, bis die *Rangoon* in Hongkong vor Anker ging. Dieser Fogg hatte nun mal die abscheuliche Angewohnheit, von einem Schiff ins nächste zu springen; und bis die Sache erledigt war, konnte er längst über alle Berge sein.

Darum war es wichtig, die britischen Behörden zu unterrichten, bevor die *Rangoon* in Hongkong eintraf. Nichts leichter als das, denn der Dampfer legte in Singapur an, und von dort gab es eine telegrafische Verbindung zur chinesischen Küste.

Doch um ganz sicherzugehen, beschloss Fix, sich erst noch einmal mit Passepartout zu unterhalten. Er wusste, dass es nicht besonders schwierig war, den jungen Burschen zum Reden zu bringen, und beschloss, sein bis dahin gewahrtes Inkognito zu lüften. Schließlich blieb ihm nicht mehr viel Zeit. Es war der 30. Oktober, und die *Rangoon* sollte am nächsten Tag im Hafen von Singapur einlaufen.

Und so verließ Fix noch am selben Tag seine Kabine und stieg mit der Absicht an Deck, Passepartout zu begrüßen, mit allen Zeichen der größten Überraschung. Der Franzose flanierte gerade übers Vordeck, als der Inspektor auf ihn zugestürzt kam und rief:

»Sie? Hier auf der *Rangoon*!«

»Monsieur Fix? Sie hier an Bord?« erwiderte Passepartout, der, maßlos verblüfft, seinen Reisegefährten von der *Mongolia* wiedererkannte. »Na so was! Erst bleiben Sie in Bombay zurück, und plötzlich treffe ich Sie auf der Fahrt nach Hongkong wieder! Dann machen Sie also auch eine Weltreise?«

»Nein, nein«, erwiderte Fix. »Ich habe vor, in Hongkong zu bleiben – zumindest ein paar Tage.«

»Ach!« sagte Passepartout etwas erstaunt. »Aber wie kommt es, dass wir uns seit der Abfahrt aus Kalkutta noch nicht an Bord begegnet sind?«

»Nun ja, eine Unpässlichkeit ... ich war ein wenig seekrank ... habe in meiner Kabine das Bett gehütet. Der Golf von Bengalen bekommt mir nicht so gut wie der Indische Ozean. Und wie geht's Ihrem Herrn, Mr. Phileas Fogg?«

»Er erfreut sich bester Gesundheit und ist so pünktlich wie sein Fahrplan! Kein einziger Tag Verspätung! Ach übrigens, Mr. Fix, das wissen Sie noch nicht: Wir haben jetzt eine junge Dame bei uns.«

»Eine junge Dame?« fragte der Inspektor und tat sehr überzeugend ganz so, als habe er nicht den blassesten Schimmer, was Passepartout meinte.

Dieser hatte ihm bald die ganze Geschichte erzählt. Er berichtete von dem Zwischenfall in der Pagode von Bombay, vom Kauf des 2 000 Pfund Sterling teuren Elefanten, von der Sache mit dem Satti, der Entführung Mrs. Aoudas, der Verurteilung durch das Gericht in Kalkutta und schließlich der Freilassung gegen Kaution. Obwohl Fix den letzten Teil der Geschichte natürlich kannte, spielte er den Ahnungslosen, und Passepartout genoss es, all seine Abenteuer einem Zuhörer zu erzählen, der sich so brennend dafür zu interessieren schien.

»Ja, hat denn Ihr Herr«, erkundigte sich Fix, »am Ende gar vor, die junge Frau mit nach Europa zu nehmen?«

»Keineswegs, Mr. Fix, keineswegs! Wir übergeben sie einfach nur der Obhut eines reichen Verwandten, der als Kaufmann in Hongkong lebt.«

»Nichts zu machen«, dachte Fix und verbarg seine Enttäuschung.

»Wie wär's mit einem Gläschen Gin, Mr. Passepartout?«

»Gern, Mr. Fix. Das ist doch das Mindeste, was wir tun können: auf unser Wiedersehen an Bord der *Rangoon* zu trinken!«

17. KAPITEL

Welches von allerlei Dingen handelt, die sich auf der Überfahrt von Singapur nach Hongkong ereignen

Von diesem Tag an begegneten sich Passepartout und der Inspektor häufig, wenngleich sich Fix extrem zurückhielt und keinen weiteren Versuch mehr unternahm, seinen Reisegefährten zum Reden zu bringen. Nur ein oder zwei Mal erblickte er Mr. Fogg, der sich am liebsten im großen Salon der *Rangoon* aufhielt, sei es, um Mrs. Aouda Gesellschaft zu leisten, sei es, um seiner unveränderlichen Gewohnheit zu folgen und sich ins Whistspiel zu vertiefen.

Passepartout grübelte inzwischen ernsthaft über den sonderbaren Zufall nach, der Fix erneut auf dieselbe Reiseroute wie seinen Herrn geführt hatte. War das nicht zumindest erstaunlich? Da hatte sich dieser höchst liebenswürdige und zweifellos sehr spendable Gentleman, der zum ersten Mal in Suez auf den Plan getreten war, später auf der *Mongolia* eingeschifft, war in Bombay von Bord gegangen, wo er angeblich zu bleiben gedachte, und erschien jetzt plötzlich an Bord der *Rangoon* mit Kurs auf Hongkong, war also, mit einem Wort, Schritt für Schritt Mr. Foggs Reiseroute gefolgt – das gab doch zu denken. Zumindest war es ein höchst sonderbares Zusammentreffen. Auf wen hatte es dieser Fix wohl abgesehen? Passepartout hätte um seine Pantoffeln gewettet – die er sorgfältig aufbewahrte –, dass dieser Fix auch am gleichen Tag von Hongkong abreisen würde wie sie, und höchstwahrscheinlich auf demselben Dampfer.

Nur ein oder zwei Mal erblickte er Mr. Fogg

Aber auch wenn sich Passepartout hundert Jahre lang den Kopf zerbrochen hätte, wäre er nie darauf gekommen, in welcher Mission der Inspektor tatsächlich unterwegs war. Nie hätte er erraten, dass Phileas Fogg als Dieb rund um den Erdball verfolgt wurde. Aber da es in der Natur des Menschen liegt, für alles eine Erklärung zu suchen, legte sich Passepartout, einer plötzlichen Eingebung folgend, diese tatsächlich sehr plausible Theorie zurecht: Es konnte nicht anders sein. Fix war ein Detektiv, den die Wettpartner aus dem Reform Club auf Foggs Fährte gesetzt hatten, um festzustellen, ob er auch wirklich den ganzen Globus umrundete und die vorgeschriebene Reiseroute einhielt.

»Natürlich! Natürlich!« wiederholte der brave Bursche immer wieder, ganz stolz auf seinen Scharfsinn. »Diese Herren haben uns einen Spion auf den Hals gehetzt! So etwas gehört sich aber nicht! Dem rechtschaffenen, ehrenwerten Mr. Fogg von einem Detektiv hinterher spionieren zu lassen! Ha, ihr feinen Herren vom Reform Club, das wird euch noch teuer zu stehen kommen!«

Obwohl er sich diebisch über seine Entdeckung freute, beschloss Passepartout, seinem Herrn nichts davon zu erzählen, denn vielleicht hätte diesen das Misstrauen seiner Gegner zu Recht gekränkt. Doch plante Passepartout, Fix bei der nächsten Gelegenheit auf die Schippe zu nehmen, natürlich ohne sich zu verraten.

Am Mittwoch, dem 30. Oktober, nachmittags, lief die *Rangoon* in die Meerenge von Malakka ein, die zwischen der gleichnamigen Halbinsel und Sumatra liegt. Kleine malerische Inseln mit schroff gezackten Bergen entzogen Sumatra dem Blick der Reisenden.

Gegen 4 Uhr am nächsten Morgen legte die *Rangoon* in Singapur an, um ihre Kohlevorräte aufzufüllen. Sie hatte die Überfahrt um einen halben Tag rascher bewältigt als vorgesehen.

Phileas Fogg trug diesen Vorsprung in seine Tabelle ein. Diesmal ging er von Bord, und zwar um Mrs. Aouda zu begleiten, welche den Wunsch geäußert hatte, ein paar Stunden spazieren zu fahren.

Da Inspektor Fix alles verdächtig erschien, was Mr. Fogg unternahm, folgte er den beiden unbemerkt. Passepartout lachte in sich hinein, als er dieses Manöver bemerkte, und zog los, um seine üblichen Besorgungen zu machen.

Die Insel Singapur ist weder groß noch imposant. Es fehlen ihr die Berge, das heißt die charakteristische Silhouette. Aber trotz dieser Kargheit besitzt sie doch einen gewissen Reiz und ähnelt einem Park, den kreuz und quer schöne Straßen durchziehen. In einer hübschen Kutsche mit eleganten, aus Neu-Holland importierten Pferden fuhren Mrs. Aouda und Phileas Fogg durch Haine voll leuchtend grüner Palmen und Gewürznelkenbäume, deren Früchte aus den halb geöffneten Blüten bestehen. Wo in europäischen Landschaften Dornenhecken stehen, wachsen hier Pfeffersträucher. Sagopalmen und riesige Farne mit herrlichen Zweigen gestalten diese tropische Landschaft sehr abwechslungsreich. Muskatnussbäume mit lackartig glänzenden Blättern verströmen ihren würzigen Duft. Horden flinker, wild grimassierender Affen schwingen sich durch die Bäume, und vielleicht durchstreifen sogar Tiger den Dschungel. Falls man sich wundert, warum diese furchtbaren Raubtiere auf dieser relativ kleinen Insel nicht längst ausgerottet sind, muss man wissen, dass sie einfach von Malakka durch die Meerenge herüberschwimmen.

Nachdem sie 2 Stunden lang über Land kutschiert waren, kehrten Mrs. Aouda und ihr Begleiter, der nicht sehr viel von der Umgebung wahrgenommen hatte, zurück in die Stadt – eine riesige Ansammlung plumper, flacher Häuser, umgeben von zauberhaften Gärten, in denen Mangostanen, Ananas und die köstlichsten Früchte der Welt gedeihen.

Um 10 Uhr vormittags gingen sie wieder an Bord. Der Inspektor war ihnen unbemerkt gefolgt und hatte sich ebenfalls für teures Geld eine Kutsche mieten müssen.

Passepartout erwartete sie an Deck der *Rangoon*. Der gute

Trotz ihrer Kargheit besitzt die Insel
Singapur doch einen gewissen Reiz

Kerl hatte mehrere Dutzend Mangostanen gekauft; diese Früchte, ungefähr so groß wie Äpfel, außen dunkelbraun und innen leuchtend weiß, bereiten dem wahren Gourmet mit ihrem zarten Fleisch, das zwischen den Lippen zerschmilzt, einen unvergleichlichen Genuss. Passepartout war überglücklich, sie Mrs. Aouda schenken zu können, und diese bedankte sich voller Anmut.

Nachdem die *Rangoon* genug Kohle geladen hatte, wurden um 11 Uhr die Leinen losgemacht, und wenige Stunden später hatten die Reisenden die hohen Berge Malakkas, in deren Wäldern die schönsten Tiger der Erde leben, aus den Augen verloren.

Singapur trennen rund 1300 Meilen von Hongkong, der kleinen britischen Inselkolonie vor der chinesischen Küste. Phileas Fogg musste diese Strecke in 6 Tagen schaffen, wenn er in Hongkong das Schiff erreichen wollte, welches am 6. November nach Yokohama, einem der wichtigsten Häfen Japans, auslief.

Die *Rangoon* war schwer beladen. In Singapur hatte man viele Passagiere an Bord genommen – Inder, Ceylonesen, Chinesen, Malaiien, Portugiesen –, die größtenteils zweiter Klasse reisten.

Das schöne Wetter schlug um, als der Mond ins letzte Viertel trat. Die See wurde stürmisch. Manchmal wehte der Wind sehr heftig, doch da er zum Glück aus Südost kam, trieb er das Schiff vor sich her. So oft wie möglich ließ der Kapitän die Segel setzen. Die *Rangoon,* als Brigg getakelt, segelte also mit zwei Marssegeln und einem Focksegel dahin und kam durch die doppelte Wirkung von Wind und Dampfkraft schneller voran. So fuhren sie an der Küste von Annam und Cochinchina entlang, auf der unruhigen See, die den Passagieren zuweilen sehr zu schaffen machte.

Schuld daran war eher die *Rangoon,* und die Passagiere, die fast alle seekrank waren, hätten sich eigentlich beim Schiff beschweren müssen.

Die Dampfer der Peninsular and Oriental Steam Navigation Company, die die chinesischen Meere befahren, weisen nämlich einen schwer wiegenden Konstruktionsfehler auf. Das Verhältnis zwischen ihrem Tiefgang bei voller Last und ihrem Hohlraum ist falsch berechnet, was einen zu geringen Wellenwiderstand zur Folge hat. Der geschlossene, wasserdichte Hohlraum reicht nicht aus. Sie »saufen ab«, wie es bei den Seeleuten heißt, und es brauchen bloß ein paar Brecher über dem Schiff zusammenschlagen, und schon lässt es sich nicht mehr richtig steuern. Darum sind diese Dampfer den französischen Frachtschiffen vom Typ der *Impératrice* und der *Cambodge* stark unterlegen – wenn nicht vom Motor und von der Dampfmaschine her, so doch von der Konstruktion. Während diese beiden Schiffe den Berechnungen der Ingenieure zufolge, ohne zu sinken so viel Meerwasser tragen können, wie es ihrem eigenen Gewicht entspricht, bewältigen die Schiffe der Peninsular and Oriental Steam Navigation Company, also die *Golgonda, Corea* und eben auch die *Rangoon,* nur ein Sechstel davon.

Darum musste man bei schlechtem Wetter umfangreiche Vorsichtsmaßnahmen beachten. Manchmal fuhr die *Rangoon* aus Sicherheitsgründen nur mit halber Kraft. Und so ergab sich ein Zeitverlust, der Phileas Fogg zwar nicht im Geringsten zu kümmern schien, Passepartout aber fast zur Weißglut trieb. Er beschuldigte den Kapitän, den Maschinisten, die Schifffahrtsgesellschaft und wünschte alle Personen zum Teufel, die sich in irgendeiner Weise mit dem Transport von Passagieren befassen. Vielleicht trug zu seiner Ungeduld maßgeblich auch der Gedanke bei, dass jener Gasbrenner in der Saville Row noch immer auf seine Kosten vor sich hin heizte.

»Haben Sie es denn so eilig, nach Hongkong zu kommen?« fragte ihn der Inspektor eines Tages.

»Brandeilig!« erwiderte Passepartout.

»Und Sie glauben, dass Mr. Fogg möglichst schnell den Dampfer nach Yokohama erreichen möchte?«

»So schnell es geht!«

»Dann glauben Sie wohl auch an diese merkwürdige Reise um die Welt?«

»Aber natürlich. Und Sie, Mr. Fix?«

»Ich? Ich glaube kein Wort davon!«

»Sie Schalk!« erwiderte Passepartout und zwinkerte ihm zu.

Diese Bezeichnung gab dem Inspektor zu denken. Sie machte ihn nervös, ohne dass er recht wusste warum. Hatte ihn der Franzose durchschaut? Er war sich nicht sicher. Aber wie war Passepartout bloß dahinter gekommen, wo Fix doch stets verheimlicht hatte, dass er Kriminalinspektor sei? Jedenfalls hatte der Bursche besagten Ausdruck bestimmt nicht ohne Hintergedanken benutzt.

Eines Tages konnte es sich Passepartout nicht verkneifen, noch eins draufzusetzen. Sein Mundwerk ging eben immer wieder mit ihm durch.

»Wir wollen doch nicht hoffen, Mr. Fix«, sagte er in maliziösem Ton zu seinem Reisegefährten, »dass Sie uns nach der Ankunft in Hongkong verlassen?«

»Nun ja«, erwiderte Fix reichlich verlegen, »ich weiß es noch nicht ... Kann sein, dass ...«

»Oh!« sagte Passepartout. »Ich fände es herrlich, wenn Sie uns weiter begleiten würden! Hören Sie, ein Angestellter der Peninsular Company darf doch nicht auf halbem Wege aufgeben! Erst wollten Sie bloß nach Bombay, und jetzt sind Sie schon fast in China! Amerika ist nicht mehr weit, und von Amerika nach Europa ist es dann nur noch ein Katzensprung!«

Prüfend sah Fix seinem Gesprächspartner ins Gesicht, aber der trug das liebenswürdigste Lächeln zur Schau, worauf Fix beschloss, gute Miene zum bösen Spiel zu machen. Als Nächstes aber fragte Passepartout, den jetzt wirklich der Hafer stach, ob man in diesem Beruf denn viel verdiene?

»Ja und nein«, erwiderte Fix, ohne mit der Wimper zu zucken. »Es gibt gute und schlechte Geschäfte. Aber Sie können sich denken, dass ich nicht auf eigene Kosten reise.«

»Oh ja! Da bin ich mir ganz sicher!« rief Passepartout und lachte noch lauter als zuvor.

Nach dieser Unterhaltung kehrte Fix in seine Kabine zurück und grübelte nach. Der Franzose hatte ihn also offenbar durchschaut. Auf irgendeine Weise musste er herausgefunden haben, dass er, Fix, Kriminalinspektor war. Aber hatte er seinem Herrn davon berichtet? Und welche Rolle spielte Passepartout in dieser ganzen Geschichte? War er nun ein Komplize oder nicht? War die ganze Sache aufgeflogen und somit gescheitert? Fix brachte ein paar bange Stunden zu – bald glaubte er alles verloren, bald hoffte er, Fogg sei vielleicht doch noch völlig ahnungslos, und am Schluss wusste er überhaupt nicht mehr, was er denken sollte.

Als er innerlich etwas ruhiger geworden war, fasste er den Entschluss, Passepartout ins Vertrauen zu ziehen. Falls sich nicht die ersehnte Gelegenheit ergab, Fogg in Hongkong zu verhaften, falls Fogg plante, dieses Mal endgültig britischen Boden zu verlassen, dann würde er, Inspektor Fix, dem Diener alles erzählen. Entweder war Passepartout der Komplize seines Herrn – dann wusste dieser längst Bescheid, und alles war verloren; oder der Diener hatte nichts mit dem Diebstahl zu tun – dann lag es in seinem Interesse, sich von dem Dieb loszusagen.

Dies also war die Situation der beiden Männer, und über ihnen schwebte Phileas Fogg in erhabener Gleichgültigkeit. Vom logischen Verstand gelenkt, folgte er seiner eigenen Erdumlaufbahn, ohne der kleinen Asteroiden zu achten, die ihn umkreisten.

Doch in seiner Nähe gab es – um einen weiteren Begriff aus der Astronomie zu entlehnen – ein verwirrendes Gestirn, das durchaus dazu angetan gewesen wäre, im Herzen des Gentleman gewisse Turbulenzen auszulösen. Doch nein! Zur größten Überraschung Passepartouts verfehlte Mrs. Aoudas Zauber jede Wirkung auf seinen Herrn, und falls es doch innere Turbulenzen gab, so waren sie komplizierter zu berechnen als jene auf dem Uranus, die zur Entdeckung des Neptun führten.

Ja, Passepartout konnte sich nur jeden Tag aufs Neue wundern – wo er doch in den Augen der jungen Frau so viel Dankbarkeit für seinen Herrn las! Offenbar besaß Phileas Fogg nur dann ein Herz, wenn es darum ging, heldenhaft zu sein – aber verliebt? Oh nein! Auch falls ihn Sorgen um den Erfolg der Reise plagten, war ihm das niemals anzumerken. Passepartout hingegen schwebte in ständiger Angst. Eines Tages lehnte er am Geländer des Maschinenraums und betrachtete die mächtige Dampfmaschine, die manchmal laut aufdröhnte, wenn das Schiff heftig stampfte und die Schraube über den Wellen in der Luft rotierte. Dann strömte zischend Dampf aus den Ventilen, was den braven Burschen jedes Mal in helle Wut versetzte.

»Diese Ventile haben nicht genügend Dampf!« schrie er dann. »Wir kommen nicht voran! Das sieht diesen Engländern mal wieder ähnlich! Wären wir auf einem amerikanischen Schiff, dann würde vielleicht alles explodieren, aber wenigstens ginge es schneller!«

18. KAPITEL

In welchem sich Phileas Fogg, Passepartout und Fix jeweils um ihre eigenen Angelegenheiten kümmern

Während der letzten Tage der Überfahrt wurde das Wetter sehr schlecht. Der Wind frischte heftig auf. Da er jetzt ständig aus Nordwest blies, kam das Dampfschiff nur noch zäh voran. Die *Rangoon,* zu instabil konstruiert, begann heftig zu rollen, und die Passagiere zürnten zu Recht den lang heranrollenden Wellen, die vom Wind aufgewühlt wurden und die dem Schiff und den Menschen alle Kraft raubten.

Am 3. und 4. November brach dann das Unwetter los. Sturmböen peitschten das Meer auf. Die *Rangoon* musste den halben Tag über beidrehen, und die Schiffsschraube rotierte nur noch 10 Mal pro Minute, während das Schiff schräg durch die hohen Wellen schnitt. Alle Segel waren gerefft, der Sturm aber heulte noch immer in der Takelage.

Natürlich kämpfte sich der Dampfer viel langsamer voran als geplant. Schon jetzt betrug die Verspätung, mit der man in Hongkong eintreffen würde, schätzungsweise 20 Stunden, und sie würde sich noch vergrößern, wenn der Sturm nicht bald nachließ.

Phileas Fogg betrachtete die tobende See, die sich gegen ihn persönlich verschworen zu haben schien, mit der üblichen Gelassenheit. Seine Miene verdüsterte sich nicht einen Augenblick, obwohl eine 20-stündige Verspätung seinen Reiseplan gefährden konnte, weil er dann ja den Dampfer nach Yokohama verpasste. Aber dieser Mann, der keine Nerven zu haben schien, empfand weder Ungeduld noch Ärger. Man konnte beinahe den Eindruck gewinnen, als sei auch dieser Sturm Teil seiner Planung, als habe er ihn längst vorausgesehen. Auch Mrs. Aouda, die mit Phileas Fogg über dieses Missgeschick sprach, erlebte ihn ruhig und gelassen wie stets. Inspektor Fix sah die Dinge allerdings mit ganz anderen Augen. Er freute sich über den Sturm. Er wäre restlos zufrieden gewesen, wenn der Sturm die *Rangoon* zu einem Umweg gezwungen hätte. Ihm war jede Verzögerung recht, die Fogg ein paar Tage in Hongkong festhielt. So zeigte sich der Himmel ihm mit diesem Sturm also doch noch gnädig. Zugegeben, er fühlte sich etwas malade, aber was tat das schon! Er zählte schon gar nicht mehr, wie oft ihm übel wurde, aber jedes Mal, wenn sich sein von der Seekrankheit gemarterter Körper krümmte, frohlockte sein Geist in grenzenloser Genugtuung.

Man kann sich denken, mit welch kaum verhohlener Wut Passepartout diese Zeit der Prüfung durchlitt. Bisher hatte doch alles so gut geklappt! Land und Meer waren seinem Herrn ergeben gewesen. Dampfer und Eisenbahnen hatten ihm gehorcht, Wind und Dampf hatten seine Reise mit vereinten Kräften unterstützt. Brach jetzt die Zeit der Enttäuschungen an? Passepartout war so verzweifelt, als müsste er die 20 000 Pfund Sterling aus eigener Tasche bezahlen. Der Sturm machte ihn zornig, die Böen brachten ihn in Rage, und er hätte die rebellische See am liebsten mit der Peitsche gezüchtigt! Der arme Bursche! Fix ließ sich von seiner Genugtuung wohlweislich nichts anmerken, und er tat gut daran, denn Passepartout hätte ihm ganz gewiss eine tüchtige Abreibung verpasst.

Letzterer blieb während des Sturms die ganze Zeit an Deck der *Rangoon*. Es hielt ihn nicht unten in seiner Kabine; er kletterte ins Mastwerk hinauf; er setzte die Mannschaft in Erstaunen, weil er flink und behände wie ein Affe überall dort anpackte, wo gerade Hilfe benötigt wurde. Hundert Mal stellte er die gleichen Fragen: dem Kapitän, den Offizieren, den Matrosen, die sich das Lachen kaum verkneifen konnten beim Anblick dieses Burschen, der völlig aus dem Häuschen geraten schien. Zum Beispiel wollte Passepartout unbedingt wissen, wie lang dieser Sturm denn noch dauere, worauf man ihn zum Barometer schickte; aber es wollte und wollte nicht steigen. Passepartout schüttelte das unbotmäßige Instrument, aber weder dies noch die Flüche, mit denen er es überhäufte, zeigten den gewünschten Erfolg.

Endlich legte sich der Sturm. Am 4. November glätteten sich die Wogen. Der Wind sprang zwei Striche nach Süden und stand jetzt wieder günstig.

Mit dem Wetter besserte sich auch Passepartouts Laune. Man konnte Mars- und Focksegel setzen, und die *Rangoon* nahm wieder wunderbar Fahrt auf.

Doch ganz war die verlorene Zeit leider nicht mehr einzuholen. Man musste sich ins Unvermeidliche fügen, und so hieß es erst am 6. November um 5 Uhr morgens »Land in Sicht!«. In Phileas Foggs Reiseplan war die Ankunft des Dampfers für den 5. November vorgesehen. Somit hatten sie 24 Stunden Verspätung und würden das Schiff nach Yokohama nicht mehr erreichen.

Um 6 Uhr stieg der Lotse an Bord und kletterte auf die

Er setzte die Mannschaft in Erstaunen, weil er flink und behände wie ein Affe überall dort anpackte, wo gerade Hilfe benötigt wurde

Kommandobrücke, um die *Rangoon* durch die Fahrrinne in den Hongkonger Hafen zu steuern.

Passepartout hätte den Mann schrecklich gern gefragt, ob der Dampfer nach Yokohama denn wirklich schon ausgelaufen sei. Aber er wagte es nicht, weil er sich bis zuletzt ein Fünkchen Hoffnung bewahren wollte. Als er Fix seine Sorge anvertraute, versuchte ihn der schlaue Fuchs mit dem Hinweis zu trösten, Mr. Fogg stünde es ja frei, einfach den nächsten Dampfer zu nehmen – was Passepartout in rasende Wut versetzte.

Während Passepartout sich also nicht traute, den Lotsen zu fragen, konsultierte Mr. Fogg einfach seinen *Bradshaw* und erkundigte sich dann auf seine ruhige Art bei dem Mann, ob er wisse, wann das nächste Schiff von Hongkong nach Yokohama gehe.

»Morgen früh mit der Flut«, antwortete der Lotse.

»Aha!« sagte Mr. Fogg, offenbar nicht im Mindesten erstaunt.

Passepartout, der daneben stand, hätte den Lotsen am liebsten umarmt, während Inspektor Fix dem Mann viel lieber den Hals umgedreht hätte.

»Und wie heißt dieser Dampfer?« erkundigte sich Phileas Fogg weiter.

»Es ist die *Carnatic*«, antwortete der Lotse.

»Hätte die nicht schon gestern auslaufen sollen?«

»Ja, aber einer der Kessel musste repariert werden, und deshalb wurde die Abfahrt auf morgen verschoben.«

»Ich danke Ihnen«, erwiderte Mr. Fogg und begab sich gemessenen Schrittes wieder in den Salon der *Rangoon* hinunter.

Passepartout ergriff die Hand des Lotsen und schüttelte sie kräftig. »Lotse, Sie sind ein wackerer Mann!« sagte er.

Bestimmt hat der Lotse nie erfahren, aus welchem Grund seine simple Auskunft diese überschwängliche Reaktion hervorrief. Die Schiffssirene rief ihn wieder auf die Kommandobrücke, und dann manövrierte er die *Rangoon* durch die

Flottille aus Dschunken, Tankas, Fischerbooten und sonstigen Wasserfahrzeugen hindurch, die die Hafeneinfahrt von Hongkong blockierten.

Um 1 Uhr mittags legte die *Rangoon* am Kai an, und die Passagiere gingen von Bord.

Man muss schon sagen: Dieses Mal hatte es der Zufall mit Mr. Fogg besonders gut gemeint. Hätte der Kessel nicht repariert werden müssen, dann wäre die *Carnatic* bereits am 5. November ausgelaufen, und die Passagiere hätten sich bis zur Abfahrt des nächsten Schiffs nach Japan 8 Tage gedulden müssen. Mr. Foggs Verspätung betrug zwar augenblicklich 24 Stunden, aber sie hatte keinerlei nachteilige Folgen für den weiteren Verlauf der Reise.

Der Dampfer von Yokohama nach San Francisco fuhr nämlich immer erst ab, wenn das Schiff aus Hongkong eingetroffen war, musste also auf dessen Ankunft warten. Natürlich würde man jetzt 24 Stunden zu spät in Yokohama eintreffen, doch dieser Rückstand würde sich während der 22 Tage dauernden Pazifik-Überquerung mühelos aufholen lassen. Bis auf diese 24 Stunden befand sich Phileas Fogg also immer noch genau im Zeitplan, 35 Tage nachdem er aus London abgereist war.

Da die *Carnatic* erst am nächsten Tag um 5 Uhr früh auslief, blieben Mr. Fogg 16 Stunden Zeit, sich um seine Angelegenheiten zu kümmern, das heißt, um die Angelegenheiten Mrs. Aoudas. Nachdem sie das Schiff verlassen hatten, bot er der jungen Frau den Arm und geleitete sie zu einer Sänfte. Auf die Frage nach einem Hotel nannten die Träger ihm das Club Hotel. Die Sänfte setzte sich in Bewegung, Passepartout lief hinterher, und 20 Minuten später waren sie am Ziel.

Für die junge Frau wurde ein Zimmer reserviert, und Phileas Fogg sorgte dafür, dass es ihr an nichts fehlte. Dann teilte er Mrs. Aouda mit, er werde sich unverzüglich auf die Suche nach jenem Verwandten begeben, in dessen Obhut er sie hier in Hongkong zurücklassen wollte. Passepartout trug er auf, bis zu seiner Rückkehr im Hotel zu bleiben, damit die junge Frau nicht allein war.

Daraufhin ließ sich der Gentleman zur Börse kutschieren. Eine Persönlichkeit wie der ehrenwerte Dschidschi, der zu den reichsten Kaufleuten der Stadt zählte, war dort ja sicherlich bekannt.

Der Börsenmakler, an den Fogg sich wandte, kannte den parsischen Kaufmann zwar tatsächlich, doch lebte dieser schon seit 2 Jahren nicht mehr in China. Nachdem er hier steinreich geworden war, hatte er sich in Europa niedergelassen, vermutlich in Holland, weil er dorthin als Kaufmann viele Geschäftsbeziehungen unterhalten hatte.

Phileas Fogg kehrte ins Club Hotel zurück. Sogleich ließ er sich bei Mrs. Aouda melden und teilte ihr ohne Umschweife mit, dass der ehrenwerte Dschidschi nicht mehr in Hongkong lebe, sondern wahrscheinlich nach Holland umgesiedelt sei. Mrs. Aouda antwortete nicht gleich. Sie fuhr sich mit der Hand über die Stirn und dachte einen Augenblick nach. Dann sagte sie mit ihrer sanften Stimme: »Was soll ich jetzt tun, Mr. Fogg?«

»Das ist ganz einfach«, erwiderte der Gentleman. »Kehren Sie mit uns nach Europa zurück.«

»Aber ich kann doch keinesfalls Ihre ...«

»Doch, Sie können, und Ihre Anwesenheit stört meine Reisepläne nicht im Geringsten ... Passepartout?«

»Gnädiger Herr?«

»Reservieren Sie drei Kabinen auf der *Carnatic.*« Entzückt von dem Gedanken, die Reise in Begleitung der jungen Frau fortsetzen zu können, die ihm stets so freundlich begegnete, machte Passepartout sich sogleich auf den Weg.

19. KAPITEL
In welchem Passepartout allzu lebhaftes Interesse für seinen Herrn zeigt, und was daraus folgt

Hongkong ist ein kleines Inselterritorium, das der Vertrag von Nanking nach dem Krieg von 1842 in den Besitz der englischen Krone überführte. Mit ihrem genialen Kolonisationstalent hatten die Briten hier innerhalb weniger Jahre eine bedeutende Stadt gegründet und den Victoria-Hafen geschaffen. Die Insel liegt an der Mündung des Flusses Kanton, nur 60 Meilen von der portugiesischen Stadt Macao am gegenüberliegenden Ufer entfernt. Es konnte nicht anders kommen: Hongkong übertrumpfte Macao als Handelsmacht, und jetzt läuft der größte Teil des Handels mit China über die britische Stadt. Docks, Hospitäler, Werften, Lagerhäuser, eine neugotische Kathedrale, ein Regierungsgebäude und geteerte Straßen – all dies erweckt den Eindruck, als hätte sich eines der Handelsstädtchen aus den Grafschaften Surrey oder Kent durch die Erdkugel gebohrt, um hier an diesem Punkt in China wieder zum Vorschein zu kommen, fast bei seinen Antipoden.

Die Hände in den Hosentaschen, schlenderte Passepartout zum Victoria-Hafen und bestaunte die Sänften, die im Reich der Mitte immer noch beliebten Segelkarren und das in den Straßen herrschende bunte Gewimmel aus Chinesen, Japanern und Europäern. Von ganz wenigen Ausnahmen abgesehen glaubte der gute Bursche, durch Bombay, Kalkutta oder Singapur zu schlendern. Britische Städte ziehen sich ja wie eine Kette um den gesamten Globus.

Passepartout erreichte den Hafen. Dort, an der Mündung des Kanton, wimmelte es von Schiffen aller Herren Länder: England, Frankreich, Amerika, Holland, Kriegsschiffe und Handelsschiffe, japanische und chinesische Boote, Dschunken und Sampans, Tankas und sogar Blumenboote, die wie schwimmende Beete aussahen. Während er durch die Menge streifte, bemerkte Passepartout ein paar gelb gewandete Chi-

Passepartout bemerkte ein paar gelb gewandete Chinesen, die alle hochbetagt wirkten

nesen, die alle hochbetagt wirkten. Als er sich in einem Barbierladen »nach chinesischer Façon« rasieren lassen wollte, erfuhr er von dem Figaro, der recht gut Englisch sprach, dass diese Greise schon mindestens 80 Jahre alt waren und darum das Privileg genossen, Gelb zu tragen, die Farbe des Kaisers. Passepartout fand das sehr lustig, ohne eigentlich recht zu wissen warum.

Frisch rasiert begab er sich zum Kai, an dem die *Carnatic* angelegt hatte. Dort sah er Fix auf und ab spazieren, was ihn keineswegs überraschte. Doch in der Miene des Kriminalinspektor spiegelte sich bittere Enttäuschung.

»Sehr gut!« dachte Passepartout. »Für die Gentlemen vom Reform Club sieht es schlecht aus!« Und er begrüßte Fix mit fröhlichem Lächeln, als sei ihm das säuerliche Gesicht seines Reisegefährten gar nicht aufgefallen.

Der Inspektor hatte allen Grund, das teuflische Pech zu verfluchen, das ihm an den Fersen klebte. Immer noch kein Haftbefehl! Offenbar reiste ihm dieser Haftbefehl ständig hinterher und konnte ihn nur erreichen, wenn er ein paar Tage hier in der Stadt blieb. Doch da Hongkong die letzte Reisestation auf britischem Territorium war, würde ihm dieser Fogg endgültig entwischen, wenn es ihm nicht auf irgendeine Weise gelang, ihn aufzuhalten.

»Nun, Mr. Fix, haben Sie beschlossen, mit uns nach Amerika zu fahren?« fragte Passepartout.

»Ja«, stieß Fix mit zusammengebissenen Zähnen hervor.

»Na, so was!« rief Passepartout und brach in schallendes Gelächter aus. »Ich habe ja gewusst, dass Sie es nicht übers Herz bringen würden, sich von uns zu trennen. Wir müssen Ihre Passage buchen! Kommen Sie!«

Und so betraten sie zu zweit das Büro der Schifffahrtsgesellschaft und reservierten Kabinen für vier Personen. Der Angestellte wies sie darauf hin, dass die Reparaturarbeiten bereits abgeschlossen seien und die *Carnatic* darum noch am selben Abend um 8 Uhr auslaufen werde und nicht erst am nächsten Morgen, wie ursprünglich angekündigt.

»Sehr gut!« erwiderte Passepartout. »Das passt meinem Herrn ausgezeichnet. Ich werde ihm umgehend Mitteilung machen.«

In diesem Moment beschloss Fix, alles auf eine Karte zu setzen. Er wollte Passepartout die ganze Geschichte erzählen. Dies sah er als letzte Chance, Phileas Fogg noch ein paar Tage in Hongkong zurückzuhalten.

Als sie das Büro verließen, lud Fix seinen Begleiter ein, ein Gläschen mit ihm zu trinken. Da Passepartout noch Zeit hatte, willigte er ein.

Am Kai lag ein Lokal, das recht einladend wirkte. Die zwei gingen hinein und standen in einem sehr großen, hübsch eingerichteten Raum, an dessen Ende ein mit Kissen bedecktes Feldbett aufgeschlagen war. Auf diesem Bett ruhten mehrere Schläfer nebeneinander.

Im großen Saal saßen etwa dreißig Gäste an kleinen Tischen aus Rohrgeflecht. Einige tranken englisches Bier, Ale oder Porter, andere schenkten sich aus Karaffen Gin oder Brandy ein. Die meisten aber rauchten in langen Tonpfeifen kleine Opiumkügelchen, mit Rosenessenz vermischt. Von Zeit zu Zeit glitt einer der Raucher besinnungslos unter den Tisch, worauf ihn die Kellner an Kopf und Füßen packten, zum Feldbett trugen und ihn neben die anderen Schläfer legten. Ungefähr zwanzig dieser Berauschten ruhten dort völlig apathisch Seite an Seite.

Fix und Passepartout begriffen, wo sie gelandet waren: In einem jener Etablissements, die diese armen, abgestumpften, ausgemergelten, verblödeten Gestalten anzogen, denen die gewinnsüchtigen Engländer für jährlich 260 Millionen Francs jene unheilvolle Droge namens Opium verkaufen. Traurige Millionen, die man an einem der verhängnisvollsten Laster der menschlichen Natur verdient.

Die chinesische Regierung hat zwar alles getan, um dem Missbrauch durch strenge Gesetze Einhalt zu gebieten, aber vergeblich. Nachdem der Opiumgenuss anfangs nur den Reichen vorbehalten gewesen war, hatte er sich schließlich bis in die untersten Volksschichten ausgebreitet und richtete dort kaum noch einzudämmende Verheerungen an. Im Reich der Mitte wird immer und überall Opium geraucht. Männer wie Frauen frönen dieser beklagenswerten Sucht und können nach einer Weile nicht mehr davon lassen, ohne von den grässlichsten Magenkrämpfen gepeinigt zu werden. Ein starker Raucher kann bis zu acht Pfeifen täglich konsumieren, dann aber stirbt er binnen 5 Jahren.

Auf der Suche nach einer Schänke waren Fix und Passepartout also in eine der zahllosen Opiumhöhlen geraten, von denen es selbst in Hongkong nur so wimmelt. Passepartout, der kein Geld dabei hatte, nahm die »freundliche Einladung« seines Begleiters gerne an und beschloss, sich bei nächster Gelegenheit zu revanchieren.

Sie bestellten zwei Flaschen Portwein, dem der Franzose tüchtig zusprach, während Fix sich zurückhielt und sein Gegenüber scharf beobachtete. Sie plauderten über dieses und jenes, vor allem jedoch über die grandiose Idee des Inspektors, sich auf der *Carnatic* einzuschiffen. Inzwischen waren die beiden Weinflaschen leer. Und als jetzt der Name des Dampfers fiel, erhob sich Passepartout, um seinem Herrn die Nachricht zu überbringen, dass mit der Abfahrt einige Stunden früher zu rechnen war.

Doch Fix hielt ihn zurück.

»Einen Augenblick noch«, sagte er.

»Was gibt's denn, Mr. Fix?«

»Ich muss mit Ihnen über eine ernste Sache sprechen.«

»Eine ernste Sache!« rief Passepartout und leerte die allerletzten Tropfen Wein aus seinem Glas. »Sprechen wir morgen darüber. Heute habe ich keine Zeit mehr.«

»Bleiben Sie doch«, erwiderte Fix. »Es handelt sich um Ihren Herrn!«

Bei diesen Worten blickte Passepartout sein Gegenüber aufmerksam an. Fix hatte einen ganz merkwürdigen Gesichtsausdruck. Passepartout setzte sich wieder.

»Also, was haben Sie mir zu sagen?«

Fix legte seine Hand auf den Arm des Franzosen und senkte die Stimme. »Sie haben erraten, wer ich bin?«

»Parbleu!« sagte Passepartout lächelnd.

»Dann werde ich Ihnen alles enthüllen ...«

»Jetzt wo ich selbst dahintergekommen bin! Das ist doch ein bisschen stark! Na, meinetwegen, schießen Sie los. Ich kann Ihnen aber gleich sagen, dass sich diese Gentlemen ganz unnötig in solche Unkosten gestürzt haben.«

»Ganz unnötig?« wiederholte Fix. »Sie haben gut reden! Sie wissen wohl gar nicht, um welche Summe es sich handelt!«

»Aber natürlich weiß ich das!« versetzte Passepartout. »20 000 Pfund Sterling!«

»55 000!« erwiderte Fix und packte die Hand des Franzosen.

»Was?!« rief Passepartout. »Das hat Mr. Fogg gewagt? ... 55 000 Pfund Sterling! Nun gut, ein Grund mehr, keinen Augenblick Zeit zu verlieren«, fügte er hinzu und erhob sich erneut.

»55 000 Pfund Sterling«, wiederholte Fix, nötigte Passepartout, sich wieder hinzusetzen, und bestellte eine Flasche Brandy. »Falls ich einen Erfolg erringe, steht mir die Prämie von 2 000 Pfund Sterling zu. Wollen Sie sich 500 Pfund verdienen, indem Sie mir helfen?«

»Ihnen helfen?« rief Passepartout und riss die Augen auf.

»Ja, Sie müssen mir helfen, diesen Mr. Fogg ein paar Tage in Hongkong festzuhalten.«

»Wie?« fragte Passepartout. »Was sagen Sie da? Genügt es diesen Gentlemen denn nicht, meinen Herrn beschatten zu lassen und seine Ehrlichkeit anzuzweifeln? Wollen Sie ihm jetzt auch noch Hindernisse in den Weg legen? Wie schändlich!«

»Was soll denn das heißen?« fragte Fix.

»Es soll heißen, dass sich so etwas nicht gehört! Da können sie Mr. Fogg ja gleich ausrauben und ihm das Geld aus der Tasche ziehen!«

»Genau das haben wir vor!«

»Aber das ist ja ein Hinterhalt!« rief Passepartout, der unter dem Einfluss des Brandy, den Fix ihm einschenkte und den er gedankenlos in sich hinein kippte, in immer größere Erregung geriet. »Der reinste Hinterhalt! Und so was nennt sich Gentlemen! Clubfreunde!«

Fix begriff allmählich gar nichts mehr.

»Clubfreunde!« schrie Passepartout. »Mitglieder des Reform Clubs! Hören Sie, Monsieur Fix, mein Herr ist ein Ehrenmann! Und wenn er eine Wette abschließt, dann hat er die Absicht, sie auf ehrliche Weise zu gewinnen!«

»Für wen halten Sie mich eigentlich?« fragte Fix und starrte Passepartout unverwandt an.

»Parbleu! Für einen Spitzel, der von diesen Gentlemen aus dem Reform Club beauftragt wurde, die Reiseroute meines Herrn zu kontrollieren. Welche Demütigung! Ich habe mich gehütet, Mr. Fogg etwas davon zu erzählen, obwohl ich Ihnen schon seit einiger Zeit auf die Schliche gekommen bin.«

»Er weiß also von nichts?« fragte Fix hastig.

»Nein«, erwiderte Passepartout und leerte das nächste Glas.

Der Inspektor rieb sich die Stirn. Er zögerte weiterzureden. Was sollte er tun? Dass sich Passepartout irrte, lag auf der Hand, aber das machte alles noch viel schwieriger. Der junge Mann hatte offenbar in gutem Glauben gesprochen und war ganz gewiss kein Komplize seines Herrn – eine Befürchtung, zu der Fix ja bisher allen Grund gehabt hatte.

Nun gut, sagte sich Fix, wenn er nicht sein Komplize ist, wird er mir helfen.

Und er beschloss zum zweiten Mal, Passepartout die Wahrheit zu enthüllen. Außerdem konnte er gar nicht mehr länger warten. Er musste Fogg um jeden Preis in Hongkong verhaften.

»Jetzt hören Sie mir einmal gut zu«, begann Fix energisch. »Ich bin nicht der, für den Sie mich halten, ich bin kein Spitzel der Herren vom Reform Club …«

»Jetzt hören Sie mir einmal gut zu«, begann Fix energisch

»Paaah!« sagte Passepartout und grinste spöttisch.

»Ich bin Kriminalinspektor und reise im Auftrag der Londoner Polizei ...«

»Sie ... Kriminalinspektor?«

»Ja, und ich kann es beweisen. Hier ist mein Einsatzbefehl!«

Und der Kriminalbeamte entnahm seiner Brieftasche ein vom Londoner Polizeipräsidenten unterzeichnetes Papier und wies es vor. Passepartout war wie vom Donner gerührt und starrte Fix an, ohne ein Wort herauszubringen.

»Die Wette des Herrn Fogg«, fuhr Fix fort, »ist nur ein Vorwand, mit dem er Sie hinters Licht geführt hat, Sie und die Herren vom Reform Club. Er wollte Sie alle ohne Ihr Wissen zu Komplizen machen.«

»Aber warum denn?« rief Passepartout.

»Hören Sie, am 28. September wurden in der Bank of England 55000 Pfund Sterling gestohlen. Und zwar von einem Subjekt, dessen Personenbeschreibung uns vorliegt. Hier ist sie. Und sie passt haargenau auf diesen Fogg.«

»Das ist doch die Höhe!« schrie Passepartout und ließ seine kräftige Faust auf den Tisch niedersausen. »Mein Herr ist der rechtschaffenste Mann auf der Welt!«

»Woher wollen Sie denn das wissen?« entgegnete Fix. »Sie kennen ihn doch gar nicht! Sie sind doch erst am Tag der Abreise in seine Dienste getreten. Er brach überstürzt auf, unter einem absurden Vorwand, zwar ohne Gepäck, dafür aber mit einer beträchtlichen Summe in Banknoten! Und Sie wollen immer noch behaupten, dass er ein rechtschaffener Mann ist?«

»Ja! Ja!« wiederholte der arme Bursche mechanisch.

»Wollen Sie denn, dass man Sie als Komplizen verhaftet?«

Passepartout hatte den Kopf in die Hände vergraben. Er war nicht mehr wiederzuerkennen. Er wagte den Polizeiinspektor nicht anzusehen. Phileas Fogg, ein Dieb! Er, der Retter Mrs. Aoudas, der großzügige, mutige Mann! Und doch, was wurde alles gegen ihn vorgebracht! Passepartout versuchte den Argwohn, der ihn beschlich, zurückzudrängen. Er weigerte sich, an die Schuld seines Herrn zu glauben.

»Also, was wollen Sie von mir?« fragte er den Kriminalinspektor, wobei er sich furchtbar zusammenreißen musste, um nicht die Beherrschung zu verlieren.

»Folgendes«, erwiderte Fix. »Ich bin diesem Fogg bis hierher nachgereist, habe aber den in London angeforderten Haftbefehl noch nicht erhalten. Sie müssen mir also helfen, Fogg in Hongkong zurückzuhalten …«

»Ich? Ich soll …«

»Und dafür teile ich mit Ihnen die Belohnung von 2000 Pfund Sterling, die die Bank of England ausgesetzt hat!«

»Niemals!« antwortete Passepartout. Er wollte aufstehen, fiel aber auf seinen Stuhl zurück und merkte, dass ihn sein Verstand und seine Kraft gleichzeitig im Stich ließen.

»Mr. Fix«, stammelte er, »selbst wenn alles, was Sie gesagt haben, stimmen würde … selbst wenn mein Herr der Dieb wäre, den Sie suchen … was ich für ausgeschlossen halte … war ich … bin ich doch in seinen Diensten … habe erlebt, wie großzügig und gut er ist … Ihn verraten … nein … nicht für alles Gold der Welt … Wo ich herkomme, tut man so etwas nicht!«

»Das heißt, Sie weigern sich?«

»Ich weigere mich.«

»Dann vergessen wir einfach, was ich gesagt habe«, erwiderte Fix, »und trinken noch ein Glas.«

»Ja, trinken wir.« Passepartout merkte, dass ihn der Brandy immer stärker berauschte.

Inspektor Fix, dem klar war, dass er Passepartout um jeden Preis von seinem Herrn trennen musste, wollte ihn außer Gefecht setzen. Auf dem Tisch lagen ein paar gefüllte Opiumpfeifen. Fix drückte Passepartout eine davon in die Hand. Der nahm sie, führte sie an die Lippen, zündete sie an, nahm ein paar Züge, und schon sank sein vom Rauschgift benebelter Kopf schwer nach vorn.

»So«, sagte Fix, als er Passepartout ohnmächtig daliegen

sah. »Jetzt wird dieser Fogg nicht mehr rechtzeitig von der Abfahrt der *Carnatic* erfahren. Und falls doch, reist er wenigstens ohne diesen verdammten Franzosen ab!«

Worauf er bezahlte und ging.

20. KAPITEL
In welchem Fix mit Phileas Fogg direkt in Verbindung tritt

Während dieser Szene, die doch möglicherweise fatale Folgen für Mr. Foggs Zukunft haben würde, spazierte dieser mit Mrs. Aouda durch die Straßen des britischen Stadtteils. Nachdem Mrs. Aouda sein Angebot akzeptiert hatte, sie bis nach Europa zu geleiten, waren zahlreiche Details zu bedenken, die mit einer so langen Reise verknüpft sind. Dass ein Engländer wie er eine Weltumrundung mit nur einer Reisetasche unternahm, mochte noch angehen. Doch für eine Dame waren solche Bedingungen unzumutbar. Darum mussten Kleider und andere für die Reise wichtige Artikel eingekauft werden. Mr. Fogg erledigte diese Aufgabe mit der ihm eigenen Gelassenheit, und wenn sich die junge Witwe von seiner Hilfsbereitschaft ganz überwältigt zeigte, entgegnete er auf ihre Einwände und Entschuldigungen immer nur:

»Das kommt meinen Reiseplänen entgegen, es passt sehr gut in mein Programm.«

Als alle Einkäufe getätigt waren, kehrten Mr. Fogg und die junge Frau ins Hotel zurück und nahmen an der reich gedeckten Table d'Hôte ihr Abendessen ein. Dann zog sich Mrs. Aouda, die etwas müde war, in ihr Zimmer zurück. Von ihrem unerschütterlichen Retter hatte sie sich nach englischer Sitte mit einem Händedruck verabschiedet.

Der ehrenwerte Gentleman vertiefte sich für den Rest des Abends in die Lektüre der *Times* und der *Illustrated London News*. Wenn er sich überhaupt jemals über etwas gewundert hätte, wäre jetzt Gelegenheit dazu gewesen, als nämlich sein

Diener zur Schlafenszeit noch immer nicht aufgetaucht war. Da für Mr. Fogg aber feststand, dass der Dampfer nach Yokohama erst am nächsten Morgen auslaufen würde, machte er sich keine Gedanken.

Doch auch als er am Morgen nach ihm läutete, zeigte sich kein Passepartout.

Was dem ehrenwerten Gentleman durch den Kopf ging, als er erfuhr, dass sein Diener überhaupt nicht ins Hotel zurückgekehrt war, weiß man nicht. Jedenfalls griff er lediglich nach seiner Reisetasche, ließ Mrs. Aouda Bescheid geben und bestellte eine Sänfte.

Es war jetzt 8 Uhr, und die Flut, die die *Carnatic* durch die Fahrrinne tragen sollte, war für halb 10 angekündigt.

Als die Sänfte vor dem Hotel eintraf, bestiegen Mr. Fogg und Mrs. Aouda dieses recht komfortable Vehikel. Ihr Gepäck wurde auf einem Karren hinterhergefahren.

Eine halbe Stunde später trafen die Reisenden auf dem Kai ein, und dort erst erfuhr Mr. Fogg, dass die *Carnatic* bereits am Vorabend ausgelaufen war.

Mr. Fogg, der fest damit gerechnet hatte, hier sowohl seinen Dampfer als auch seinen Diener anzutreffen, musste nun auf beides verzichten. Doch seine Miene verriet keinerlei Enttäuschung, und als ihn Mrs. Aouda besorgt ansah, meinte er bloß:

»Ein kleiner Zwischenfall, gnädige Frau, nichts weiter.«

In diesem Augenblick trat ein Mann auf ihn zu, der ihn schon eine ganze Weile aufmerksam beobachtet hatte. Es war Inspektor Fix, welcher ihn mit den Worten begrüßte: »Verzeihung, Sir, sind Sie nicht auch gestern mit der *Rangoon* angekommen?«

»Ja«, erwiderte Fogg kalt, »aber ich hatte nicht die Ehre ...«

»Sie müssen entschuldigen, aber ich rechnete fest damit, hier Ihren Diener anzutreffen.«

»Ja, wissen Sie denn, wo er steckt, Sir?« erkundigte sich die junge Frau aufgeregt.

»Wie!« fragte Fix mit geheuchelter Überraschung. »Ist er denn nicht bei Ihnen?«

»Nein«, antwortete Mrs. Aouda. »Er ist seit gestern verschwunden. Ob er wohl ohne uns an Bord der *Carnatic* gegangen ist?«

»Ohne Sie, gnädige Frau?« erwiderte der Inspektor. »Verzeihen Sie die Frage, aber hatten Sie denn gleichfalls vor, mit diesem Dampfer zu fahren?«

»Ja, Sir.«

»Ich auch, gnädige Frau. Und natürlich bin ich jetzt zutiefst enttäuscht. Nachdem die Reparatur abgeschlossen war, ist die *Carnatic,* 12 Stunden früher als geplant, von Hongkong ausgelaufen, ohne dass jemand benachrichtigt wurde. Jetzt müssen wir 8 Tage auf die nächste Verbindung warten!«

Bei den Worten »8 Tage« hüpfte dem Inspektor vor Freude das Herz. 8 Tage! Phileas Fogg wurde 8 Tage lang in Hongkong aufgehalten! Da blieb genügend Zeit, bis der Haftbefehl eintraf. Endlich schien sich das Glück dem Vertreter des Gesetzes zuzuwenden!

Man kann sich also denken, was für ein Schlag es für ihn war, als er Phileas Fogg in gewohnt ruhigem Ton sagen hörte: »Doch wie mir scheint, gibt es im Hafen von Hongkong noch andere Schiffe außer der *Carnatic.*«

Und mit diesen Worten bot Mr. Fogg seiner Begleiterin den Arm und steuerte auf die Docks zu, um nach einem Schiff zu suchen, das demnächst auslaufen würde.

Fix folgte ihnen verdattert. Es war, als sei er durch einen unsichtbaren Faden mit diesem Mann verbunden.

Doch den schien das Glück, das ihm bislang so hold gewesen war, endgültig verlassen zu haben. 3 Stunden lang lief Fogg kreuz und quer durch den Hafen, entschlossen, notfalls sogar ein Schiff zu chartern, das ihn nach Yokohama bringen würde. Aber er sah nur Schiffe, die gerade be- oder entladen wurden und noch nicht auslaufen konnten. Fix schöpfte wieder Hoffnung.

Doch Mr. Fogg ließ sich nicht aus der Fassung bringen und

setzte seine Suche fort, die ihn vielleicht noch bis nach Macao getrieben hätte; doch da sprach ihn draußen am Vorhafen ein Seemann an.

»Euer Gnaden suchen ein Schiff?« fragte er und nahm die Mütze ab.

»Haben Sie denn eins, das bereit zum Auslaufen ist?« erkundigte sich Mr. Fogg.

»Jawohl, euer Gnaden, ein Lotsenboot, Nr. 43, das beste Boot der Flotte.«

»Fährt es schnell?«

»Ungefähr 8 bis 9 Knoten. Wollen es sich euer Gnaden einmal ansehen?«

»Ja.«

»Euer Gnaden werden zufrieden sein. Geht's um eine Spazierfahrt?«

»Nein, um eine Reise.«

»Eine Reise?«

»Wären Sie bereit, mich nach Yokohama zu bringen?«

Bei diesen Worten riss der Seemann ungläubig die Augen auf und stand mit schlaff herabbaumelnden Armen da.

»Euer Gnaden belieben zu scherzen?« fragte er.

»Keineswegs! Ich habe die *Carnatic* verpasst und muss spätestens am 14. November in Yokohama sein, um den Dampfer nach San Francisco zu erreichen.«

»Bedaure sehr«, erwiderte der Lotse, »aber das geht nicht.«

»Ich biete Ihnen 100 Pfund Sterling am Tag. Und eine Prämie von 200 Pfund Sterling, wenn ich rechtzeitig ankomme.«

»Im Ernst?« fragte der Lotse.

»Völlig im Ernst«, erwiderte Mr. Fogg.

Der Lotse war ein paar Schritte beiseite gegangen. Er schaute aufs Meer hinaus und war offensichtlich hin- und hergerissen zwischen dem Wunsch, eine so gewaltige Summe zu verdienen, und der Angst, eine so weite Fahrt zu wagen. Fix durchlitt Höllenqualen.

»Euer Gnaden suchen ein Schiff?«

In der Zwischenzeit hatte sich Mr. Fogg an Mrs. Aouda gewandt.

»Und Ihnen wäre nicht bange, gnädige Frau?«

»In Ihrer Begleitung? Oh nein, Mr. Fogg«, erwiderte die junge Frau.

Der Lotse war wieder zurückgekehrt und hielt seine Mütze in den Händen.

»Nun, wie sieht es aus?« fragte Mr. Fogg.

»Ja, also, Euer Gnaden«, antwortete der Lotse, »ich kann es nicht riskieren, weder für meine Männer, noch für mich, auch nicht für Euer Gnaden, mit einem Schiff von knapp 20 Tonnen eine so lange Reise zu machen, und das zu dieser Jahreszeit. Außerdem würden wir es nie rechtzeitig schaffen: Von Hongkong nach Yokohama sind es ganze 1650 Meilen.«

»Nur 1600«, sagte Mr. Fogg.

»Das bleibt sich gleich.«

Fix atmete auf.

»Aber«, fügte der Lotse hinzu, »es gibt vielleicht noch eine andere Möglichkeit.«

Fix hielt den Atem an.

»Und die wäre?« fragte Fogg.

»Dass man nach Nagasaki fährt, im äußersten Süden Japans, 1100 Meilen, oder nur nach Schanghai, 800 Meilen von Hongkong entfernt. Auf der zweiten Route bliebe man dicht an der chinesischen Küste, was ein großer Vorteil wäre, Euer Gnaden, vor allem deshalb, weil man mit den Strömungen nach Norden treibt.«

»Hören Sie, Lotse«, erwiderte Phileas Fogg, »ich muss den Dampfer nach Amerika in Yokohama erreichen, nicht in Nagasaki oder Schanghai.«

»Warum denn nicht?« sagte der Lotse. »Der Dampfer nach San Francisco geht ja gar nicht von Yokohama ab. Zwar legt er in Nagasaki und Yokohama an, aber sein Ausgangshafen ist Schanghai.«

»Sind Sie da ganz sicher?«

»Ganz sicher.«

»Und wann läuft der Dampfer von Schanghai aus?«

»Am 11., um 7 Uhr abends. Wir haben also noch 4 Tage Zeit. 4 Tage, das sind 96 Stunden. Wenn wir also durchschnittlich 8 Meilen in der Stunde rechnen und wenn wir Glück haben und wenn der Wind auf Südost steht und wenn das Meer ruhig bleibt – dann könnten wir die 800 Meilen nach Schanghai schaffen.«

»Und wann könnten wir aufbrechen?«

»In einer Stunde. Ich muss noch Proviant kaufen und das Schiff klarmachen.«

»Abgemacht ... Sind Sie der Eigner des Schiffes?«

»Ja. John Bunsby, Eigner der *Tankadère.*«

»Wollen Sie ein Handgeld?«

»Wenn es Euer Gnaden nichts ausmacht.«

»Hier sind schon einmal 200 Pfund Sterling ...« Und an Fix gewandt fügte Fogg hinzu: »Wenn Sie sich uns anschließen möchten, Sir?«

»Ich wollte Sie tatsächlich gerade um diesen Gefallen bitten«, sagte Fix rasch entschlossen.

»Gut. Dann also in einer halben Stunde an Bord.«

»Aber dieser arme Junge«, warf Mrs. Aouda ein, die Passepartouts plötzliches Verschwinden tief bekümmerte.

»Ich werde für ihn tun, was ich kann«, versprach Fogg.

Und während Fix in heller Aufregung, knirschend vor Wut, zum Lotsenschiff lief, machten sich Mr. Fogg und Mrs. Aouda auf den Weg zur Hongkonger Hafenpolizei. Dort gab Phileas Fogg eine Personenbeschreibung und hinterlegte genug Geld für Passepartouts Heimreise. Die gleichen Formalitäten erledigte er im französischen Konsulat. Dann begaben sich die beiden Reisenden mit einer Sänfte ins Hotel und ließen sich, nachdem sie ihr Gepäck abgeholt hatten, wieder zum Außenhafen tragen.

Es schlug 3 Uhr. Besatzung und Proviant befanden sich an Bord – das Lotsenschiff Nr. 43 war klar zum Auslaufen.

Bei der *Tankadère* handelte es sich um einen hübschen kleinen Schoner von 20 Bruttoregistertonnen, sehr elegant geformt, mit schmalem Bug. Man hätte sie fast für eine Rennjacht halten können. Die glänzenden Kupferbeschläge, die verzinkten Eisenteile, das elfenbeinweiße Deck zeugten davon, dass der Schiffseigner John Bunsby sie gut in Schuss hielt. Ihre beiden Masten waren leicht nach hinten geneigt. Man konnte sie mit Gaffel-, Fock-, Vorstag-, Klüver- und Gaffeltoppsegel takeln und für den Fall, dass der Wind von hinten kam, sogar noch ein Hilfssegel setzen. Sie fuhr gewiss fantastisch schnell, und in der Tat hatte sie bei den Wettfahrten der Lotsenschiffe schon mehrere Preise gewonnen.

Die Besatzung der *Tankadère* bestand aus dem Eigner John Bunsby und vier weiteren Männern. Es waren kühne Seeleute, die sich bei jedem Wetter hinauswagten, um ein Schiff in den Hafen zu lotsen, und sich auf diesen Meeren fantastisch auskannten. John Bunsby selbst war etwa Mitte Vierzig, robust, von der Sonne fast schwarz gebrannt, mit lebhaftem Blick, energischen Zügen, selbstsicherer Haltung – ein tüchtiger Seemann, der einem auf Anhieb Vertrauen einflößte, und wäre man noch so furchtsam gewesen.

Phileas Fogg und Mrs. Aouda gingen an Bord. Fix war schon da. Der Niedergang achtern führte in einen quadratischen Raum, in dessen Wände oberhalb einer rundum laufenden Polsterbank mehrere Schlafkojen eingelassen waren. Über dem Tisch in der Mitte flackerte eine Sturmlaterne.

»Ich bedaure, dass ich Ihnen nichts Besseres bieten kann«, sagte Mr. Fogg zu Fix, der sich schweigend verbeugte.

Es kam für den Inspektor fast einer Demütigung gleich, aus der Freundlichkeit dieses Herrn Fogg solchen Nutzen zu ziehen.

»Er ist in der Tat ein sehr höflicher Gauner«, dachte Fix, »aber ein Gauner ist und bleibt er!«

Um 15 Uhr 10 wurden die Segel gehisst. An der Gaffel flatterte die englische Flagge. Die Passagiere saßen an Deck. Mr. Fogg und Mrs. Aouda warfen einen letzten Blick auf den Kai, um zu sehen, ob Passepartout nicht doch noch auftauchen würde.

»Ich bedaure, dass ich Ihnen nichts Besseres bieten kann.«

Fix war nicht ohne Sorge, dass der Zufall den armen Burschen, dem er so übel mitgespielt hatte, direkt hierher führen könnte; denn bei der dann fälligen Auseinandersetzung hätte der Inspektor sicher keine gute Figur gemacht. Aber der Franzose tauchte nicht auf. Zweifellos hielt die narkotische Wirkung des Rauschgifts immer noch an.

Und dann fuhr John Bunsby aufs Meer hinaus. Fock- und Besansegel blähten sich im Wind, und die *Tankadère* glitt pfeilschnell über die Wellen.

21. KAPITEL

In welchem der Eigner der Tankadère *beinahe riskiert, dass ihm die Prämie von 200 Pfund Sterling entgeht*

Diese Fahrt von 800 Meilen auf einem Schiff von 20 Tonnen war ein waghalsiges Abenteuer, vor allem zu dieser Jahreszeit. Die chinesischen Meere gelten als ziemlich gefährlich, weil sie von fürchterlichen Stürmen heimgesucht werden; besonders zur Zeit der Tagundnachtgleichen, und der November hatte eben erst begonnen.

Für den Lotsen John Bunsby wäre es zweifellos lohnender gewesen, seine Passagiere nach Yokohama zu bringen, da er pro Tag bezahlt wurde. Aber es wäre auch höchst leichtsinnig gewesen, die Überfahrt unter solchen Bedingungen zu wagen. Schon die Reise nach Schanghai war ein mutiges, wenn nicht gar tollkühnes Unterfangen. Doch John Bunsby vertraute seiner *Tankadère,* die leicht wie eine Malvenblüte über die Wogen glitt, und vielleicht hatte er gar nicht so unrecht damit.

Während der letzten Stunden dieses Tages steuerte er das Schiff durch die tückischen Gewässer vor Hongkong, und ganz gleich, wie schnell die *Tankadère* fuhr, ob sie nun hart am Wind oder mit Rückenwind segelte – sie hielt sich wundervoll.

»Ich brauche Sie wohl nicht darauf hinzuweisen, Lotse«,

Die junge Frau saß im Heck und betrachtete ergriffen den schon von der Dämmerung verdunkelten Ozean

bemerkte Phileas Fogg, als der Schoner das offene Meer erreicht hatte, »dass allerhöchste Eile geboten ist.«

»Sie können sich auf mich verlassen, gnädiger Herr«, erwiderte John Bunsby. »Wir haben Segel gesetzt, so viel der Wind erlaubt. Nur die Marssegel fehlen. Sie würden eher schaden, indem sie die Fahrt des Schiffs bremsen.«

»Das ist Ihr Metier, nicht meines, Lotse, und Sie haben mein volles Vertrauen.«

Aufrecht und breitbeinig stand Phileas Fogg wie ein Seemann an Deck und schaute reglos auf die stürmische See hinaus. Die junge Frau saß im Heck und betrachtete ergriffen den schon von der Dämmerung verdunkelten Ozean, dem sie in diesem zerbrechlichen Gefährt die Stirn bot. Über ihrem Kopf blähten sich die weißen Segel, die sie wie mächtige Schwingen ins Weite trugen. Der Schoner, vom Wind emporgehoben, schien durch die Luft zu fliegen.

Die Nacht brach herein. Der Mond trat in das erste Viertel. Bald würde sein matter Schein in den Dunstschleiern über dem Horizont vollends erlöschen. Von Osten trieben Wolken heran und bedeckten bereits einen Großteil des Himmels.

Der Lotse hatte die Positionslichter gesetzt, eine in diesen viel befahrenen, küstennahen Gewässern unerlässliche Vorsichtsmaßnahme. Begegnungen mit anderen Schiffen waren durchaus nicht selten, und bei ihrer hohen Fahrgeschwindigkeit wäre die *Tankadère* schon beim kleinsten Zusammenstoß auseinander gebrochen.

Fix lehnte am Bug und hing seinen Gedanken nach. Er blieb für sich, weil er wusste, dass Fogg nicht sehr gesprächig war. Außerdem widerstrebte es ihm, mit diesem Mann, dessen Hilfe er angenommen hatte, auch noch zu plaudern. Darüber hinaus dachte er an die Zukunft. Für ihn stand jetzt so gut wie fest, dass dieser Fogg, ohne sich in Yokohama aufzuhalten, sofort den Dampfer nach San Francisco besteigen würde, um möglichst rasch Amerika zu erreichen, in dessen unendlicher Weite er sich vor Strafe sicher fühlen konnte.

Der Plan Phileas Foggs, so schien es dem Inspektor, war bestechend einfach.

Statt sich wie ein gewöhnlicher Ganove von England aus direkt nach den Vereinigten Staaten einzuschiffen, hatte dieser Fogg eine Weltreise unternommen und drei Viertel des Globus umrundet, um desto sicherer den amerikanischen Kontinent zu erreichen. Nachdem er die Polizei auf eine falsche Fährte gelockt hatte, würde er dort in aller Ruhe die 55 000 Pfund Sterling der Bank durchbringen. Doch wenn sie sich auf amerikanischem Boden befanden, was sollte Fix dann tun? Den Mann einfach laufen lassen? Nein, auf gar keinen Fall! Er würde ihm auf den Fersen bleiben, bis man dem Auslieferungsantrag stattgegeben hatte. Das war seine Pflicht, und er würde diese Pflicht um jeden Preis erfüllen. Zumindest ein glücklicher Umstand hatte sich aber ergeben: Passepartout war von Mr. Fogg getrennt, und nach allem, was Fix dem Diener anvertraut hatte, durfte dieser seinem Herrn nie mehr begegnen.

Auch Phileas Fogg musste an seinen Diener denken, der auf so mysteriöse Weise verschwunden war. Nachdem er lange nachgedacht hatte, hielt er es nicht mehr für ausgeschlossen, dass der arme Junge aufgrund eines Missverständnisses doch noch im allerletzten Moment an Bord der *Carnatic* gegangen war. Diese Ansicht teilte auch Mrs. Aouda, die den redlichen Diener, dem sie so viel zu verdanken hatte, schmerzlich vermisste. Vielleicht tauchte er ja in Yokohama wieder auf. Jedenfalls würde sich dort leicht feststellen lassen, ob er sich auf der *Carnatic* eingeschifft hatte.

Gegen 22 Uhr frischte der Wind auf. Vielleicht wäre es jetzt vernünftig gewesen, die Segel zu reffen, doch der Lotse entschied sich dagegen, nachdem er gewissenhaft den Himmel studiert hatte, und ließ alle Segel gesetzt. Die *Tankadère* segelte wunderbar ruhig dahin, weil sie beträchtlichen Tiefgang hatte; außerdem standen alle Mann zum Reffen der Segel bereit, falls Böen aufkommen sollten.

Um Mitternacht stiegen Mrs. Aouda und Phileas Fogg in

die Kabine hinunter. Dorthin hatte sich Fix schon vor ihnen zurückgezogen und lag jetzt ausgestreckt in einer der Kojen. Der Lotse und seine Männer harrten die ganze Nacht über an Deck aus.

Am nächsten Morgen, dem des 8. November, hatte die *Tankadère* bereits über 100 Meilen zurückgelegt. Mit Hilfe des Logs, das immer wieder ausgeworfen wurde, ließ sich eine durchschnittliche Geschwindigkeit von 8 bis 9 Meilen pro Stunde ermitteln. Die Segel der *Tankadère* blähten sich prall im Wind, und so erreichte sie ihre maximale Geschwindigkeit. Wenn weiterhin solche Windverhältnisse herrschten, standen die Chancen gut.

Den ganzen Tag über fuhr die *Tankadère* wegen der günstigen Strömungen nah an der Küste entlang. Diese lag etwa 5 Meilen backbords entfernt und war zuweilen, wenn sich der Dunst etwas lichtete, als unregelmäßige Linie zu erkennen. Wegen des ablandigen Winds war das Meer nicht mehr so unruhig: ein glücklicher Umstand für den Schoner, denn vor allem leichte Schiffe leiden unter der Dünung, die ihre Fahrt hemmt oder das Schiff »totmacht«, wie die Seeleute sagen.

Gegen Mittag flaute der Wind etwas ab und sprang um auf Südost. Der Lotse ließ die Marssegel setzen; doch 2 Stunden später wurden sie wieder gerefft, weil erneut Sturm aufkam.

Mr. Fogg und Mrs. Aouda waren zu ihrem großen Glück gegen die Seekrankheit gefeit und ließen sich Konserven und Schiffszwieback schmecken. Fix wurde zu der Mahlzeit hinzugebeten und nahm die Einladung widerwillig an, weil er wohl wusste, dass man nicht nur das Schiff mit Ballast füllen muss, sondern auch den Magen. Aber er ärgerte sich über sich selbst! Auf Kosten dieses Herrn zu reisen und auch noch von seinem Proviant zu leben, das kam ihm doch allzu hinterhältig vor. Er aß zwar nur rasch ein paar Bissen im Stehen, aber er aß.

Nach der Mahlzeit fand Fix, er müsse Fogg einen Moment beiseite nehmen. »Sir«, begann er, und er musste schwer an sich halten, diesen »Sir« nicht am Kragen zu packen. »Sie waren so liebenswürdig, Sir, mir die Überfahrt auf Ihrem Schiff anzubieten. Wenn es mir meine Mittel auch nicht erlauben, mich so großzügig zu erweisen wie Sie, will ich doch meinen Anteil bezahlen ...«

»Bitte, sprechen wir nicht davon, Sir«, erwiderte Fogg.

»Doch. Ich bestehe darauf ...«

»Nein, Sir«, entgegnete Fogg in einem Ton, der keinen Widerspruch duldete, »das geht in den Reisekosten auf!«

Fix verbeugte sich stumm, ging zum Bug des Schoners, um sich dort auszustrecken und sprach den ganzen Tag kein Wort mehr.

Unterdessen flog das Schiff nur so dahin. John Bunsby war guter Hoffnung. Mehrmals versicherte er Mr. Fogg, man werde Schanghai rechtzeitig erreichen. Mr. Fogg antwortete nur, er rechne fest damit. Übrigens war die gesamte Mannschaft des kleinen Schoners mit Feuereifer bei der Sache. Die Prämie spornte die Männer zu Höchstleistungen an. Gewissenhaft wurden die Leinen festgezurrt! Kraftvoll wurden die Segel gehisst! Dem Steuermann war nicht die kleinste Abweichung vom Kurs vorzuwerfen! Exaktere Manöver hätte man nicht einmal bei einer Regatta des Royal Yacht Club erlebt.

Bis zum Abend hatte der Lotse mit Hilfe des Lotbleis errechnet, dass man seit Hongkong bereits 220 Meilen zurückgelegt hatte. Phileas Fogg durfte hoffen, ohne die geringste Verspätung in Yokohama einzutreffen und genau in seinem Zeitplan zu bleiben. Darum schien es auch, als würde ihm der erste schwere Zwischenfall auf dieser Reise nicht zum Nachteil gereichen.

Nachts, in den ersten Stunden des folgenden Tages, fuhr die *Tankadère* wohlbehalten in die Fo-kien-Straße ein, welche die große Insel Formosa von der chinesischen Küste trennt, und überquerte den Wendekreis des Krebses. In dieser Meerenge war die See sehr rau, weil gegenläufige Strömungen zahllose Wirbel entstehen ließen. Der Schoner hatte sehr zu kämpfen. Die kabbelige See bremste seine Fahrt. Man konnte sich an Deck nur noch unter größten Mühen aufrecht halten.

In der Morgendämmerung frischte der Wind noch mehr auf. Es sah nach Sturm aus. Das Barometer kündigte einen Wetterumschwung an; es verhielt sich den ganzen Tag über sehr sprunghaft, und auch das Quecksilber zeigte sich launisch. Überdies sah man, wie sich im Südosten mächtige Wellen auftürmten, die »nach Sturm rochen«. Am Vorabend war die Sonne in rotem Dunst untergegangen, und der Ozean hatte phosphoreszierend geleuchtet.

Lange studierte der Lotse den bedrohlich wirkenden Himmel und stieß immer wieder unverständliche Sätze zwischen den Zähnen hervor. Als er einmal an seinem Passagier vorbeikam, fragte er leise: »Darf ich ganz offen sein, Euer Gnaden?«

»Ich bitte darum«, antwortete Fogg.

»Wir kriegen Sturm.«

»Aus Nord oder Süd?« fragte Fogg bloß.

»Süd. Dort hinten braut sich ein Taifun zusammen!«

»Meinetwegen, ein Taifun aus Süden wäre nicht tragisch, denn er würde uns in die richtige Richtung treiben.«

»Wenn Euer Gnaden dieser Meinung sind«, erwiderte der Lotse, »habe ich nichts mehr hinzuzufügen!«

Seine Vorahnung trog John Bunsby nicht. Wäre es früher im Jahr gewesen, dann hätte sich der Taifun, um einen berühmten Meteorologen zu zitieren, in einer leuchtenden Kaskade elektrischer Flämmchen entladen, doch so nahe am Winteräquinoktium musste man befürchten, dass er mit wild entfesselter Gewalt losbrechen würde.

Rechtzeitig traf der Lotse die nötigen Vorsichtsmaßnahmen. Er ließ alle Segel des Schoners streichen und die Rahen auf Deck befestigen. Die Mastspitzen wurden abgebaut, der Luvbaum eingeholt. Die Luken wurden sorgfältig geschlossen, so dass in den Rumpf des Schiffs kein Tropfen Wasser eindringen konnte. Ein einziges Gaffeltoppsegel aus starkem Tuch wurde als Focksegel gehisst, damit man den Schoner vor dem Wind halten konnte. Dann begann das Warten.

John Bunsby hatte seine Passagiere gedrängt, sich unter

Deck in die Kajüte zu begeben. Doch in der Enge dort unten bekam man kaum Luft und wurde vom heftigen Seegang so durchgerüttelt, dass man es in diesem Gefängnis kaum aushielt. Darum waren weder Mr. Fogg noch Mrs. Aouda, ja nicht einmal Fix bereit, das Deck zu verlassen.

Gegen 8 Uhr abends brachen heftige Sturmböen und sintflutartiger Regen über das Schiff herein. Obwohl nur ein einziges kleines Segel gesetzt war, trieb der Wind die *Tankadère* wie eine Feder vor sich her. Die Gewalt eines solchen Sturms lässt sich kaum schildern. Man stelle sich die vierfache Geschwindigkeit einer Lokomotive unter Volldampf vor, und selbst das bleibt noch hinter der Wirklichkeit zurück.

Den ganzen Tag fuhr das Schiff nach Norden, getragen von den gigantischen Wellen, mit denen es glücklicherweise Schritt zu halten vermochte. Zwanzig Mal wurde es fast unter den hohen Wellenbergen begraben, die sich am Heck auftürmten. Doch jedes Mal gelang es dem Lotsen, im letzten Moment geschickt das Ruder herumzureißen und so die Katastrophe zu verhindern. Manchmal wurden die Passagiere von der Gischt überspült, was sie aber mit stoischer Ruhe ertrugen. Nur Fix schimpfte und fluchte, doch die tapfere Mrs. Aouda blickte unverwandt auf ihren Begleiter, dessen Gelassenheit sie zu Bewunderung hinriss, und zeigte sich seiner würdig, indem sie dem Unwetter an seiner Seite trotzte. Phileas Fogg machte den Eindruck, als gehöre auch dieser Taifun zu seinem Reiseplan.

Bis jetzt hatte die *Tankadère* konstant Kurs nach Norden gehalten; doch gegen Abend sprang der Wind wie befürchtet auf Nordwest um. Der Schoner, dessen Breitseite den Wellen ausgesetzt war, wurde schrecklich durchgerüttelt. Das Meer traf ihn mit so elementarer Gewalt, dass man zutiefst erschrocken wäre, wenn man nicht gewusst hätte, wie fest und solide die einzelnen Teile eines Schiffs zusammengefügt sind.

Es wurde Nacht, und der Sturm wurde stärker und stärker. Als John Bunsby sah, dass die Dunkelheit hereinbrach

Der Wind trieb die Tankadère wie eine Feder vor sich her

und der Sturm gleichzeitig immer wütender tobte, erfasste ihn große Sorge. Er fragte sich, ob es nicht allerhöchste Zeit sei, einen Zwischenhafen anzulaufen, und beriet sich mit seinen Männern.

Nachdem dies geschehen war, wandte sich John Bunsby an Mr. Fogg.

»Ich glaube, Euer Gnaden«, sagte er, »dass wir gut daran täten, einen der Küstenhäfen anzulaufen.«

»Das glaube ich auch«, erwiderte Phileas Fogg.

»Ach!« rief der Lotse, »und welchen?«

»Ich kenne bloß einen«, antwortete Mr. Fogg ruhig.

»Nämlich?«

»Schanghai.«

Der Lotse stutzte, weil er diese Antwort im ersten Moment gar nicht begriff – er begriff nicht, welchen Eigensinn, welche Hartnäckigkeit sie offenbarte. Dann rief er:

»Aber natürlich! Euer Gnaden haben ganz Recht! Schanghai!«

Und die *Tankadère* hielt unbeirrt weiter Kurs nach Norden.

Was für eine schreckliche Nacht! Es war ein Wunder, dass der kleine Schoner nicht kenterte. Zweimal neigte er sich schon bedenklich zur Seite, und die Wogen hätten alles von Bord gefegt, wenn die Taue gerissen wären. Obwohl Mrs. Aouda zu Tode erschöpft war, drang kein Laut der Klage über ihre Lippen. Mehr als einmal stürzte Mr. Fogg zu ihr, um sie vor den heranbrandenden Wogen zu schützen.

Der neue Tag brach an. Das Unwetter tobte mit unverminderter Gewalt. Doch immerhin drehte der Wind jetzt wieder auf Südwest. Das war eine günstige Wendung, und die *Tankadère* glitt abermals pfeilschnell über die tobende See. Die Wellen, die der Wind aufgewühlt hatte, prallten nun mit den Wellen aus der neuen Windrichtung zusammen. Dieser Zusammenprall der gegenläufigen Wogen hätte jedes weniger stabile Schiff zermalmt.

Von Zeit zu Zeit erhaschte man zwischen den Nebelfetzen einen Blick auf die Küste, aber kein anderes Schiff kam in Sicht. Ganz auf sich allein gestellt trotzte die *Tankadère* dem Meer.

Um die Mittagszeit gab es mancherlei Anzeichen dafür, dass der Sturm sich legte, und diese Zeichen verstärkten sich noch, als die Sonne hinterm Horizont versank.

Dass der Sturm bloß so kurze Zeit angehalten hatte, hing mit seiner furchtbaren Gewalt zusammen. Nun konnten die völlig erschöpften Passagiere etwas essen und sich ausruhen.

Die Nacht verlief relativ friedlich. Der Lotse ließ die unteren Segel setzen. Das Schiff fuhr sehr schnell. Als am nächsten Tag, dem 11. November, im Morgengrauen die Küste in Sicht kam, konnte John Bunsby verkünden, dass es bis Schanghai keine 100 Meilen mehr waren.

100 Meilen, allerdings blieb nur noch dieser eine Tag, um sie zu bewältigen! Mr. Fogg musste unbedingt noch am selben Abend in Schanghai eintreffen, um nicht den Dampfer nach Yokohama zu verpassen. Ohne diesen Sturm, durch den sie einige Stunden verloren hatten, wäre der Hafen von Schanghai nur noch 30 Meilen entfernt gewesen.

Der Wind ließ spürbar nach, doch zum Glück besänftigte sich jetzt auch das Meer. Mars-, Stag- und Focksegel blähten sich im Wind, der Schoner glitt über die Fluten, und unterm Vordersteven schäumte das Meer.

Mittags waren es nur noch 45 Meilen bis Schanghai. Es blieben also 6 Stunden bis zur Abfahrt des Dampfers nach Yokohama.

An Bord der *Tankadère* wuchs die Besorgnis. Man wollte um jeden Preis rechtzeitig ankommen. Allen – bis auf Phileas Fogg natürlich – klopfte wild das Herz vor Ungeduld. Der kleine Schoner musste durchschnittlich 9 Meilen pro Stunde zurücklegen, und immer noch ließ der Wind nach! Er wehte ganz unberechenbar, und von der Küste her kamen kleine, launische Böen. Danach lag das Meer wieder spiegelglatt da.

Doch das Schiff war so leicht, seine zarten, weit oben sitzenden Segel fingen die närrischen Böen so gut auf, dass John

Bunsby folgende Berechnung aufstellte: Um 18 Uhr würde mit Hilfe der Strömung die Entfernung bis zur Flussmündung vor Schanghai nur noch 10 Meilen betragen – denn die Stadt liegt mehr als 12 Meilen oberhalb davon.

Doch um 19 Uhr befand sich der Schoner noch immer 3 Meilen von Schanghai entfernt. Dem Lotsen entfuhr ein wüster Fluch – die Prämie von 200 Pfund Sterling drohte ihm zu entgehen. Er blickte zu Phileas Fogg hinüber, der völlig gelassen wirkte, obwohl doch gerade sein gesamtes Vermögen auf dem Spiel stand …

In diesem Moment tauchte über der Wasserlinie ein langer schwarzer, von einer Rauchfahne gekrönter Schornstein auf. Es war der amerikanische Dampfer, der zur vorgeschriebenen Zeit ablegte.

»Verflucht noch mal!« schrie John Bunsby und stieß verzweifelt das Ruder beiseite.

»Signale!« befahl Phileas Fogg.

Auf dem Vorderdeck der *Tankadère* stand eine kleine Bronzekanone. Sie diente zum Abfeuern von Warnschüssen bei Nebel.

Die Kanone wurde jetzt bis zum Rand mit Pulver gestopft, doch gerade als der Lotse die glühende Kohle ans Zündloch halten wollte, rief Fogg: »Flagge auf Halbmast!«

Die Flagge wurde auf Halbmast gesetzt. Dies war ein Notsignal, und man konnte nur hoffen, dass der amerikanische Dampfer es bemerken und einen kleinen Schlenker fahren würde, um dem Schoner zu Hilfe zu eilen.

»Feuer!« befahl Mr. Fogg.

Und der Knall der kleinen Bronzekanone ließ die Luft erzittern.

22. KAPITEL

In welchem Passepartout erkennt, dass man auch bei den Antipoden klugerweise etwas Geld in der Tasche haben sollte

Die *Carnatic* hatte am 7. November um halb 7 Uhr abends in Hongkong abgelegt und dampfte mit voller Kraft Richtung Japan. Ihre Frachträume waren schwer beladen, die Passagierkabinen voll belegt. Nur zwei Kabinen im hinteren Teil des Schiffs standen leer. Sie waren für Mr. Phileas Fogg reserviert.

Am nächsten Morgen bemerkten zur ihrer Verblüffung ein paar Matrosen, die vorn am Bug standen, einen Passagier mit stumpfem Blick und verstrubbeltem Haar. Er kam aus der zweiten Klasse an Deck gewankt und ließ sich auf eine Taurolle sinken. Dieser Passagier war niemand anderes als Passepartout, und er war folgendermaßen an Bord gelangt.

Kurz nachdem Fix die Opiumhöhle verlassen hatte, waren zwei Kellner gekommen und hatten den tief schlummernden Passepartout zu dem für die Opiumraucher reservierten Ruhelager hinübergetragen. Doch 3 Stunden später war Passepartout, den eine fixe Idee bis in seine Albträume hinein verfolgte, plötzlich erwacht und hatte versucht, die narkotische Betäubung durch das Rauschgift abzuschütteln. Der Gedanke, dass er seine Pflicht vernachlässigt hatte, besiegte schließlich die Erstarrung. Er erhob sich von seinem Lager, tastete sich stolpernd an den Wänden entlang, stürzte zu Boden, rappelte sich wieder auf, wankte von einem übermächtigen Instinkt getrieben hinaus und schrie wie im Traum: »Die *Carnatic*! Die *Carnatic*!«

Der Dampfer stand mit rauchendem Schlot zum Auslaufen bereit. Passepartout war nur noch wenige Schritte entfernt. Er stürzte auf die schwimmende Brücke, kletterte das Fallreep hinauf und brach genau in dem Moment bewusstlos auf dem Vorderdeck zusammen, als die Leinen des Dampfers losgemacht wurden.

Ein paar Matrosen, die solche Szenen bereits gewohnt waren, trugen den armen Burschen in eine Kabine der zweiten Klasse hinunter, wo Passepartout erst am nächsten Morgen erwachte, 150 Meilen von der chinesischen Küste entfernt.

Darum also befand sich Passepartout jetzt hier an Deck und sog in tiefen Zügen die frische Brise ein. Die reine Seeluft verschaffte ihm einen klareren Kopf. Er versuchte, sich an das Geschehene zu erinnern, was ihm aber nicht ohne weiteres gelang. Nach und nach jedoch fielen ihm die Erlebnisse des Vortags wieder ein, die vertraulichen Mitteilungen des Inspektor Fix, die Opiumhöhle usw.

»Ich muss einen fürchterlichen Rausch gehabt haben, so viel steht fest!« überlegte er. »Was wird Mr. Fogg dazu sagen? Aber wenigstens habe ich den Dampfer nicht verpasst, das ist die Hauptsache.«

Dann dachte er an Fix.

»Ich hoffe«, sagte sich Passepartout, »dass wir diesen Herrn jetzt endgültig los sind und dass er es nicht gewagt hat, uns auf die *Carnatic* zu folgen – wenn man bedenkt, welchen Vorschlag er mir unterbreitet hat! Ein Polizeiinspektor, der meinem Herrn auf den Fersen ist und ihn beschuldigt, jenen Diebstahl in der Bank of England begangen zu haben! Unerhört! Wenn Mr. Fogg ein Dieb ist, dann bin ich ein Mörder!«

Sollte er seinem Herrn von dieser Sache erzählen? War es richtig, ihm über Fix die Augen zu öffnen? Sollte er nicht lieber die Rückkehr nach London abwarten und Mr. Fogg erst später eröffnen, dass ihn ein Kriminalinspektor um die ganze Welt verfolgt hatte – damit sie dann gemeinsam herzlich darüber lachen konnten? Ja, das war besser, zweifellos. Aber er musste noch einmal darüber nachdenken. Das Allerwichtigste war jetzt, nach Mr. Fogg zu suchen und ihn für sein unsägliches Betragen um Verzeihung zu bitten.

Passepartout erhob sich. Die See war aufgewühlt, und der Dampfer rollte wüst. Der treue Bursche, der noch auf ziemlich wackligen Beinen stand, schaffte es mit Mühe und Not bis zum hinteren Teil des Schiffs.

Auf Deck erblickte er niemanden, der seinem Herrn oder Mrs. Aouda ähnlich gesehen hätte.

»Na gut, um diese Zeit pflegt Mrs. Aouda noch zu schlafen. Und Mr. Fogg hat sicher ein paar Whistpartner gefunden und ist wie gewöhnlich …«

Und mit diesen Worten stieg er in den Salon hinunter. Aber auch dort keine Spur von Mr. Fogg. Jetzt blieb ihm nur noch eines übrig: Er musste sich beim Proviantmeister erkundigen, welche Kabine Mr. Fogg belegt hatte. Aber der Mann erklärte rundweg, ein Passagier dieses Namens sei ihm nicht bekannt.

»Entschuldigen Sie«, beharrte Passepartout. »Es handelt sich um einen Gentleman, groß, kühl und reserviert, recht schweigsam. Er wird von einer jungen Dame begleitet …«

»Es gibt hier keine junge Dame an Bord«, erwiderte der Proviantmeister. »Hier ist die Passagierliste, sehen Sie selbst.«

Passepartout studierte die Liste … der Name seines Herrn tauchte nicht auf.

Da überkam Passepartout ein leichter Schwindel. Dann schoss ihm ein Gedanke durch den Kopf.

»Oh je! Ist das denn überhaupt die *Carnatic*?«

»Jawohl«, antwortete der Proviantmeister.

»Nach Yokohama?«

»Ganz recht.«

Passepartout hatte einen Moment befürchtet, auf dem falschen Dampfer zu sein! Aber wenn er sich hier ganz sicher auf der *Carnatic* befand, dann befand sich sein Herr ebenso sicher nicht an Bord.

Passepartout sank in einen Sessel. Jetzt traf ihn die Erinnerung wie ein Blitz. Ihm fiel wieder ein, dass die Abfahrt der *Carnatic* ja vorverlegt worden war, dass er seinen Herrn hätte benachrichtigen sollen, dies aber versäumt hatte! Es war also seine Schuld, wenn Mr. Fogg und Mrs. Aouda zu spät am Hafen angelangt waren!

Seine Schuld, ja, aber noch mehr die jenes Verräters, der

ihn betrunken gemacht und von seinem Herrn getrennt hatte, um diesen in Hongkong zurückzuhalten! Jetzt durchschaute er die List des Polizeiinspektors. Und Mr. Fogg hatte die Wette verloren, war gewiss längst ruiniert, verhaftet, womöglich schon im Gefängnis! ... Bei diesem Gedanken raufte sich Passepartout die Haare. Ha, wenn ihm dieser Fix noch einmal über den Weg lief, würde er es ihm nach Strich und Faden heimzahlen!

Doch als sich die erste Verzweiflung gelegt hatte, gewann Passepartout seine Fassung zurück und betrachtete seine Lage von allen Seiten. Sie war nicht gerade beneidenswert. Er befand sich also auf dem Weg nach Japan. Natürlich würde er dort ankommen, aber wie gelangte er wieder zurück? Seine Taschen waren leer. Er besaß keinen einzigen Penny! Zum Glück waren Überfahrt und Verpflegung bereits bezahlt. Ihm blieben also 5 bis 6 Tage Zeit, um einen Entschluss zu fassen. Was er auf dieser Überfahrt aß und trank, spottet jeder Beschreibung. Er aß nicht nur für sich, sondern auch für Mrs. Aouda und seinen Herrn. Er schlug sich den Bauch voll, als sei Japan, wo er an Land gehen sollte, eine öde Wüste, in der man darben musste.

Am Morgen des 13. November lief die *Carnatic* mit der ersten Flut in den Hafen von Yokohama ein.

Dies ist eine wichtige Zwischenstation im Pazifik, welche von allen Post- und Passagierschiffen zwischen Nordamerika, China, Japan und dem Malaiischen Archipel angelaufen wird. Yokohama liegt in der Yeddo-Bucht, der Bucht von Tokio, ganz in der Nähe dieser riesigen Stadt, der zweiten Hauptstadt des Japanischen Kaiserreichs. Früher, als jener weltliche Herrscher noch regierte, war sie einmal die Residenz des Taikun gewesen und hatte mit Miyako konkurriert, der mächtigen Residenzstadt des Mikado – eines geistlichen Herrschers göttlicher Abkunft.

Die *Carnatic* machte am Kai in der Nähe des Hafendamms und der Zolllager fest, inmitten zahlloser Schiffe aus sämtlichen Ländern der Welt.

Alles andere als begeistert betrat Passepartout dieses seltsame Land der »Söhne der Sonne«. Er hatte nichts Besseres vor, als sich vom Zufall durch die Straßen der Stadt treiben zu lassen.

Zuerst kam er durch einen sehr europäischen Bezirk der Stadt, in dem es lauter Häuser mit niedrigen Fassaden gab; ihre Veranden ruhten auf eleganten Säulen. Die Straßen, Plätze, Docks und Lagerhäuser dieser Gegend erstreckten sich vom Vorgebirge bis zum Fluss. Dort tummelte sich, genau wie in Hongkong und Kalkutta, ein buntes Gemisch sämtlicher Nationalitäten – amerikanische, britische, chinesische, holländische Händler, die bereit waren, alles zu kaufen und alles zu verkaufen, und unter denen sich der Franzose ebenso fremd fühlte, als hätte es ihn ins Land der Hottentotten verschlagen.

Passepartout wäre durchaus noch ein Ausweg geblieben: Er hätte sich an das französische oder englische Konsulat in Yokohama wenden können. Aber es widerstrebte ihm, dort seine Geschichte zu erzählen, die ja so eng mit der seines Herrn verknüpft war. Bevor er diesen Weg beschritt, wollte er erst alle anderen Möglichkeiten ausschöpfen.

Passepartout ließ das europäische Viertel hinter sich, ohne dass ihm der Zufall zu Hilfe gekommen wäre, und durchstreifte nun den japanischen Teil der Stadt, wild entschlossen, notfalls bis nach Tokio zu laufen.

Dieses japanische Viertel Yokohamas heißt Benten, benannt nach einer Meeresgöttin, die auf den Nachbarinseln verehrt wird. Hier in Benten gab es wundervolle Fichten- und Zedernalleen, exotische Tempeltore, im Schilf- und Bambusdickicht verborgene Brücken, von mächtigen, uralten Zedern melancholisch beschirmte Tempel und Klöster, in denen buddhistische Mönche und Anhänger des Konfuzius ihr asketisches Dasein fristen, endlose Straßen, wimmelnd von Kindern mit rosigem Teint und roten Wangen; die kleinen Menschlein sahen aus, als wären sie einem japanischen Wandschirm entsprungen, und tobten zwischen kurzbeinigen Pudeln und schwanzlosen, gelblichen Katzen umher, die sehr träge und anschmiegsam waren.

In den Straßen herrschte wildes Getümmel, ein endloses Hin und Her: hier eine Prozession von Mönchen, die monoton ihre Tamburine schlugen, dort Yakunin, also Zoll- oder Polizeibeamte, mit spitzen, lackierten Hüten und je zwei Säbeln am Gürtel, hier Soldaten in blau-weiß gestreiftem Kattun, mit Perkussionsgewehren bewaffnet, dort Wachen des Mikado in weit gebauschtem Seidenwams und Kettenhemd sowie zahlreiche andere Soldaten der verschiedensten Ränge; denn in Japan wird das Kriegshandwerk ebenso sehr verehrt, wie man es in China verachtet; hier Bettelmönche, Pilger in langen Gewändern, dort einfache Zivilisten, alle mit glattem, ebenholzschwarzem Haar, rundem Kopf, langem Oberkörper, dünnen Beinen, von kleinem Wuchs; ihre Gesichtsfarbe reichte von dunklem Kupferton bis hin zu mattem Weiß, war aber nie gelb wie die der Chinesen, von denen sich die Japaner ganz deutlich unterscheiden. Und zwischen all den Wagen, Sänften, Pferden, Trägern, windgetriebenen Segelkarren, zwischen den *norimono* mit ihren lackierten Seitenflächen, den weichen *kago,* Sänften aus Bambus, trippelten mit winzigen Schrittchen auf ihren zierlichen Füßchen einige nicht sehr hübsche, schlitzäugige Frauen in Stoffschuhen, Strohsandalen oder geschnitzten Holzpantinen, mit eingeschnürter Brust, die Zähne nach der neuesten Mode schwarz gefärbt. Doch trugen sie die elegante Nationaltracht, den Kimono, eine Art Morgenrock mit über Kreuz verlaufender Seidenschärpe, dessen breiter Gürtel auf dem Rücken in eine prachtvolle Schleife mündet – was sich die modernen Pariserinnen offenbar von den Japanerinnen abgeschaut haben.

Passepartout schlenderte ein paar Stunden durch dieses kunterbunte Gedränge und warf auch einen Blick in die kuriosen, überbordenden Ladengeschäfte, in die Basare, funkelnd vom falschen Glanz japanischer Goldschmiedekunst, er schaute in die bänder- und bannergeschmückten

Esslokale, die zu betreten ihm verboten war, in die Teehäuser, wo man zu einer Tasse duftenden heißen Wassers den *sake* schlürft, ein aus fermentiertem Reis gewonnenes alkoholisches Getränk, und in die gemütlichen Rauchkneipen, in denen man einen sehr feinen Tabak schmaucht, nicht aber Opium, das in Japan nahezu unbekannt ist.

Irgendwann war Passepartout dann auf dem Land, inmitten riesiger Reisfelder. Hier blühten, ihre letzten Farben, ihren letzten Duft verschwendend, leuchtende Kamelien, nicht etwa an Sträuchern, sondern auf Bäumen; in bambusumzäunten Gärten gediehen Kirsch-, Pflaumen- und Apfelbäume, welche die Japaner mehr um der Blüten als um der Früchte willen hegen und mittels bizarrer Vogelscheuchen und kreischender Windräder vor Spatzen, Tauben, Raben und anderen gefräßigen Vögeln schützen. Auf jeder der majestätischen Zedern thronte ein mächtiger Adler, im Grün der Trauerweiden balancierten Reiher melancholisch auf einem Bein. Überall sah man Krähen, Sperber, Wildgänse und zahllose Kraniche, von den Japanern als Sinnbild für Glück und langes Leben verehrt.

Während er so dahinschlenderte, erspähte Passepartout ein paar Veilchen im Gras.

»Sehr gut!« sagte er. »Das ist mein Abendessen.«

Doch als er daran schnupperte, merkte er, dass sie gar nicht dufteten.

»Pech!« dachte er.

Natürlich hatte der wackere Bursche beim letzten Frühstück auf der *Carnatic* in weiser Voraussicht so viel in sich hineingestopft, wie er nur konnte; aber nachdem er den ganzen Tag herumgelaufen war, machte sich in seinem Magen doch gähnende Leere breit. Es war ihm schon aufgefallen, dass Schaf-, Ziegen- oder Schweinefleisch in den Auslagen der Metzger völlig fehlten, und da er wusste, dass es in Japan als Sakrileg galt, Rinder zu schlachten, und dass man diese Tiere allein in der Landwirtschaft einsetzen durfte, war er zu dem Schluss gelangt, dass es hier in Japan wohl insgesamt kaum

Fleisch zu essen gab. Und genau so war es auch; mangels Fleisch aus der Metzgerei hätte sich sein Magen sehr gern auch mit einem Stück Wildschwein oder Reh zufrieden gegeben, mit ein paar Rebhühnern oder Wachteln, etwas Geflügel oder Fisch – außer verschiedenen Esswaren aus Reis fast das einzige Nahrungsmittel der Japaner. Aber er musste das Beste daraus machen und die Essensbeschaffung auf morgen verschieben.

Die Nacht brach herein. Passepartout kehrte in die Stadt zurück und streifte durch die von bunten Laternen beleuchteten Straßen; er beobachtete Gaukler, die verblüffende Kunststücke zeigten, und Sterngucker, um deren Fernrohre sich Scharen von Neugierigen drängten. Dann lag wieder der Hafen vor ihm, getüpfelt vom Licht unzähliger Harzfackeln, mit deren Schein die Fischer ihre Beute anlockten.

Die Stadt leerte sich allmählich. Die Menschenmassen wurden von Yakunin abgelöst, die inmitten ihres stattlichen Gefolges durch die Straßen patrouillierten. Diese Polizeioffiziere in ihren prächtigen Uniformen sahen wie Botschafter aus, und jedes Mal, wenn er einer dieser glanzvollen Patrouillen begegnete, murmelte Passepartout spöttisch vor sich hin:

»Sieh an, sieh an! Schon wieder ein japanischer Botschafter, der nach Europa reist!«

23. KAPITEL
In welchem Passepartouts Nase über die Maßen lang wird

Am nächsten Morgen dachte Passepartout, völlig ausgehungert und erschöpft, dass er jetzt um jeden Preis etwas zwischen die Zähne kriegen müsse, und zwar je eher desto besser. Als letzter Ausweg blieb ihm zwar immer noch der Verkauf seiner Taschenuhr, aber bevor er das tat, wäre er lieber hungers gestorben. Jetzt oder nie – der Moment schien gekommen, da Passepartout sich seiner kräftigen, ja wohl-

Die Nacht brach herein. Passepartout kehrte in die Stadt zurück

klingenden Stimme bedienen musste, mit der Mutter Natur ihn ausgestattet hatte.

Er kannte ein paar französische und englische Lieder, mit denen er einen Versuch wagen wollte. Da hier bekanntlich alles von Zimbel-, Trommel- und Tamburinklängen begleitet wurde, waren die Japaner ja offenbar große Musikfreunde und würden das Talent eines europäischen Gesangsvirtuosen zweifellos zu schätzen wissen.

Aber vielleicht war es für ein Konzert noch etwas zu früh; die aus dem Schlaf gerissenen Musikfreunde würden es dem Sänger nicht unbedingt mit einem Regen jener Geldstücke vergelten, die das Bildnis des Mikado trugen.

Also beschloss Passepartout, noch ein paar Stunden zu warten. Während er so umherschlenderte, kam ihm der Gedanke, dass er für einen Straßensänger eigentlich viel zu gut gekleidet sei und sich vielleicht ein äußeres Erscheinungsbild zulegen sollte, das besser zu seiner augenblicklichen Lage passte. Außerdem würde ein solches Tauschgeschäft etwas Geld abwerfen, das er dann gleich dafür verwenden konnte, seinen Hunger zu stillen.

Nachdem er diesen Beschluss gefasst hatte, musste er ihn nur noch in die Tat umsetzen. Erst nach langem Suchen entdeckte Passepartout einen Trödler, dem er seine Bitte vortrug. Da dem Händler die europäische Kleidung gefiel, verließ Passepartout kurz darauf den Laden, ausstaffiert mit einem alten japanischen Gewand und einer Art gerippten Turban, der schon recht ausgeblichen wirkte. Doch in seiner Tasche klimperten jetzt tatsächlich ein paar Münzen.

»Na gut«, dachte er, »ich stelle mir einfach vor, es sei Karneval!«

Dergestalt »japanisiert« betrat Passepartout als Erstes ein einfaches Teehaus. Dort labte er sich an Hühnchenfleisch und Reis, genau das richtige Mittagsmahl für einen Mann, der noch nicht die geringste Ahnung hat, wie er das Problem eines Abendessens lösen soll.

»Und jetzt«, sagte er, als er sich gestärkt fühlte, »darf ich

Passepartout verließ kurz darauf den Laden,
ausstaffiert mit einem alten japanischen Gewand

auf keinen Fall den Kopf verlieren. Ich kann dieses schäbige Gewand ja nicht gegen ein noch japanischeres eintauschen. Deshalb muss ich Mittel und Wege finden, das Land der aufgehenden Sonne so schnell wie möglich wieder zu verlassen, an das ich ganz gewiss nur düstere Erinnerungen haben werde!«

Als Nächstes wollte sich Passepartout auf den Dampfern umsehen, die nach Amerika fuhren. Vielleicht konnte er sich ja als Koch oder Diener verdingen, ganz ohne Lohn, nur gegen Überfahrt und Verpflegung. In San Francisco würde er sich dann schon zu helfen wissen. Das Wichtigste war jetzt erst einmal, dass er die 4700 Meilen Pazifik überquerte, die sich zwischen Japan und der Neuen Welt erstrecken.

Als Mann der Tat machte sich Passepartout gleich auf den Weg zum Hafen von Yokohama. Aber je mehr er sich den Docks näherte, desto unsinniger fand er auf einmal den Plan, der ihm anfangs so viel versprechend erschienen war. Warum sollte man auf einem dieser Dampfer ausgerechnet einen Koch oder Diener brauchen, und wirkte er in diesem Aufzug denn noch vertrauenswürdig? Welche Empfehlungen konnte er vorweisen? Welche Referenzen hatte er zu bieten?

Während er noch darüber nachdachte, fiel sein Blick auf ein riesiges Plakat, das von einem Clown durch die Straßen getragen wurde. Es kündigte in englischer Sprache an:

DIE JAPANISCHE
AKROBATENTRUPPE
DES EHRENWERTEN
WILLIAM BATULCAR

Letzte Vorstellungen der
LANGNASEN – LANGNASEN
vor der Abreise in die
Vereinigten Staaten von Amerika
Unter dem besonderen Schutz des Gottes Tingou
RIESENATTRAKTION!

»In die Vereinigten Staaten!« rief Passepartout. »Das passt ja wunderbar!«

Er heftete sich dem Plakatträger an die Fersen, der ihn wieder in den japanischen Teil der Stadt zurückführte. Eine Viertelstunde später standen sie vor einem großen Gebäude, dessen First gebündelte Fähnchen zierten. Auf der Außenwand war – ohne jeden Sinn für Perspektive, dafür in grellbunten Farben – eine Truppe Jongleure abgebildet.

Hier also residierte der ehrenwerte Batulcar, eine Art amerikanischer Barnum, Direktor einer Truppe von Gauklern, Jongleuren, Clowns, Akrobaten, Seiltänzern und Turnern, die dem Plakat zufolge ihre allerletzten Vorstellungen im Land der Aufgehenden Sonne gaben, bevor sie wieder in die Vereinigten Staaten zurückreisten.

Passepartout trat durch den säulengeschmückten Vorbau und erkundigte sich in dem Gebäude nach Herrn Batulcar. Gleich darauf stand dieser höchstpersönlich vor ihm.

»Was wollen Sie?« fragte er Passepartout, den er zunächst für einen Einheimischen hielt.

»Benötigen Sie vielleicht einen Diener?« fragte Passepartout zurück.

»Einen Diener?« rief Batulcar und strich sich über seinen dichten grauen Kinnbart. »Ich habe bereits zwei gehorsame und treue Diener, die mich niemals im Stich lassen und ganz umsonst für mich arbeiten, wenn ich ihnen nur genug zu futtern gebe … Hier sind sie!« fügte er hinzu und wies seine kräftigen Arme vor, auf denen sich, dick wie die Saiten eines Kontrabasses, die Adern wölbten.

»Dann können Sie mich also zu gar nichts brauchen?«

»Nein.«

»Diable! Ich wäre so gerne mit Ihnen abgereist!«

»Aha!« erwiderte der ehrenwerte Batulcar. »Wenn Sie ein waschechter Japaner sind, dann bin ich ein Affe! Warum haben Sie denn diese komischen Klamotten an?«

»Man kleidet sich so gut man kann!«

»Wohl wahr. Sie sind Franzose?«

»Ja, ein Pariser aus Paris.«

»Dann müssten Sie doch Grimassen schneiden können?«

»Natürlich!« erwiderte Passepartout, etwas gekränkt, dass die Nennung seiner Nationalität diese Frage nach sich gezogen hatte, »natürlich können wir Franzosen Grimassen schneiden. Aber auch nicht besser als die Amerikaner!«

»Da haben Sie Recht. Na gut, wenn ich Sie nicht als Diener brauchen kann, dann vielleicht als Clown. Wir verstehen uns doch, mein Lieber? In Frankreich lacht man über Possenreißer aus anderen Ländern, im Ausland über französische Clowns!«

»So so!«

»Haben Sie Kraft?«

»Besonders nach Tisch.«

»Und können Sie singen?«

»Ja«, erwiderte Passepartout, der früher hin und wieder als Straßenmusikant aufgetreten war.

»Aber können Sie auch im Kopfstand singen und dabei auf der linken Fußsohle einen Kreisel und auf der rechten einen Säbel balancieren?«

»Parbleu!« rief Passepartout, der sich an seine ersten diesbezüglichen Experimente als kleiner Junge erinnerte.

»Na sehen Sie, darauf kommt's an!« rief der ehrenwerte Batulcar.

Und er engagierte Passepartout vom Fleck weg.

Endlich hatte Passepartout also eine Anstellung gefunden. Er spielte jetzt in der berühmten japanischen Akrobatentruppe das Mädchen für alles. Das war zwar nicht sehr schmeichelhaft, doch dafür winkte in knapp 8 Tagen die Überfahrt nach San Francisco.

Die Vorstellung, vom ehrenwerten Batulcar mit viel Trara angekündigt, sollte um 15 Uhr beginnen, und bald schon lärmten vor dem Eingang die fabelhaften Instrumente eines japanischen Orchesters: Trommeln und Tamburins. Passepartout hatte natürlich keine Zeit mehr gefunden, seinen Auftritt einzustudieren. Und so musste er bei der spektakulärsten Nummer der Langnasen des Gottes Tingou, der so genannten »Menschlichen Pyramide«, seine starken Schultern zur Verfügung stellen. Diese »Riesenattraktion« sollte das Programm beschließen.

Schon vor 15 Uhr war die geräumige Halle bis auf den letzten Platz besetzt. In Windeseile hatten sich Europäer und Einheimische, Chinesen und Japaner, Männer, Frauen und Kinder auf die schmalen Bänke und die Logen nahe der Bühne verteilt. Zuletzt kamen die Musikanten herein, und kurz darauf veranstaltete das komplette Orchester mit Gongs, Tamtams, Kastagnetten, Flöten, Tamburins und großen Trommeln ein Höllenspektakel.

Die Akrobaten führten die altbekannten Kunststücke vor. Allerdings muss man zugeben, dass die Japaner tatsächlich die besten Seiltänzer der Welt sind. Einer davon, mit Fächer und Papierschnipseln bewaffnet, bot die entzückende Nummer mit den Schmetterlingen und Blumen dar. Ein anderer schrieb mit dem parfümierten Rauch seiner Pfeife blitzschnell ein paar bläuliche Wörter in die Luft, die ein Kompliment an das Publikum darstellten. Ein Dritter jonglierte mit brennenden Kerzen, die er nacheinander ausblies, wenn sie an seinen Lippen vorbeikamen, um sie sodann der Reihe nach erneut anzuzünden, und zwar eine an der anderen, ohne die fantastische Nummer auch nur eine einzige Sekunde zu unterbrechen. Dann kam ein Akrobat, der mit verschiedenen Kreiseln die unglaublichsten Kunststücke vollführte: In seiner Hand schienen die surrenden Dinger endlos wirbelnd zum Leben zu erwachen; sie kreiselten über Rohre und Säbelklingen, flitzten hauchdünne, quer über die Bühne gespannte Drähte entlang, tanzten auf dem Rand hoher Kristallvasen, kletterten Bambusleitern hinauf, um gleich darauf in alle Richtungen davonzustieben, wobei ihr vielstimmiges Surren einen seltsamen Klangeffekt erzeugte. Jetzt nahmen andere Jongleure die Kreisel auf, ließen sie durch die Luft schwirren, wie Drachen steigen, trieben sie mit Holzschlägern vor sich her, und immer noch drehten sie sich ohne Unterlass; sie wurden in die Tasche gesteckt, wieder hervorgeholt und drehten sich immer noch – bis zu dem Moment, wo ein geheimer Mechanismus sie alle im selben Moment explodieren ließ und sie sich in einem Feuerwerk sprühender Funken auflösten.

Die wunderbaren Nummern all der Akrobaten und Turner dieser Truppe lassen sich gar nicht beschreiben. Die Kunststücke mit Leitern, Stangen, Kugeln und Tonnen wurden mit außerordentlicher Präzision dargeboten. Hauptattraktion der Vorstellung waren aber tatsächlich die ›Langnasen‹, erstaunliche Äquilibristen, die man in Europa noch gar nicht kennt.

Die Langnasen bilden eine Gruppe, die unter dem Schutz des Gottes Tingou steht. An jenem Nachmittag waren sie wie mittelalterliche Herolde gekleidet und trugen prächtige Flügel an den Schultern. Doch ihr besonderes Kennzeichen stellten die langen Nasen dar, die ihre Gesichter schmückten, und vor allem der Gebrauch, den sie davon machten. Die Nasen aus Bambusrohr maßen 5, 6, ja sogar 10 Fuß, manche waren ganz gerade, andere gekrümmt, manche waren glatt, andere sahen aus wie mit Warzen übersät. Und auf diesen verlängerten Nasen, die sorgfältig befestigt waren, vollführten die Akrobaten ihre sämtlichen Kunststücke. Ein Dutzend dieser Anhänger des Gottes Tingou legte sich auf den Rücken, und ihre Kameraden tanzten ihnen auf den Nasen herum, die wie Blitzableiter in die Höhe ragten, taten wilde Sprünge und führten die unglaublichsten Kunststücke vor.

Für das Finale war die Menschliche Pyramide großartig angekündigt worden, eine Darbietung, bei der etwa fünfzig Langnasen den »Wagen Dschagannaths« darstellen sollten. Statt dass für diese Pyramide einer dem anderen auf die Schultern stieg, mussten sich die Artisten des ehrenwerten Batulcar einzig und allein ihrer Nasen bedienen. Nun hatte ein Künstler aus der untersten Reihe kürzlich die Truppe verlassen, und da es hier nur auf Kraft und Geschicklichkeit ankam, war Passepartout dazu ausersehen worden, die Lücke zu füllen.

Dem wackeren Burschen war zwar recht kläglich zumute, als er schließlich – traurige Erinnerung an seine Jugend – in einem mit bunten Flügeln bestückten, mittelalterlichen Kostüm steckte und man seinem Gesicht eine 6 Fuß lange Nase appliziert hatte! Doch da dieses Ungetüm nun einmal zu seinem Broterwerb gehörte, fügte er sich in sein Schicksal.

Passepartout betrat die Bühne und stellte sich mit den anderen Artisten, die die Basis des »Wagen Dschagannaths« bilden würden, in eine Reihe. Alle legten sich auf den Rücken, die Nasen in die Luft gereckt. Eine zweite Riege Akrobaten kletterte auf die langen Auswüchse hinauf, dann folgte die dritte, die vierte, und so wuchs auf diesen Nasen, die sich nur an der Spitze berührten, ein menschliches Monument bis zum Bühnenhimmel empor.

Rauschender Beifall brandete auf, das Orchester vollführte einen Höllenlärm – da geriet die Pyramide, weil eine der Nasen in der untersten Reihe gezuckt hatte, plötzlich ins Wanken, und schon stürzte der ganze Aufbau wie ein Kartenhaus in sich zusammen ...

Dies war allein die Schuld von Passepartout, der seinen Posten inzwischen verlassen hatte und ohne Zuhilfenahme seiner Flügel von der Bühne gesprungen und senkrecht zum rechten Rang hinaufgeklettert war. Dort sank er einem Zuschauer zu Füßen und rief:

»Oh, mein Herr! Mein Herr!«

»Sie?«

»Ich!«

»Gut. In diesem Fall, rasch zum Dampfer, mein Lieber!«

Mr. Fogg, Mrs. Aouda, die ihn begleitete, und Passepartout stürzten durch die Korridore ins Freie. Dort wartete bereits der ehrenwerte Batulcar und forderte wutschnaubend einen Ausgleich für den »Bruchschaden«. Phileas Fogg besänftigte ihn, indem er ihm eine Hand voll Banknoten zuwarf. Um 18 Uhr 30, gerade als der amerikanische Dampfer ablegen wollte, gingen Mr. Fogg und Mrs. Aouda an Bord, gefolgt von

‹u›d schon stürzte der ganze Aufbau wie ein Kartenhaus in sich zusammen …

Passepartout, dem noch immer die Flügel an den Schultern und die 6 Fuß lange Nase im Gesicht klebten, weil er bisher keine Zeit gefunden hatte sie abzunehmen!

24. KAPITEL
In welchem der Pazifik überquert wird

Was sich auf dem Meer vor Schanghai abgespielt hatte, kann man sich leicht vorstellen. Der nach Yokohama auslaufende Dampfer hatte die Signale der *Tankadère* bemerkt. Kaum hatte der Kapitän die Flagge auf Halbmast gesichtet, war er sofort beigedreht und auf den kleinen Schoner zugefahren. Kurz darauf zahlte Phileas Fogg dem Schiffseigner John Bunsby die vereinbarten 500 Pfund Sterling. Dann wechselten der ehrenwerte Gentleman, Mrs. Aouda und Fix an Bord des Dampfers, der sofort wieder Kurs auf Nagasaki und Yokohama nahm.

Nachdem Phileas Fogg am Morgen des 14. November planmäßig in Yokohama eingetroffen war, überließ er Fix seinen eigenen Angelegenheiten und begab sich an Bord der *Carnatic*, wo er zur großen Freude Mrs. Aoudas – und vielleicht auch zu seiner eigenen, von der er sich aber nichts anmerken ließ – erfuhr, dass der Franzose Passepartout tatsächlich am Vorabend in Yokohama gelandet war.

Phileas Fogg, der noch am selben Abend nach San Francisco aufbrechen musste, begab sich unverzüglich auf die Suche nach seinem Diener. Vergeblich erkundigte er sich beim französischen und englischen Konsulat, und nachdem er erfolglos auch noch die Straßen Yokohamas durchstreift hatte, gab er die Hoffnung, Passepartout zu finden, endgültig auf. Doch da führte ihn der Zufall oder vielleicht auch eine Art Vorahnung ins Haus des ehrenwerten Batulcar. Er selbst hätte seinen Diener im wunderlichen Kostüm der Langnasen keinesfalls wiedererkannt. Doch Passepartout, der ja auf dem Rücken lag, erspähte seinen Herrn auf dem rech-

Passepartout, dem noch immer die Flügel an den Schultern klebten

ten Rang. Unwillkürlich zuckte seine Nase. Und so geriet die Pyramide aus dem Gleichgewicht – mit den bekannten Folgen.

Dies alles erfuhr Passepartout aus dem Munde Mrs. Aoudas, die ihm auch erzählte, dass sie die Überfahrt von Hongkong nach Yokohama auf dem Schoner *Tankadère* gewagt hatten, und zwar in Gesellschaft eines gewissen Herrn Fix.

Bei der Erwähnung dieses Namens zuckte Passepartout nicht mit der Wimper. Er hielt den Moment noch nicht für gekommen, Mr. Fogg von seinem Erlebnis mit dem Polizeiinspektor zu berichten. Daher erzählte er nur, dass er in einer Hongkonger Hafenkneipe der berauschenden Wirkung des Opiums erlegen sei und nahm alle Schuld auf sich.

Mr. Fogg hörte diesem Bericht mit kalter Miene zu, ohne etwas zu sagen. Dann gab er seinem Diener genügend Geld, um sich an Bord mit schicklicherer Kleidung auszustatten. Und tatsächlich verging keine Stunde, da hatte sich der gute Kerl von den Flügeln und der langen Nase befreit und trug nichts mehr an sich, das an einen Jünger des Gottes Tingou erinnerte.

Der Passagierdampfer, der von Yokohama nach San Francisco fuhr, gehörte der Pacific Mail Steam Company und hieß *General Grant*. Es war ein großer Raddampfer mit einer Kapazität von 2500 Tonnen, technisch so gut ausgerüstet, dass er eine sehr hohe Geschwindigkeit erreichte. Gleichmäßig hob und senkte sich über dem Deck ein riesiger Schwinghebel. An einem Ende war er mit einer Kolbenstange verbunden, am anderen mit einer Kurbelwelle, die seine geradlinige Bewegung in die Kreisbewegung der Räder übersetzte. Die *General Grant* war als Dreimastschoner getakelt und besaß eine große Segelfläche, die die Dampfmaschine wirksam unterstützte. Mit seinen 12 Meilen pro Stunde würde das Schiff nicht mehr als 21 Tage für die Überquerung des Pazifiks benötigen. Phileas Fogg hatte folglich allen Grund zu der Hoffnung, dass er am 2. Dezember in San Francisco, am 11. in New York und am 20. in London eintreffen würde – also sogar mit ein paar Stunden Vorsprung auf das schicksalhafte Datum des 21. Dezember.

An Bord des Dampfers befanden sich zahlreiche Passagiere. Engländer, viele Amerikaner, ganze Heerscharen chinesischer Kulis, sowie einige Offiziere der indischen Armee, die ihren Urlaub zu einer Weltreise nutzten.

In nautischer Hinsicht gab es bei dieser Überfahrt keinerlei Zwischenfälle. Stabilisiert von den riesigen Schaufelrädern und der großen Takelage fuhr der Dampfer ruhig dahin und rollte nur selten. Der Pazifische Ozean wurde seinem Namen vollauf gerecht. Mr. Fogg war gleichmütig und wortkarg wie immer. Seine junge Reisegefährtin fühlte sich nicht mehr nur aus Dankbarkeit, sondern immer mehr auch durch zartere Bande mit diesem Mann verknüpft. Sein schweigsames Wesen, seine in jeder Hinsicht großzügige Persönlichkeit beeindruckten sie mehr, als sie sich eingestehen wollte, und so gab sie sich fast unbewusst jenen Empfindungen hin, für die der rätselhafte Fogg ganz unempfänglich schien.

Darüber hinaus nahm Mrs. Aouda am Vorhaben dieses Gentleman innigsten Anteil. Ständig schwebte sie in Sorge, irgendwelche Hindernisse könnten den Erfolg der Reise gefährden. Sie plauderte oft mit Passepartout, der sehr wohl in ihrem Herzen zu lesen vermochte. Der Glaube des treuen Burschen an seinen Herrn war jetzt durch nichts mehr zu erschüttern; unermüdlich pries er Phileas Foggs Rechtschaffenheit, Großmut und Opferbereitschaft. Er versicherte Mrs. Aouda, die Reise werde gewiss von Erfolg gekrönt sein, und wiederholte immer wieder, den schwierigsten Teil hätten sie ja schon bewältigt, die exotischen Länder China und Japan lägen bereits hinter ihnen, jetzt kehrten sie wieder in die Zivilisation zurück; es fehlte nur noch die Zugfahrt von San Francisco nach New York, sowie die Schiffspassage von New York nach London, um diese aberwitzige Reise um die Welt zum festgesetzten Zeitpunkt zu vollenden.

9 Tage nach der Abfahrt aus Yokohama hatte Phileas Fogg exakt die Hälfte des Globus umrundet.

Am 23. November überquerte die *General Grant* den 180. Meridian; in der südlichen Hemisphäre liegt er London diametral gegenüber. Von den 80 Tagen, die Mr. Fogg insgesamt zur Verfügung standen, waren tatsächlich schon 52 vergangen, so dass ihm nur noch 28 Tage blieben. Doch obwohl den Meridianen zufolge erst die Hälfte des Weges bewältigt schien, hatte man doch bereits zwei Drittel der Gesamtstrecke geschafft. Wie viele Umwege waren nötig gewesen – von London nach Aden, von Aden nach Bombay, von Kalkutta nach Singapur, von Singapur nach Yokohama! Wäre Fogg stets im Kreis dem 50. Breitengrad gefolgt, auf dem London lag, dann hätte die Route nur etwa 12 000 Meilen betragen; doch die tatsächliche Strecke, die Fogg von den unvorhersehbaren Launen der Fortbewegungsmittel aufgezwungen wurde, maß 26 000 Meilen, von denen er bis zum 23. November ungefähr 17 500 zurückgelegt hatte. Jetzt aber führte die Route nur noch geradeaus, und es gab keinen Inspektor Fix mehr, der ihnen Hindernisse in den Weg legen konnte.

Übrigens widerfuhr Passepartout an diesem 23. November eine große Freude. Man wird sich vielleicht erinnern, dass er dickköpfig darauf bestanden hatte, seine famose Familientaschenuhr auf Londoner Zeit eingestellt zu lassen, weil er die Zeiten der fremden durchreisten Länder schlichtweg für falsch hielt. Und heute, obwohl er die Uhr niemals vor- oder nachgestellt hatte, zeigte sie wieder genau die gleiche Zeit wie alle anderen Uhren an Bord.

Man kann verstehen, dass Passepartout triumphierte. Er war sehr neugierig, was Fix wohl dazu gesagt hätte, wenn er bloß an Bord gewesen wäre.

»Was hat mir dieser Halunke für Ammenmärchen erzählt – über die Meridiane, über die Sonne, über den Mond!« sagte Passepartout immer wieder. »Ha, wenn man auf solche Leute hören würde, könnte man gleich einen Uhrenhandel eröffnen! Aber ich war mir ganz sicher, dass sich die Sonne eines schönen Tages wieder nach meinem Erbstück richten würde!«

Was Passepartout nicht wusste: Wenn sein Zifferblatt wie das der italienischen Uhren in 24 Stunden aufgeteilt gewesen wäre, hätte er keinerlei Grund zum Triumphieren gehabt. An Bord um 9 Uhr morgens hätten die Zeiger seiner Uhr dann nämlich 9 Uhr abends angezeigt, das heißt die 21. Stunde nach Mitternacht – was exakt der Differenz zwischen London und dem 180. Meridian entspricht.

Doch selbst wenn es Fix gelungen wäre, ihm dieses rein physikalische Phänomen auseinander zu setzen, hätte Passepartout es wohl kaum begriffen, geschweige denn gelten lassen. Und außerdem: Wäre der Inspektor überraschend an Bord der *General Grant* aufgetaucht, dann hätte Passepartout, in gerechtem Zorn, vermutlich ein ganz anderes Thema mit ihm diskutiert – und in ganz anderer Form.

Wo steckte eigentlich Fix in diesem Augenblick?

Nun, er befand sich an keinem anderen Ort als eben an Bord der *General Grant*.

Nach der Ankunft in Yokohama hatte sich Fix von Fogg getrennt, um irgendwann im Laufe des Tages wieder mit ihm zusammenzutreffen, und war sofort zum englischen Konsulat geeilt. Dort hatte er endlich den Haftbefehl vorgefunden, der nun schon seit Bombay hinter ihm herreiste und bereits 40 Tage alt war – den Haftbefehl, den man ihm von Hongkong aus auf die *Carnatic* nachgesandt hatte, weil man ihn, Fix, an Bord des Dampfers wähnte. Man stelle sich die Enttäuschung des Inspektors vor! Der Haftbefehl war nutzlos geworden! Fogg befand sich ja nicht mehr auf britischem Boden! Jetzt brauchte es schon ein Auslieferungsgesuch, um ihn festzunehmen!

»Meinetwegen!« dachte Fix, nachdem die erste Wut verraucht war. »Hier nutzt mir der Haftbefehl nichts mehr – aber in England dann wieder. Es sieht ja ganz so aus, als wolle der Schurke tatsächlich in seine Heimat zurückkehren, weil er glaubt, er habe die Polizei lang genug an der Nase herumgeführt. Na gut. Dann bleibe ich ihm eben weiter auf den Fersen. Was das Geld betrifft, so kann man nur hoffen und beten, dass überhaupt noch etwas davon übrig bleibt! Dieser Herr hat ja für Reisekosten, Trinkgelder, Kautionen, Geldstrafen, den Elefantenkauf und sonstige Spesen bestimmt schon über 5000 Pfund Sterling verschleudert. Aber die Bank ist ja reich!«

Kurz entschlossen schiffte er sich also auf der *General Grant* ein und befand sich bereits an Bord, als Mr. Fogg und Mrs. Aouda eintrafen. Zu seiner maßlosen Überraschung erkannte er Passepartout in seinem Heroldskostüm. Er zog sich schnell in seine Kabine zurück, um einer Auseinandersetzung zu entgehen, die seinen ganzen Plan in Gefahr gebracht hätte. Da es an Bord von Passagieren aber nur so wimmelte, hoffte er, irgendwann zwischendurch seine Kabine verlassen zu können, ohne dass sein Feind ihn bemerkte. Doch da stand er ihm plötzlich an diesem 23. November auf dem Vorderdeck gegenüber.

Passepartout sprang Fix sofort an die Gurgel und verpasste dem armen Inspektor – zur großen Freude einiger Amerikaner, die umgehend Wetten auf Passepartout abschlossen – eine tüchtige Tracht Prügel, die nebenbei noch gleich demonstrierte, wie haushoch der französische Boxstil dem englischen überlegen ist.

Als er fertig war, fühlte sich Passepartout ruhiger, ja regelrecht erleichtert. Fix rappelte sich ziemlich übel zugerichtet auf, sah seinen Gegner an und fragte kühl:

»War's das?«

»Für den Augenblick schon«, entgegnete der Franzose.

»Dann kommen Sie. Ich möchte etwas mit Ihnen besprechen.«

»Ich soll …«

»Im Interesse Ihres Herrn.«

Von so viel Kaltblütigkeit entwaffnet, folgte Passepartout dem Inspektor, und die beiden setzten sich auf eine Bank im Vorschiff.

»Sie haben mich verprügelt«, sagte Fix. »Gut. Aber nun hören Sie mir zu. Bis zu diesem Moment war ich ein Gegner von Mr. Fogg; von jetzt ab werde ich auf seiner Seite sein.«

»Dann halten auch Sie ihn endlich für einen Ehrenmann?« rief Passepartout erfreut.

»Nein«, erwiderte Fix frostig, »ich halte ihn immer noch für einen Gauner. Psssst! Bleiben Sie sitzen und lassen Sie mich ausreden! Solange sich Mr. Fogg auf britischem Territorium befand, lag es in meinem Interesse, ihn aufzuhalten, weil ich ja jeden Tag mit dem Haftbefehl rechnete. Und dafür habe ich alles getan, was in meiner Macht stand. Ich habe ihm die Priester aus Bombay auf den Hals gehetzt, ich habe Sie in Hongkong zu diesem Rausch verführt, von Ihrem Herrn getrennt und so dafür gesorgt, dass er den Dampfer nach Yokohama verpasste.«

Passepartout hörte mit geballten Fäusten zu.

»Und jetzt«, fuhr Fix fort, »kehrt Mr. Fogg offenbar wirklich nach England zurück. Gut, ich folge ihm. Aber von jetzt ab werde ich ihm alle Hindernisse aus dem Weg räumen, und zwar mit derselben Sorgfalt und demselben Eifer, mit denen ich sie bisher vor ihm aufgetürmt habe. Sie sehen also, meine Taktik hat sich geändert, weil dies in meinem Interesse liegt. Und ich darf hinzufügen, auch in dem Ihren, da Sie ja erst in England erfahren werden, ob Sie in den Diensten eines Kriminellen oder eines Ehrenmannes stehen!«

Passepartout hatte sehr aufmerksam zugehört und dabei den Eindruck gewonnen, dass Fix in gutem Glauben handelte.

»Also, sind wir Freunde?« fragte Fix.

»Freunde? Nein!« entgegnete Passepartout. »Verbündete, ja, doch unter dem Vorbehalt, dass ich Ihnen beim kleinsten Zeichen des Verrats den Hals breche.«

»Einverstanden«, sagte der Inspektor ruhig.

11 Tage später, am 3. Dezember, fuhr die *General Grant* in die Golden Gate Bay ein und erreichte San Francisco.

Phileas Fogg hatte noch keinen einzigen Tag gewonnen oder verloren.

25. KAPITEL
In welchem man einen Eindruck von San Francisco am Tag einer politischen Kundgebung erhält

Es war 7 Uhr morgens, als Phileas Fogg, Mrs. Aouda und Passepartout den Fuß auf den amerikanischen Kontinent setzten – falls man den schwimmenden Kai, an welchem der Dampfer festgemacht hatte, so bezeichnen kann. Diese Kais heben und senken sich mit den Gezeiten und erleichtern so das Be- und Entladen der Schiffe. Hier lagen Clipper in allen Größen vor Anker, Passagierschiffe aus aller Herren Länder und die mehrstöckigen Dampfer, die den Sacramento und seine Nebenflüsse befahren. Hier lagerten auch all die Waren jenes ausgedehnten Handels, der sich bis nach Mexiko, Peru, Chile, Brasilien, Europa, Asien und zu sämtlichen Inseln des Pazifischen Ozeans erstreckt.

In seiner Freude darüber, dass man nun endlich amerikanischen Boden erreicht hatte, glaubte Passepartout, mit einem vollendeten Salto von Bord gehen zu müssen. Doch bei der Landung wäre er fast durch die wurmstichigen Planken gebrochen. Ganz verdattert, dass er auf diese Weise zum ersten Mal den Fuß auf den neuen Kontinent gesetzt hatte, stieß er einen gellenden Schrei aus, der scharenweise Kormorane und Pelikane aufscheuchte – die diese schwimmenden Kais als ständige Gäste bevölkern.

Nachdem auch Mr. Fogg an Land gegangen war, erkundigte er sich gleich, um welche Zeit der nächste Zug nach New York abfuhr. Um 6 Uhr abends, sagte man ihm. Und so blieb ihm ein ganzer Tag in der kalifornischen Hauptstadt. Er ließ eine Droschke kommen, die er mit Mrs. Aouda bestieg. Passepartout kletterte auf den Bock, und der Kutscher fuhr sie für 3 Dollar zum International Hotel.

Von seinem erhöhten Sitz aus beäugte Passepartout voller Neugier die große amerikanische Stadt: breite Straßen, niedrige Häuser in langen, sauberen Reihen, katholische und evangelische Kirchen im angelsächsisch-neugotischen Stil,

Bei der Landung wäre er fast durch die wurmstichigen Planken gebrochen

riesige Docks, Warenlager wie Paläste, manche aus Backstein, manche aus Holz; in den Straßen fuhren zahllose Droschken, Omnibusse und Straßenbahnen, und auf den Trottoirs drängten sich nicht nur Amerikaner und Europäer, sondern auch Chinesen und Inder – denn schließlich lebten mehr als 200 000 Menschen in der Stadt.

Passepartout war ziemlich überrascht. Er hatte immer noch das Bild der legendären Goldgräberstadt von 1849 vor Augen, in der es von Banditen, Brandstiftern und Mördern, angelockt von den goldenen Nuggets, nur so wimmelte. Ein riesiger Tummelplatz der Deklassierten, die um den Goldstaub spielten, in der einen Hand den Colt, in der anderen das Messer. Aber diese »gute alte Zeit« war längst vorbei. San Francisco hatte sich zu einer gigantischen Handelsstadt entwickelt. Der hohe Rathausturm, auf dem Wachen postiert waren, beherrschte das Labyrinth von Straßen und Avenuen, die sich alle im rechten Winkel schnitten; dazwischen lagen grüne Parks und ein Chinesenviertel, das aussah, als habe man es in einer Spielzeugkiste aus dem Reich der Mitte hierher transportiert. Keine Sombreros, keine roten Goldgräberhemden, keine federgeschmückten Indianer mehr, stattdessen Scharen von Gentlemen im schwarzen Anzug und Zylinder, die hektisch ihren Geschäften nachgingen. Manche Straßen – zum Beispiel die Montgomery Street, die hiesige Regent Street, der Boulevard des Italiens oder der Broadway – wurden von prächtigen Geschäften gesäumt, deren Schaufenster Waren aus aller Welt präsentierten.

Als Passepartout im International Hotel eintraf, kam es ihm vor, als hätte er England nie verlassen.

Im Erdgeschoss des Hotels befand sich eine riesige Bar, eine Art Buffet, an dem man sich gratis bedienen konnte. Man labte sich an Rauchfleisch, Austernsuppe, Salzgebäck und Chesterkäse und konnte die Geldbörse stecken lassen. Nur falls es einem plötzlich einfiel, etwas trinken zu wollen – Ale, Portwein oder Sherry –, musste man bezahlen. Dies wiederum fand Passepartout sehr amerikanisch.

Das Hotelrestaurant wirkte recht gemütlich. Mr. Fogg und Mrs. Aouda setzten sich an einen Tisch und wurden von Kellnern mit wunderschöner schwarzer Hautfarbe bedient, die ihnen in winzigen Schüsselchen eine Vielfalt von Speisen servierten.

Nach dem Essen verließ Phileas Fogg in Begleitung von Mrs. Aouda das Hotel, um auf dem englischen Konsulat seinen Pass abstempeln zu lassen. Draußen auf der Straße wartete sein Diener und wollte wissen, ob man sich für die Fahrt mit der Pacific Railroad nicht sicherheitshalber ein paar Dutzend Enfield-Karabiner oder Colts zulegen sollte. Passepartout hatte nämlich von Sioux- und Pawnee-Indianern gehört, die wie spanische Banditen Eisenbahnzüge überfielen. Mr. Fogg hielt diese Vorsichtsmaßnahme zwar für überflüssig, stellte es Passepartout aber frei, nach eigenem Gutdünken zu handeln. Dann setzte er seinen Weg zum englischen Konsulat fort.

Phileas Fogg und Mrs. Aouda hatten keine 200 Schritte zurückgelegt, als sie – welch unglaublicher Zufall! – mit Fix zusammenstießen. Der Inspektor schien vor Überraschung aus allen Wolken zu fallen. Ja, war das denn die Möglichkeit! Da hatte man nun gemeinsam den Pazifik überquert und sich an Bord kein einziges Mal getroffen! Jedenfalls fühle er sich geehrt, behauptete Fix, den Gentleman wieder zu sehen, dem er so viel zu verdanken habe. Und da ihn seine eigenen Geschäfte nach Europa riefen, würde er sich sehr freuen, die Reise in so angenehmer Gesellschaft fortsetzen zu können.

Fogg antwortete, die Ehre sei ganz seinerseits, worauf Fix, der ihn um nichts mehr in der Welt aus den Augen verlieren wollte, sogleich um Erlaubnis bat, bei der Besichtigung dieser interessanten Stadt mit von der Partie sein zu dürfen. Die Bitte wurde ihm gewährt.

Und so flanierten Mrs. Aouda, Phileas Fogg und Inspektor Fix zu dritt durch die Straßen. Bald erreichten sie die Montgomery Street, in der ein geradezu unglaubliches Getümmel herrschte. Die Leute drängten sich auf den Trottoirs, mitten auf der Fahrbahn, auf den Straßenbahnschienen, obwohl ständig Droschken und Busse vorbeirollten; sie standen eng zusammengezwängt in den Ladeneingängen, hingen in Scharen aus den Fenstern, und selbst auf den Dächern wimmelte es von Menschen. Plakatträger quetschten sich durchs Gewühl, Banner und Wimpel flatterten im Wind, aus allen Richtungen ertönte Geschrei:

»Hoch lebe Kamerfield!«

»Hoch lebe Mandiboy!«

Es handelte sich um eine politische Versammlung. Zumindest glaubte dies Fix. Er teilte Fogg seine Vermutung mit und fügte hinzu:

»Wir täten gut daran, Sir, dieses Gedränge zu meiden. Am Ende beziehen wir noch Prügel.«

»Ganz recht«, erwiderte Phileas Fogg, »auch wenn er politische Gründe hat – ein Faustschlag bleibt ein Faustschlag.«

Fix hielt es für angebracht, diese Bemerkung mit einem Lächeln zu quittieren. Um dem Hexenkessel zu entgehen, postierten sich Mrs. Aouda, Phileas Fogg und Fix auf der obersten Stufe einer Treppe, die zu einer höher gelegenen Terrasse der Montgomery Street führte. Vor ihnen, auf der anderen Straßenseite, fand zwischen der Laderampe einer Kohlehandlung und einem Petroleumgeschäft eine gewaltige Versammlung im Freien statt, zu der die Menschenmassen aus allen Richtungen herbeiströmten.

Doch was war das für eine Versammlung? Aus welchem Grund fand sie statt? Phileas Fogg hatte nicht die leiseste Ahnung. Wurde ein hoher Militär- oder Zivilbeamter nominiert, ein Gouverneur, ein Kongressmitglied? Angesichts der leidenschaftlichen Erregung, die von der ganzen Stadt Besitz ergriffen hatte, hätte man dies durchaus glauben können.

In diesem Moment ging eine heftige Bewegung durch die Menge. Alle Hände fuhren in die Luft. Manche schienen sich, zur Faust geballt, rasch auf und ab zu bewegen, während gleichzeitig von überall her Schreie ertönten – hierbei handelte es sich zweifellos um eine besonders nachdrückliche

Form der Stimmabgabe. Die Menge wogte hin und her, Banner wurden geschwenkt, verschwanden einen Moment und tauchten zerfetzt wieder auf. Die Wellenbewegung pflanzte sich bis zur Treppe hin fort, und die vielen tausend Köpfe erinnerten an die schäumende Oberfläche des Meeres, die ein prasselnder Regenschauer aufwühlt. Hier sah man schon deutlich weniger Zylinderhüte, und wenn doch, waren sie meist nur halb so hoch wie gewöhnlich.

»Das muss eine politische Versammlung sein«, meinte Fix. »Und offenbar handelt es sich um ein Thema von brennendem Interesse. Es würde mich nicht wundern, wenn es um die *Alabama*-Affäre ginge, obwohl die doch eigentlich längst beigelegt ist.«

»Mag sein«, sagte Fogg nur.

»Jedenfalls stehen sich zwei Kontrahenten gegenüber, der ehrenwerte Mr. Kamerfield und der ehrenwerte Mr. Mandiboy.«

Mrs. Aouda, am Arm Phileas Foggs, betrachtete diesen Tumult verwundert, und Fix wollte sich gerade bei seinem Nebenmann nach dem Grund der allgemeinen Aufregung erkundigen, als sich das Chaos plötzlich noch steigerte. Die Hurraschreie und Beschimpfungen verdoppelten sich. Fahnenstangen verwandelten sich in Angriffswaffen. Man sah keine Hände mehr, überall nur noch Fäuste. Von den Dächern eingekeilter Wagen und Omnibusse prasselten Schläge. Alle möglichen Gegenstände dienten als Wurfgeschosse. Stiefel und Schuhe flogen dicht über die Köpfe hinweg durch die Luft, und manchmal schien es sogar, als mische sich in das Gebrüll der Menge das für Amerika so typische Geknalle von Revolverschüssen.

Die Menschenmenge wogte auf die Treppe zu und schwappte über die untersten Stufen. Eine der Parteien war offenbar zurückgedrängt worden, ohne dass man als Zuschauer hätte sagen können, wer gerade führte – Mandiboy oder Kamerfield.

»Ich halte es für sicherer«, bemerkte Fix, der verhindern

wollte, dass »sein Mann« einen Fausthieb einsteckte oder sonstwie in die Bredouille geriet, »wenn wir uns jetzt zurückziehen. Falls dieser Tumult hier mit England zusammenhängt und man uns erkennt, könnte es brenzlig werden!«

»Ein englischer Staatsbürger …« begann Phileas Fogg. Aber der Gentleman konnte seinen Satz nicht vollenden. Von der Terrasse, zu der die Treppe hinaufführte, erscholl auf einmal ohrenbetäubendes Gebrüll: »Hipp, hipp, hurra! Mandiboy!« Es handelte sich um eine Horde seiner Anhänger, die den anderen zu Hilfe eilte und die Flanke der Kamerfield-Wähler umfassen wollte.

Jetzt waren Mr. Fogg, Mrs. Aouda und Fix zwischen die Fronten geraten. Zum Fliehen war es zu spät. Gegen diese Menschenmassen, mit bleibeschwerten Stangen und Totschlägern bewaffnet, kam man nicht an. Phileas Fogg und Fix, die sich schützend vor die junge Frau stellten, wurden brutal zur Seite gestoßen. Phileas Fogg, nicht weniger kaltblütig als sonst, wollte sich der beiden Waffen bedienen, mit denen die Natur auch jeden Engländer ausgestattet hat, aber vergeblich. Ein Hüne von Mann, mit rotem Bart, rötlichem Gesicht und breiten Schultern, offenbar der Anführer der Horde, holte mit seiner mächtigen Faust aus und hätte Mr. Fogg wahrscheinlich übel zugerichtet, wenn nicht Fix sich geopfert und den Schlag aufgefangen hätte. Sofort schwoll eine Riesenbeule unter seinem Zylinder, der sich übrigens in ein Barett verwandelt hatte.

»Yankee!« sagte Mr. Fogg und betrachtete den Kontrahenten mit abgrundtiefer Verachtung.

»Engländer!« scholl es zurück.

»Wir sehen uns wieder!«

»Bitte, wie Sie wünschen. – Ihr Name?«

»Phileas Fogg. Der Ihre?«

»Colonel Stamp W. Proctor.«

Jetzt schlug der Tumult über ihnen zusammen. Fix verschwand und tauchte wieder auf, mit zerrissenen Kleidern, aber nicht ernstlich verletzt. Sein Reisemantel war in zwei

Fix opferte sich und fing den Schlag auf

verschieden große Teile zerrissen, und seine Hosen glichen jenen Beinkleidern, die bei modebewussten Indern als der letzte Schrei gelten: Man trägt sie erst, nachdem man den Hosenboden herausgeschnitten hat. Doch immerhin war Mrs. Aouda verschont geblieben, und nur Fix hatte sich jenen Faustschlag eingefangen.

»Danke«, sagte Mr. Fogg zum Inspektor, als sie dem Gewühl entronnen waren.

»Keine Ursache«, erwiderte Fix. »Aber kommen Sie doch bitte mit.«

»Wohin?«

»In ein Konfektionsgeschäft.«

Dies schien tatsächlich angebracht. Die Kleidung der beiden Gentlemen hing in Fetzen, als ob sie sich wirklich für Mandiboy und Kamerfield geprügelt hätten.

Eine Stunde später kehrten sie ordentlich gekleidet und gekämmt ins International Hotel zurück.

Dort wartete schon Passepartout, bewaffnet mit einem halben Dutzend sechsschüssiger Revolver mit automatischer Zündung. Als er Fix erblickte, runzelte er finster die Stirn. Doch nachdem ihm Mrs. Aouda in wenigen Worten geschildert hatte, was passiert war, heiterte sich seine Miene wieder auf. Offenbar war Fix jetzt tatsächlich ein Verbündeter und nicht mehr sein Feind. Er hielt also Wort.

Nach dem Abendessen wurde eine Droschke bestellt, die die Reisenden samt Gepäck zum Bahnhof bringen sollte. Sie wollten gerade das Fuhrwerk besteigen, da fragte Fogg den Inspektor: »Sie haben diesen Colonel Proctor nicht noch einmal gesehen?«

»Nein«, erwiderte Fix.

»Ich werde später nach Amerika zurückkehren und ihn ausfindig machen«, erklärte Phileas Fogg kühl. »So kann ein englischer Staatsbürger nicht mit sich umspringen lassen.«

Der Inspektor lächelte und schwieg. Wie man sieht, gehörte Mr. Fogg zu jener Sorte von Engländern, die zu Hause zwar strikt gegen Duelle sind, sich aber im Ausland jederzeit schlagen, wenn es gilt, ihre Ehre zu verteidigen.

Um Viertel vor 6 trafen die Reisenden am Bahnhof ein, wo der Zug schon zur Abfahrt bereitstand.

Kurz bevor Mr. Fogg einstieg, ging er auf einen Angestellten zu.

»Mein Freund«, sagte er zu ihm, »hat es in San Francisco heute nicht einen kleinen Aufruhr gegeben?«

»Das war eine politische Versammlung, Sir«, erwiderte der Angestellte.

»Ich glaubte aber zu bemerken, dass auf den Straßen eine gewisse Aufregung herrschte.«

»Es handelte sich lediglich um eine Wahlversammlung, Sir.«

»Sicher wurde ein hoher General gewählt?«

»Nein, Sir, ein Friedensrichter.«

Auf diese Antwort hin stieg Phileas Fogg in den Waggon, und der Zug setzte sich mit Volldampf in Bewegung.

26. KAPITEL

Welches im Expresszug der Pacific Railroad spielt

»Ocean to ocean«, sagen die Amerikaner – und mit diesen drei Worten müsste man eigentlich die sogenannte Grand Trunk bezeichnen, die die Vereinigten Staaten von Amerika an ihrer breitesten Stelle durchquert. Aber in Wirklichkeit teilt sich die Pacific Railroad in zwei Abschnitte: die Central Pacific zwischen San Francisco und Ogden und die Union Pacific zwischen Ogden und Omaha. Dort wiederum treffen fünf verschiedene Linien zusammen, die zahlreiche Zugverbindungen von Omaha nach New York anbieten.

New York und San Francisco sind somit durch ein fortlaufendes metallenes Band verknüpft, das nicht weniger als 3786 Meilen misst. Zwischen Omaha und dem Pazifik durchquert die Eisenbahn eine Gegend, in der es noch Indianer und Raubtiere gibt – ein riesiges Gebiet, das die Mormonen um 1845 besiedelten, nach ihrer Vertreibung aus Illinois.

Früher hat man, um von New York nach San Francisco zu gelangen, auch unter den günstigsten Umständen noch 6 Monate gebraucht. Jetzt reichten 7 Tage.

Gegen den Widerstand der Vertreter der Südstaaten, die gefordert hatten, die Bahnlinie müsse weiter südlich verlaufen, wurde 1862 beschlossen, dass sich die Strecke zwischen dem 41. und 42. Breitengrad bewegen solle. Der unvergessene Präsident Lincoln höchstpersönlich bestimmte Omaha im Bundesstaat Nebraska zum Ausgangspunkt der neuen Eisenbahnverbindung. Man hatte mit der Gleisverlegung sofort begonnen und sie zügig vorangetrieben, in typisch amerikanischem Tempo, das weder Papierkram noch Bürokratie zulässt. Allerdings durfte unter diesem Arbeitstempo auf keinen Fall die Qualität der Bahnstrecke leiden. In der Prärie kam man mit dem Bau täglich um anderthalb Meilen voran. Eine Lokomotive, die auf den Gleisen des Vortags rollte, brachte die Gleise für den nächsten Tag und fuhr dann auf diesen weiter, sobald sie verlegt waren.

Von der Pacific Railroad führen mehrere Abzweigungen in die Bundesstaaten Iowa, Kansas, Colorado und Oregon. Hinter Omaha läuft sie am linken Ufer des Platte River entlang bis zur Mündung des nördlichen Platte, dann folgt sie dem südlichen Flussarm, überquert die Laramie Mountains und die Wasatch Range, führt um den Great Salt Lake herum nach Salt Lake City, Hauptstadt der Mormonen; nach dem Tal der Tooele passiert sie die Great Salt Lake Desert, Mount Cedar und Humboldt, führt dann am Humboldt River entlang zur Sierra Nevada und über Sacramento zum Pazifik hinunter – ohne dass auf der gesamten Strecke, einschließlich der Rocky Mountains, je eine Steigung von mehr als 12 Prozent zu verzeichnen wäre.

So sah die lange Verkehrsader aus, die ein Zug in 7 Tagen bewältigte und die es dem ehrenwerten Phileas Fogg – so hoffte er zumindest – ermöglichen würde, am 11. Dezember in New York das Dampfschiff nach Liverpool zu besteigen.

Der Waggon, in dem Fogg saß, war eine Art langer Omnibus, der auf zwei Drehgestellen mit je vier Rädern ruhte, deren Wendekreis genügend klein für scharfe Kurven war. Im Wageninneren gab es keine Abteile: je eine Sitzreihe auf jeder Seite, im rechten Winkel zum Gang, der zu den Toiletten und anderen kleinen Räumen führte, mit denen jeder Waggon ausgestattet war. Zwischen den einzelnen Wagen befanden sich über die gesamte Länge des Zuges hinweg Verbindungsstege, so dass die Reisenden von einem Ende zum andern spazieren konnten und jederzeit Zutritt zu den Salonwagen, Aussichtswaggons, Zugrestaurants und Zugcafés hatten. Es fehlte eigentlich nur noch ein Theaterwaggon. Aber den wird es eines Tages wohl auch noch geben.

Ständig liefen Händler mit Büchern und Zeitschriften durch die Waggons, es wurden alkoholische Getränke, Esswaren und Zigarren angeboten, und an Kunden herrschte kein Mangel.

Um 6 Uhr abends hatte der Zug die Station Oakland verlassen. Die Nacht war schon hereingebrochen – eine kalte, finstere Nacht mit einem Himmel voller Wolken, die Schnee befürchten ließen. Der Zug fuhr nicht besonders schnell. Die Aufenthalte mitgerechnet schaffte er höchstens 20 Meilen pro Stunde, doch dies reichte aus, um die USA in der fahrplanmäßigen Zeit zu durchqueren.

Kaum jemand plauderte im Waggon. Die Reisenden waren schon recht müde. Passepartout saß neben Inspektor Fix, sprach aber kein Wort mit ihm. Seit den jüngsten Ereignissen war ihr Verhältnis merklich abgekühlt. Jegliche Sympathie und Vertrautheit waren geschwunden. Das Betragen des Inspektors hatte sich zwar nicht verändert, Passepartout aber verhielt sich äußerst reserviert, jederzeit bereit, seinem einstigen Freund beim geringsten Argwohn an die Gurgel zu springen.

Eine Stunde nach Abfahrt begann es zu schneien – in feinen Flocken, die die Weiterfahrt glücklicherweise nicht behinderten. Vor den Fenstern spannte sich jetzt ein endloses weißes Tuch, vor dem sich aschgrau die Dampfschwaden der Lokomotive ringelten.

Um 8 Uhr kam ein Steward herein und verkündete, dass jetzt Schlafenszeit sei. Sie befanden sich in einem Waggon, der sich binnen weniger Minuten in eine Art Schlafsaal verwandeln ließ. Die Banklehnen wurden einfach umgeklappt, ein raffinierter Mechanismus legte das sorgfältig zusammengepackte Bettzeug frei, in Sekundenschnelle entstanden einzelne Kabinen, und bald verfügte jeder Reisende über sein eigenes bequemes Bett, in dem ihn dicke Vorhänge vor neugierigen Blicken schützten. Die Laken waren weiß und sauber, das Kopfkissen mollig weich. Man brauchte sich nur noch hineinzulegen und einzuschlummern – was alle Reisenden auch sogleich taten, als ruhten sie in einer komfortablen Schiffskabine. Währenddessen dampfte der Zug mit voller Kraft durch den Bundesstaat Kalifornien.

Die Gegend zwischen San Francisco und Sacramento ist ziemlich flach. Dieser Streckenabschnitt, den man Central Pacific Road nennt, begann ursprünglich in Sacramento und wurde dann nach Osten erweitert, bis er auf die Strecke von Omaha traf. Von San Francisco bis zur kalifornischen Hauptstadt führte die Strecke direkt nach Nordosten, und zwar am American River entlang, der in die Bucht von San Pablo mündet. Die 120 Meilen zwischen diesen wichtigen Städten bewältigte der Zug in 6 Stunden und fuhr gegen Mitternacht, als die Reisenden im ersten Schlummer lagen, durch Sacramento. Und so sahen sie nichts von dieser bedeutenden Stadt, Sitz der Regierung des Bundesstaats Kalifornien: weder die schönen Kais und breiten Straßen noch die prächtigen Hotels, Parkanlagen und Kirchen.

Nachdem der Zug die Stationen Junction, Rochin, Auburn und Colfax hinter sich gelassen hatte, stampfte er das Massiv der Sierra Nevada hinauf. Um 7 Uhr morgens passierte er dann den Bahnhof von Cisco. Eine Stunde später hatte sich

Die Laken waren weiß und sauber

der Schlafsaal wieder in einen normalen Waggon verwandelt, und die Reisenden konnten durchs Fenster die malerische Gebirgslandschaft bewundern. Die Eisenbahntrasse passte sich den Launen der Sierra an, klammerte sich hier an einen Hang, spannte sich dort über einen Abgrund, wich schroffen Vorsprüngen mittels gewagter Kurven aus und stürzte sich in tiefe Schluchten hinab, so eng, als gäbe es aus ihnen kein Entrinnen. Die Lokomotive funkelte wie ein Reliquienschrein mit ihrer großen, fahlgelb schimmernden Laterne, der silbern glänzenden Glocke und dem spitzen Kuhfänger, der wie ein Sporn herausragte; ihr Zischen und Dröhnen mischte sich mit dem Plätschern der Wildbäche, dem Tosen der Wasserfälle, und ihr Rauch ringelte sich um die dunklen Äste der Fichten.

Fast keine Tunnel, keine Brücken auf der Strecke. Sie passte sich den Bergflanken an, statt sich geradeaus den kürzesten Weg zu bahnen, der die Natur zerstört hätte.

Gegen 9 Uhr erreichte der Zug durch die Carson-Senke den Bundesstaat Nevada, immer noch in nordöstlicher Richtung. Gegen 12 Uhr verließ er Reno, wo die Reisenden 20 Minuten Zeit zum Mittagessen gehabt hatten.

Ab hier folgt die Eisenbahnstrecke einige Meilen nordwärts dem Lauf des Humboldt River. Dann biegt sie, noch immer seinem Lauf folgend, nach Osten ab, bis zu den Humboldt Ranges, wo der Fluss entspringt, fast an der östlichen Grenze des Bundesstaats Nevada.

Nach dem Mittagessen kehrten Mr. Fogg, Mrs. Aouda und ihre Begleiter, Fix und Passepartout, wieder in den Waggon zurück. Von ihren bequemen Plätzen aus sahen sie die vielfältige, abwechslungsreiche Landschaft vorbeiziehen – weite Steppen, Gebirgssilhouetten am Horizont, schäumende Bergbäche. Manchmal drängte sich in der Ferne eine mächtige Bisonherde, und es sah aus, als wälze sich ein Damm übers Land. Die riesigen Herden dieser Wiederkäuer stellen für die Züge oft unüberwindliche Hindernisse dar. Es kam zuweilen vor, dass Tausende dieser Tiere in dichtgeschlossenen Reihen quer über die Schienen trotteten, so dass die Lokomotive anhalten und stundenlang warten musste, bis der Weg wieder frei war.

Genau dies passierte auch jetzt. Gegen 3 Uhr nachmittags blockierte eine Herde von zehn- bis zwölftausend Bisons das Gleis. Die Lokomotive bremste ab und versuchte, von der Seite her den Schienenräumer durch die riesige Kolonne zu schieben. Doch schließlich musste die Lok vor der undurchdringlichen Masse kapitulieren und anhalten.

Nun trotteten die Wiederkäuer – von den Amerikanern fälschlicherweise Büffel genannt – also gemächlich vorüber, wobei sie hin und wieder ein ohrenbetäubendes Gebrüll ausstießen. Sie waren größer als europäische Stiere, hatten kurze Beine und einen kurzen Schwanz, einen gebuckelten Nacken, der aus lauter Muskeln bestand, und weit auseinander stehende Hörner. Kopf, Hals und Schultern waren mit einer langen Mähne bedeckt. Den endlosen Zug von Bisons aufzuhalten – daran war gar nicht zu denken. Wenn sich Bisons einmal für eine Richtung entschieden haben, kann nichts auf der Welt sie bremsen oder umlenken. Der Damm ist noch nicht erfunden, der diesen Strom wandernder Fleischkolosse aufhalten könnte.

Die Reisenden hatten sich auf die kleinen Verbindungsstege zwischen den Waggons verteilt und beobachteten das Schauspiel fasziniert. Doch ausgerechnet der Mann, der es von allen am eiligsten hatte, nämlich Phileas Fogg, blieb auf seinem Platz sitzen und wartete in stoischer Ruhe darauf, dass die Bisons ihn schon irgendwann vorbeilassen würden. Passepartout jedoch machte diese Verzögerung fuchsteufelswild. Am liebsten hätte er sein ganzes Arsenal von Revolvern auf die Bisons abgefeuert.

»Was für ein Land!« rief er. »Simple Rindviecher, die einfach Züge anhalten und so gemächlich vorbeispazieren, als gäbe es hier keinen Verkehr! Pardieu! Ich wüsste nur zu gern, ob Mr. Fogg auch dieses Missgeschick vorausgesehen hat! Und dann dieser Lokführer, der sich nicht traut, die

Eine Herde von zehn- bis zwölftausend Bisons blockierte das Gleis

lästigen Viecher mit seiner Maschine aus dem Weg zu räumen!«

Der Lokomotivführer war tatsächlich nicht auf den Gedanken gekommen, das Hindernis einfach beiseite zu schieben, und er tat gut daran. Zwar wären die ersten Bisons zweifellos vom Schienenräumer zermalmt worden, doch dann hätten sie die Maschine, egal wie stark sie war, zum Halten gezwungen und unweigerlich zum Entgleisen gebracht.

Es war also das Beste, geduldig abzuwarten, auch wenn dies hieß, dass der Zug später schneller fahren musste, um die verlorene Zeit wieder aufzuholen. Das Defilee der Bisons dauerte geschlagene 3 Stunden. Erst als die Nacht hereinbrach, trotteten die letzten übers Gleis, während die ersten bereits am südlichen Horizont verschwanden.

Es war 20 Uhr, als der Zug den Pass der Humboldt Ranges überquerte, und erst um 21 Uhr 30 erreichte er Utah, das Gebiet des Great Salt Lake, das seltsame Land der Mormonen.

27. KAPITEL

In welchem Passepartout bei einer Geschwindigkeit von 20 Meilen pro Stunde eine Vorlesung über die Geschichte der Mormonen hört

In der Nacht vom 5. auf den 6. Dezember fuhr der Zug etwa 50 Meilen in südöstlicher Richtung und rollte dann ebenso weit nach Nordosten auf den Great Salt Lake zu. Gegen 9 Uhr morgens trat Passepartout auf einen der Verbindungsstege, um frische Luft zu schöpfen. Es blies ein kalter Wind, der Himmel war grau, aber es schneite nicht mehr. Die Sonnenscheibe, durch den Nebel vergrößert, ähnelte einer riesigen Goldmünze, und Passepartout war gerade dabei, ihren Wert in Pfund Sterling zu berechnen, als ihn eine recht seltsame Gestalt von dieser nützlichen Beschäftigung ablenkte.

Bei besagter Person, die in Elko zugestiegen war, handelte es sich um eine hoch gewachsene, sehr dunkle Erscheinung:

schwarzer Schnauzbart, schwarze Strümpfe, schwarzer Zylinder, schwarze Weste, schwarze Hose, weiße Krawatte und hundslederne Handschuhe. Man hätte ihn für einen Geistlichen halten können. Er schritt von einem Ende des Zuges zum anderen und klebte mittels einer Siegeloblate an jede Waggontür einen handgeschriebenen Zettel.

Passepartout näherte sich und las, dass der ehrenwerte Gemeindeälteste und Mormonenprediger William Hitch seine Anwesenheit in Zug Nr. 48 dazu nutzen werde, von 11 bis 12 Uhr mittags in Waggon Nr. 117 einen Vortrag über das Mormonentum zu halten – alle Gentlemen, die sich über die Mysterien der Religion der »Heiligen der Letzten Tage« zu informieren wünschten, seien eingeladen.

»Da gehe ich auf jeden Fall hin«, sagte sich Passepartout, der über die Mormonen eigentlich kaum etwas wusste, außer dass Grundlage ihrer Gemeinschaft die Polygamie war.

Die Neuigkeit verbreitete sich im Zug wie ein Lauffeuer. Etwa 30 der vielleicht 100 Passagiere wurden von dem Thema angelockt und warteten um 11 Uhr im Waggon Nr. 117. Passepartout saß in der ersten Reihe der Gläubigen. Dagegen hatten sich weder sein Herr noch Fix herbemüht.

Pünktlich um 11 Uhr erhob sich der Gemeindeälteste William Hitch und rief ziemlich gereizt, als sei ihm schon im Voraus widersprochen worden:

»Ich aber sage euch: Joe Smyth ist ein Märtyrer, so wie auch sein Bruder Hiram ein Märtyrer ist und so wie die Verfolgung unserer Propheten durch die Bundesregierung auch Brigham Young zum Märtyrer machen wird! Wer wagt es, das Gegenteil zu behaupten?«

Niemand ging das Risiko ein, dem Prediger zu widersprechen, dessen exaltiertes Gebaren gar nicht zu seinen ruhigen Gesichtszügen passen wollte. Zweifellos rührte sein Zorn von den schweren Prüfungen her, denen das Mormonentum derzeit unterworfen war. Die Regierung der Vereinigten Staaten hatte nämlich unter großen Mühen einen Sieg über die Mormonen errungen, die fanatisch um ihre Unabhängigkeit kämpften. Utah war ein Bundesstaat geworden und künftig den Gesetzen der Union unterworfen; man hatte Brigham Young eingesperrt, dem aufrührerische Umtriebe und Vielweiberei zur Last gelegt wurden. Seitdem hatten die Jünger des Propheten ihre Anstrengungen verdoppelt, beschränkten sich aber, solange sie auf die Anklageschrift warteten, auf rein verbalen Widerstand gegen die Forderungen des Kongresses.

Wie man sieht, waren vor den Bekehrungsversuchen des Gemeindeältesten William Hitch nicht einmal Zugreisende sicher.

Jetzt rollte er mit lauter Stimme wild gestikulierend die Geschichte des Mormonentums seit biblischen Zeiten auf: dass in Israel ein mormonischer Prophet vom Stamme Josephs die Annalen der neuen Religion aufgeschrieben und sie seinem Sohne Moroni als Vermächtnis hinterlassen habe; dass dieses kostbare, in ägyptischen Hieroglyphen verfasste Buch dann viele Jahrhunderte später Joseph Smyth jr. übersetzt habe, ein Farmer im Bundesstaat Vermont, der sich 1825 als mystischer Prophet entpuppte; dass diesem Joseph Smyth in einem lichterfüllten Wald ein Himmelsbote erschienen sei, der ihm die Annalen des Herrn übergab.

In diesem Moment verließen einige Zuhörer, die der historische Abriss des Missionars eigentlich nicht interessierte, den Waggon. Doch der Gemeindeälteste William Hitch fuhr unbeirrt fort und erzählte, dass Smyth jr. eines Tages seinen Vater, seine beiden Brüder und etliche Jünger um sich versammelt und die Religion der Heiligen der Letzten Tage gegründet habe – eine Religion mit zahlreichen Anhängern nicht nur in Amerika, sondern auch in England, Skandinavien und Deutschland, zu denen vor allem Handwerker, aber auch viele Angehörige freier Berufe zählten; dass in Ohio eine Kolonie gegründet worden sei; dass man für 200 000 Dollar eine Kirche errichtet habe und dass in Kirkland eine Stadt erbaut worden sei; dass Smyth sich zum kühnen Bankier entwickelt und eines Tages von einem ganz einfachen Wärter in einem Mumienmuseum eine Papyrusrolle bekommen habe, die eine Aufzeichnung von der Hand Abrahams und anderer berühmter Ägypter enthielt.

Da diese Erzählung sich ein wenig in die Länge zog, lichteten sich die Reihen der Zuschauer immer mehr, bis das Publikum nur noch aus etwa 20 Personen bestand.

Doch der Gemeindeälteste ließ sich durch diese Fahnenflucht keineswegs stören und erzählte bis ins letzte Detail, wie Joe Smyth 1837 Bankrott gemacht habe und von seinen ruinierten Aktionären geteert und gefedert worden sei; dass er einige Jahre später, ehrenhafter und geehrter denn je, in Independance, Missouri, Leiter einer blühenden Gemeinde mit sage und schreibe 3 000 Mitgliedern geworden sei und dass ihn schließlich der Hass der Ungläubigen gezwungen habe, in den Westen der Vereinigten Staaten zu fliehen.

Inzwischen waren nur noch zehn Zuhörer da, unter ihnen der wackere Passepartout, der aufmerksam die Ohren spitzte. Und so erfuhr er, dass Smyth nach einer langen Zeit der Verfolgung wieder in Illinois auftauchte und 1839 an den Ufern des Mississippi den Ort Nauvoo-la-Belle gründete, der irgendwann auf 25 000 Seelen angewachsen war; dass Smyth hier in einer Person den Bürgermeister, obersten Richter und Oberbefehlshaber verkörperte; dass er sich 1843 als Kandidat für die amerikanischen Präsidentschaftswahlen aufstellen ließ und dass er schließlich in Carthage in einen Hinterhalt gelockt, ins Gefängnis geworfen und von einer Horde maskierter Männer ermordet worden sei.

Zu diesem Zeitpunkt befand sich als allerletzter Zuhörer nur noch Passepartout im Waggon. Der Prediger sah ihm starr in die Augen und erinnerte ihn mit beschwörenden Worten daran, dass 2 Jahre nach Smyths Ermordung sein Nachfolger, der erleuchtete Prophet Brigham Young, Nauvoo verlassen und sich am Ufer des Great Salt Lake niedergelassen habe und dass sich dort, in dieser herrlichen Gegend, mitten in dieser fruchtbaren Landschaft, dort, wo die Auswanderer auf dem Weg nach Kalifornien vorbeizogen, die

»Und du, mein treuer Freund?«

neue Kolonie dank ihrer polygamen Lebensweise enorm vergrößert habe.

»Und allein aus diesem Grund«, fügte der William Hitch hinzu, »einzig und allein aus diesem Grund hat sich der Neid des Kongresses gegen uns gerichtet! Sind die Soldaten der Union in Utah einmarschiert! Wurde unser Führer, der Prophet Brigham Young, vollkommen rechtswidrig ins Gefängnis geworfen! Und wir sollen der Gewalt weichen? Niemals! Nachdem sie uns aus Vermont, aus Illinois, aus Missouri und aus Utah vertrieben haben, werden wir ein anderes unabhängiges Gebiet finden, wo wir unsere Zelte aufschlagen können. Und du, mein treuer Freund«, fügte der Gemeindeälteste hinzu, den zornigen Blick auf seinen einzigen Zuhörer gerichtet, »wirst auch du dein Zelt im Schatten unserer Fahne aufschlagen?«

»Nein!« antwortete Passepartout tapfer, ergriff nun gleichfalls die Flucht und ließ den eifernden Prediger allein in der Wüste zurück.

Während dieses Vortrags war der Zug weitergerast und erreichte gegen 12 Uhr 30 den nordwestlichen Zipfel des Great Salt Lake. Von dort aus überblickt man einen großen Teil dieses Binnensees, der auch das Tote Meer genannt wird und in den sich entsprechend ein amerikanischer Jordan ergießt. Der wunderschöne See wird von herrlichen, schroffen Felsen mit mächtigen, salzüberkrusteten Fundamenten umrahmt. Früher hatte er eine noch viel größere Fläche bedeckt; im Lauf der Zeit jedoch haben sich die Ufer des Sees langsam erhöht, und so verkleinerte sich seine Fläche immer mehr, während er an Tiefe zunahm.

Der Great Salt Lake, ungefähr 70 Meilen lang und 35 breit, liegt 3800 Fuß über dem Meeresspiegel. Damit unterscheidet er sich wesentlich vom Toten Meer in Palästina, das fast 1200 Fuß unter dem Meeresspiegel liegt. Sein Salzgehalt ist beachtlich, und die in ihm gelösten festen Stoffe machen ein Viertel des Eigengewichts seines Wassers aus. Es hat ein spezifisches Gewicht von 1,17 Gramm pro Kubikzentimeter bei

Der wunderschöne See wird von herrlichen, schroffen Felsen mit mächtigen, salzüberkrusteten Fundamenten umrahmt

einem Vergleichswert von 1,0 Gramm für destilliertes Wasser. Deshalb haben Fische hier keine Chance zu überleben. Diejenigen, die vom Jordan, vom Weber und den anderen Zuflüssen in den Salzsee getragen werden, gehen rasch ein; doch es stimmt nicht, dass ein Mensch nicht darin tauchen kann, weil das Wasser zu dicht wäre.

Um den See herum war das Land prächtig bestellt, denn die Mormonen verstehen sich auf Landwirtschaft: Ranchos und eingezäunte Weiden für die Tiere, Getreide-, Mais- und Sorghofelder, saftige Wiesen, überall wilde Heckenrosen, Akazien und Euphorbien – diesen Anblick hätte man 6 Monate später, im Sommer, bewundern können. Doch jetzt war alles mit einer zarten Schneeschicht überpudert.

Um 14 Uhr stiegen die Reisenden in Ogden aus. Da der Zug erst um 18 Uhr weiterfahren würde, hatten Mr. Fogg, Mrs. Aouda und ihre beiden Begleiter Zeit, die »Stadt der Heiligen« zu besuchen, die über eine kleine Nebenlinie vom Bahnhof Ogden aus zu erreichen war. 2 Stunden genügten, um diese durch und durch amerikanische Stadt zu besichtigen, die nach dem gleichen Muster erbaut war wie auch alle anderen Städte der Unionsstaaten: ein riesiges Schachbrett mit langen, kalten Straßen, erfüllt von »der düsteren Tristesse der rechten Winkel«, wie Victor Hugo bemerkte. Auch der Gründer der »Stadt der Heiligen« hatte sich diesem angelsächsischen Bedürfnis nach Symmetrie offenbar nicht entziehen können. In diesem sonderbaren Land, dessen Menschen sich ganz gewiss nicht auf der Höhe seiner Institutionen befinden, folgt alles einer gewissen Geradlinigkeit – die Städte, die Häuser und die Torheiten.

Um 15 Uhr schlenderten die Reisenden durch die Straßen der Stadt, die zwischen dem Jordan und den ersten wellenförmigen Ausläufern der Wahsatch-Berge lag. Sie bekamen nur wenige Kirchen zu sehen, dafür Monumente wie das Haus des Propheten, das Gerichtsgebäude und das Arsenal; Wohnhäuser aus bläulichen Ziegelsteinen mit Veranden und Balkonen lagen inmitten von Gärten, die von Akazien, Palmen und Johannisbrotbäume gesäumt waren. Eine 1853 errichtete Mauer aus Ton und Kieselsteinen umfriedete die Stadt. An der Hauptstraße, wo auch der Markt abgehalten wurde, standen einige fahnengeschmückte Hotels, wie zum Beispiel das Salt Lake House.

Mr. Fogg und seine Gefährten fanden die Stadt nicht sehr bevölkert. Die Straßen waren fast leer – bis auf den Tempelbezirk, den man nur erreichte, wenn man mehrere von Palisaden umschlossene Viertel durchquerte. Es gab ziemlich viele Frauen, ein Umstand, der auf die ungewöhnliche Eheform der Mormonen zurückzuführen ist. Doch leben keineswegs alle Mormonen polygam. Die Entscheidung liegt bei jedem Einzelnen, doch sollte man daran erinnern, dass es vor allem die Einwohnerinnen Utahs sind, die unbedingt geehelicht werden wollen, da ledige Frauen im Mormonenhimmel nicht der ewigen Glückseligkeit teilhaftig werden. Die armen Geschöpfe sahen weder wohlhabend noch glücklich aus. Einige wenige, denen es von allen wohl noch am besten ging, trugen schwarze, in der Taille offen stehende Seidenjacken und einen Umhang oder äußerst schlichten Schal. Die übrigen gingen in Kleidern aus bedrucktem Kattun.

Passepartout, der ein überzeugter Junggeselle war, flößten diese Mormoninnen, von denen mehrere gemeinsam für das Wohl eines einzigen Mannes sorgen sollten, ein gewisses Grauen ein. Sein gesunder Menschenverstand ließ ihn vor allem den Ehemann bedauern. Welch schreckliche Vorstellung, die ganze Damenschar erst durch die Wechselfälle des Lebens und dann auch noch ins mormonische Paradies geleiten zu müssen – und das vor dem Hintergrund, dass sie sich bis in alle Ewigkeit um den glorreichen Smyth scharen würden, der ganz gewiss die Zierde dieses Orts ewiger Wonnen darstellte. Zu einem solchen Leben fühlte sich Passepartout wahrlich nicht berufen, wurde aber den – vielleicht irrtümlichen – Eindruck nicht los, dass ihn die Bürgerinnen von Salt Lake City mit beunruhigenden Blicken taxierten.

Glücklicherweise neigte sich sein Aufenthalt in der »Stadt

der Heiligen« zu diesem Zeitpunkt auch schon dem Ende zu. Kurz vor 16 Uhr kehrten die Reisenden zum Bahnhof zurück und nahmen ihre Plätze im Zug wieder ein.

Der Abfahrtspfiff ertönte; aber gerade als sich die Lokomotive in Bewegung gesetzt hatte und der Zug schon an Fahrt gewann, hörte man jemanden schreien: »Halt! Halt!«

Doch ein rollender Zug hält nicht an. Der Mann, der »Halt« gerufen hatte, war offensichtlich ein Mormone. Er hetzte aus Leibeskräften. Zu seinem Glück gab es auf dem Bahnhof weder Türen noch Sperren. Und so rannte er aufs Gleis, sprang auf das Trittbrett des letzten Waggons und ließ sich völlig atemlos auf eine Sitzbank fallen.

Passepartout, der diese akrobatische Leistung erregt verfolgt hatte, musterte den Nachzügler neugierig. Und sein Interesse steigerte sich noch, als er erfuhr, dass der Mann nach einem häuslichen Streit die Flucht ergriffen hatte.

Als der Mormone wieder zu Atem gekommen war, riskierte Passepartout die höfliche Frage, wie viele Ehefrauen er denn habe, ganz für sich allein – denn so, wie der Mann gerannt war, mussten es wohl mindestens zwanzig sein.

»Eine, Sir!« antwortete der Mormone und hob die Arme gen Himmel. »Eine, und das ist wahrlich genug!«

28. KAPITEL

In welchem Passepartout der Sprache der Vernunft kein Gehör verschaffen kann

Als der Zug den Great Salt Lake und die Station Ogden hinter sich gelassen hatte, fuhr er 1 Stunde lang nach Norden bis zum Weber River, hatte also seit San Francisco schon 900 Meilen zurückgelegt. Dann ging es in östlicher Richtung weiter durch das zerklüftete Wahsatch-Gebirgsmassiv. Der Streckenabschnitt zwischen diesen Bergen und den eigentlichen Rocky Mountains hatte die amerikanischen Ingenieure vor die größten Probleme gestellt. Daher hat die

Bundesregierung die Subventionen in diesem Abschnitt auf 48 000 Dollar pro Meile erhöht, gegenüber 16 000 Dollar für eine Meile im Flachland. Doch wie bereits erwähnt, hatten die Ingenieure die Natur nicht zerstört, sondern listige Umwege ersonnen, Hindernisse umrundet und für den Weg hinunter zur Flussebene nur einen einzigen Tunnel von 14 000 Fuß Länge durch den Felsen getrieben.

Am Great Salt Lake befand sich die Trasse auf ihrem höchsten Punkt. Dann beschrieb sie eine sehr sanfte Kurve zum Tal des Bitter Creek hinab, um von dort wieder anzusteigen zur Wasserscheide zwischen Pazifik und Atlantik. In dieser gebirgigen Gegend gab es zahlreiche Flüsse. Auf kleinen Brücken überfuhr man den Muddy, den Green und andere Flussläufe.

Je näher das Ziel der Reise rückte, desto ungeduldiger wurde Passepartout. Auch Fix hätte diese bergige Gegend lieber schon hinter sich gehabt. Ihm graute vor Verzögerungen, er fürchtete einen Unfall und hatte es noch viel eiliger als Phileas Fogg, endlich den Fuß auf englischen Boden zu setzen!

Um 22 Uhr hatte der Zug kurz Aufenthalt in Fort Bridger; nach weiteren 20 Meilen rollte er über die Grenze nach Wyoming, dem ehemaligen Dakota. Hier ging es am Bitter Creek entlang durchs Einzugsgebiet des Colorado River.

Am nächsten Morgen, dem 7. Dezember, hielt der Zug eine Viertelstunde lang am Bahnhof Green River. In der Nacht war reichlich Schnee gefallen, doch da er sehr nass war, behinderte er die Weiterfahrt des Zuges nicht. Trotzdem machte sich Passepartout wegen des schlechten Wetters Sorgen, denn eine dicke Schneeschicht hätte die Räder blockieren und den Erfolg der Reise gefährden können.

»Was hat meinen Herrn bloß auf die Idee gebracht«, überlegte er, »eine solche Reise im Winter zu machen? Hätte er nicht die wärmere Jahreszeit abwarten können, um seine Wettchancen zu erhöhen?«

Doch während der treue Diener bekümmert zum Himmel aufblickte und sich um die sinkenden Temperaturen sorgte, stand Mrs. Aouda noch viel schlimmere Ängste durch, aber ganz anderer Art.

In Green River waren nämlich einige Reisende ausgestiegen, um sich bis zur Weiterfahrt auf dem Bahnsteig die Beine zu vertreten. Als die junge Frau aus dem Fenster schaute, erkannte sie plötzlich Colonel Stamp W. Proctor, der sich Phileas Fogg gegenüber bei der Wahlversammlung in San Francisco so rüpelhaft benommen hatte. Da sie keinesfalls gesehen werden wollte, trat Mrs. Aouda rasch vom Fenster zurück.

Diese Begegnung wühlte die junge Frau schrecklich auf. Sie fühlte sich immer mehr zu dem Mann hingezogen, der ihr, wenn auch sehr kühl und zurückhaltend, Tag für Tag die Beweise seiner Ergebenheit erbrachte. Zweifellos war ihr die wahre Tiefe des Gefühls, das sie für ihren Retter empfand, noch gar nicht bewusst; sie sprach immer noch von Dankbarkeit, doch es war mehr. Und so blieb ihr fast das Herz stehen, als sie diesen Grobian erkannte, für dessen Verhalten Mr. Fogg früher oder später Genugtuung verlangen wollte. Offenbar war es purer Zufall, dass Colonel Proctor mit demselben Zug reiste, aber er fuhr nun einmal mit, und es galt um jeden Preis zu verhindern, dass Phileas Fogg seines Gegners ansichtig wurde.

Als der Zug weiterfuhr und Fogg einen Moment eingenickt war, nützte Mrs. Aouda die Gelegenheit, Fix und Passepartout einzuweihen.

»Dieser Proctor ist im Zug?« rief Fix. »Aber seien Sie unbesorgt, Madam, eher er sich mit diesem ... mit Mr. Fogg anlegen kann, bekommt er es mit mir zu tun! Denn wie mir scheint, bin doch immer noch ich bei dieser ganzen Sache am schwersten beleidigt worden!«

»Und anschließend kümmere ich mich um ihn«, fügte Passepartout hinzu, »und wenn er hundert Mal Colonel ist.«

»Ach, Mr. Fix!« erwiderte Mrs. Aouda. »Mr. Fogg wird es niemand anderem überlassen, seine Ehre zu verteidigen. Er hat gesagt, er wäre sogar imstande, später einmal nach Amerika zurückzukehren, um diesen unverschämten Rüpel zu suchen! Wenn er Colonel Proctor erblickt, werden wir nicht verhindern können, dass es zu einem Zusammenstoß kommt, der fürchterliche Folgen haben kann. Er darf ihn also gar nicht erst sehen.«

»Sie haben ganz Recht, Madam«, erwiderte Fix, »so ein Zusammenstoß könnte alles verderben. Egal, ob Mr. Fogg siegt oder unterliegt, er würde Zeit verlieren, und …«

»Und das«, setzte Passepartout hinzu, »käme den Herren vom Reform Club nur allzu gelegen. In 4 Tagen sind wir in New York! Na gut, wenn mein Herr 4 Tage lang seinen Waggon nicht verlässt, dann können wir hoffen, dass ihm dieser verflixte Amerikaner, den doch der Teufel holen soll, nicht zufällig über den Weg läuft. Wir könnten …«

Hier wurde das Gespräch unterbrochen. Mr. Fogg war aufgewacht und sah durchs schneegesprenkelte Fenster auf die vorbeigleitende Landschaft hinaus. Später jedoch fragte Passepartout den Kriminalinspektor, ohne dass sein Herr und Mrs. Aouda es hören konnten: »Würden Sie sich wirklich für ihn prügeln?«

»Ich würde alles tun, um ihn lebend nach Europa zurückzubringen«, antwortete Fix, und sein Ton drückte unerbittliche Entschlossenheit aus.

Passepartout lief es kalt über den Rücken, doch der Glaube an seinen Herrn geriet nicht ins Wanken.

Gab es denn überhaupt eine Möglichkeit, Mr. Fogg in diesem Waggon zurückzuhalten und so jede Begegnung mit dem Colonel zu vermeiden? Eigentlich konnte es nicht allzu schwierig sein, da der Gentleman ja kein lebhaftes oder neugieriges Naturell besaß. Der Inspektor jedenfalls glaubte die Lösung gefunden zu haben, denn kurze Zeit später wandte er sich an Phileas Fogg und sagte:

»Diese vielen Stunden in der Eisenbahn vergehen doch sehr langsam, Sir.«

»So ist es«, erwiderte der Gentleman, »aber sie vergehen.«

»Haben Sie sich«, fuhr der Inspektor fort, »an Bord der Dampfer die Zeit nicht zumeist mit Whist vertrieben?«

»Ja«, erwiderte Phileas Fogg, »aber das dürfte hier schwierig sein. Ich habe ja weder Karten noch Spielpartner.«

»Oh, die Karten kann man sicherlich kaufen. In den amerikanischen Zügen kriegt man ja wirklich alles. Und was die Partner betrifft … Ich weiß nicht, Madam, ob Sie zufällig …«

»Natürlich spiele ich Whist, Sir«, antwortete die junge Frau lebhaft. »Das gehört ja zu einer Erziehung nach britischem Vorbild.«

»Und auch ich«, erwiderte Fix, »halte mir etwas darauf zugute, ein ganz passabler Whistspieler zu sein. Also dann, wir drei und ein Strohmann …«

»Sehr gerne, Sir«, sagte Phileas Fogg, der entzückt war, sich endlich wieder seinem Lieblingsspiel widmen zu können, selbst hier in der Eisenbahn.

Passepartout wurde losgeschickt, um den Zugbegleiter zu suchen, und kam bald darauf mit zwei kompletten Kartenspielen, Notizblöcken, Spielmarken und einem tuchbedeckten Klapptischchen zurück. Es war alles da. Das Spiel begann. Mrs. Aouda spielte tatsächlich recht gut, und selbst der strenge Phileas Fogg machte ihr ab und zu ein Kompliment. Inspektor Fix wiederum spielte einfach brillant und stellte für den Gentleman einen würdigen Gegner dar.

»Jetzt haben wir ihn«, dachte Passepartout. »Der rührt sich nicht mehr vom Fleck!«

Um 11 Uhr vormittags hatte der Zug die Wasserscheide zwischen den beiden Ozeanen erreicht. Er überquerte den Bridger Pass, 7524 Fuß über dem Meeresspiegel, einen der höchstgelegenen Punkte dieser Eisenbahnlinie durch die Rocky Mountains. Noch 200 Meilen, dann hatten die Reisenden jene weiten Ebenen erreicht, die sich bis zum Atlantik hinab dehnen und von der Natur für die Verlegung von Eisenbahnschienen wie geschaffen sind.

Über die Abhänge des atlantischen Beckens strömten die ersten Wasserläufe, Nebenflüsse des nördlichen Platte River oder wiederum deren Zuflüsse. Über den gesamten nördlichen und östlichen Horizont zog sich der mächtige, halbkreisförmige Vorhang der nördlichen Rocky Mountains, beherrscht vom Laramie Peak. Zwischen diesem Bogen und der Eisenbahnlinie erstreckten sich endlose Ebenen mit vielen Wasserläufen. Rechts der Eisenbahnlinie erhoben sich die ersten Hänge des Gebirgsmassivs, das in südlicher Richtung bogenförmig bis zur Quelle des Arkansas River verlief, einem der größten Nebenflüsse des Missouri.

Mittags um halb 1 erhaschten die Reisenden einen kurzen Blick auf Fort Hallek, das über diese Gegend das militärische Kommando hat. Noch ein paar Stunden, dann waren die Rocky Mountains bewältigt. Stand nur zu hoffen, dass es auf dieser schwierigen Etappe keine Zwischenfälle geben würde. Es hatte zu schneien aufgehört, allmählich setzte bittere Kälte ein. Aufgescheucht von der Lokomotive flogen in der Ferne riesige Vögel davon. Hier in dieser endlosen Ebene gab es keine Raubtiere mehr, weder Bären noch Wölfe. Dies war die Wildnis in ihrer kahlen, unermesslichen Verlassenheit.

Nach einem behaglichen Mittagessen, das im Waggon serviert wurde, hatten sich Mr. Fogg und seine Spielpartner gerade wieder ihrem endlosen Whist zugewandt, als plötzlich die gellenden Pfiffe der Lokomotive ertönten. Der Zug bremste und blieb stehen.

Passepartout steckte den Kopf aus der Tür, konnte aber keinen Grund für diesen Aufenthalt erkennen. Ein Bahnhof war jedenfalls nicht in Sicht.

Einen Moment lang befürchteten Mrs. Aouda und Fix, dass Mr. Fogg vielleicht aussteigen würde. Doch der Gentleman sagte nur zu seinem Diener:

»Sehen Sie doch einmal nach, was es gibt.«

Passepartout sprang aus dem Wagen. Etwa vierzig Reisende hatten bereits ihre Plätze verlassen, unter ihnen auch Colonel Stamp W. Proctor.

Der Zug hatte vor einem Signal angehalten, das auf Halt stand. Lokführer und Zugführer waren ausgestiegen und diskutierten lebhaft mit einem Streckenwärter, den der Bahnhofvorsteher der nächsten Station, Medicine Bow, dem Zug entgegengeschickt hatte. Einige Reisende hatten sich zu ihnen gesellt und beteiligten sich an dem Disput – unter ihnen besagter Colonel Proctor mit seiner großspurigen, lärmenden Art und seinen herrischen Gesten.

Als Passepartout zu der Gruppe trat, hörte er den Streckenwärter sagen:

»Nein! Man kann nicht hinüber! Die Brücke vor Medicine Bow ist beschädigt und würde unter dem Gewicht des Zuges zusammenbrechen!«

Es handelte sich um eine Hängebrücke, die eine Meile vom Haltepunkt des Zugs entfernt über einen reißenden Fluss führte. Dem Bahnwärter zufolge drohte sie einzustürzen, es waren schon mehrere Kabel gerissen, und so stellte die Überfahrt ein zu hohes Risiko dar. Der Bahnwärter übertrieb kein bisschen. Und außerdem – wenn die sonst so leichtsinnigen Amerikaner schon mal auf Nummer sicher gehen, wäre man ja wahnsinnig, wenn man ihnen darin nicht folgte.

Passepartout, der es nicht wagte, mit dieser Botschaft zu seinem Herrn zurückzukehren, hörte mit zusammengebissenen Zähnen weiter zu, reglos wie eine Statue.

»Unerhört!« schrie Colonel Proctor. »Wir müssen hier doch hoffentlich im Schnee keine Wurzeln schlagen!«

»Colonel«, erwiderte der Zugführer, »es wurde bereits telegrafisch in Omaha ein Ersatzzug angefordert, aber der wird wohl erst in 6 Stunden in Medicine Bow eintreffen.«

»6 Stunden!« rief Passepartout.

»Gewiss«, bestätigte der Zugführer. »Und so lange brauchen wir auch, um die nächste Station zu Fuß zu erreichen.«

»Zu Fuß?« schrien alle Reisenden entsetzt.

»Wie weit ist dieser Bahnhof denn entfernt?« fragte einer der Reisenden den Zugführer.

»12 Meilen, auf der anderen Seite der Schlucht.«

»12 Meilen durch den Schnee!« brüllte Stamp W. Proctor.

Der Colonel ließ eine Kaskade von Flüchen vom Stapel und verfluchte der Reihe nach den Zugführer und die Eisenbahngesellschaft, und Passepartout war so wütend, dass er fast mitgeschimpft hätte. Dieses Mal handelte es sich um ein materielles Hindernis, gegen das auch alle Banknoten seines Herrn nichts ausrichten konnten.

Die Verbitterung der Fahrgäste war deshalb so groß, weil sie zu der Verspätung auch noch einen Fußmarsch von etwa 15 Meilen über die schneebedeckte Ebene in Kauf nehmen mussten. Also schrie und schimpfte alles durcheinander, und es gab einen Tumult, den Phileas Fogg bestimmt bemerkt hätte, wenn er nicht ganz auf seine Whistpartie konzentriert gewesen wäre.

Doch musste ihm Passepartout jetzt die Hiobsbotschaft überbringen. Mit hängendem Kopf trottete er auf den Waggon zu, als plötzlich der Lokführer, ein waschechter Yankee namens Forster, rief: »Bitte, meine Herrschaften! Vielleicht gibt es ja doch eine Möglichkeit hinüberzukommen!«

»Über die Brücke?« fragte einer der Passagiere.

»Über die Brücke.«

»Mit unserem Zug?« fragte der Colonel.

»Mit unserem Zug.«

Passepartout war stehen geblieben und wartete begierig darauf, dass der Lokführer weitersprach.

»Aber die Brücke kann doch jeden Moment einstürzen!« bemerkte der Zugführer.

»Egal«, antwortete Forster. »Ich glaube, wenn wir mit Höchstgeschwindigkeit hinüberrasen, könnten wir es schaffen.«

»Diable!« stieß Passepartout hervor.

Doch ein paar der Reisenden fanden den Vorschlag sehr verlockend. Ganz besonders gut gefiel er Colonel Proctor. Dieser Hitzkopf hielt die Sache durchaus für machbar. Er erinnerte sogar an den Einfall einiger Ingenieure, speziell versteifte Züge mit Höchstgeschwindigkeit ohne Brücke über Flüsse rasen zu lassen, und so weiter. Am Ende schlossen sich alle Anwesenden der Meinung des Lokführers an.

»Wir haben eine 50-prozentige Chance, rüberzukommen«, meinte einer.

»60«, sagte ein anderer.

»80! ... Nein, 90 Prozent!« rief ein Dritter.

Passepartout war entsetzt. Obwohl er gern alles versuchen wollte, um den Medicine Creek zu passieren, kam ihm dieser Plan doch etwas sehr »amerikanisch« vor.

»Außerdem«, dachte er, »gibt es doch eine viel simplere Lösung, an die man noch gar nicht gedacht hat!«

»Sir«, sagte er zu einem seiner Mitreisenden, »was der Lokomotivführer da vorgeschlagen hat, scheint mir etwas riskant. Aber ...«

»Die Chancen stehen 80 Prozent!« beschied ihn der Mann und kehrte ihm den Rücken zu.

»Ja, ich weiß«, sagte Passepartout und wandte sich an einen anderen, »aber wenn man mal eine Sekunde überlegt ...«

»Überlegungen? Völlig überflüssig!« schnitt ihm der Amerikaner das Wort ab und zuckte die Achseln. »Der Lokführer sagt, es ist zu schaffen!«

»Natürlich kann man es schaffen«, fuhr Passepartout fort, »aber vielleicht sollte man mit etwas mehr Vorsicht ...«

»Was? Vorsicht?« brüllte Colonel Proctor, der zufällig das letzte Wort aufgeschnappt hatte. »Mit Höchstgeschwindigkeit, hat es geheißen. Kapieren Sie? Mit Höchstgeschwindigkeit!«

»Ich weiß ... ich hab ja schon kapiert ...« versuchte es Passepartout, den niemand aussprechen ließ, von neuem, »das Wort Vorsicht scheint Ihnen ja zu missfallen – aber wäre es nicht zumindest natürlicher, wenn ...«

»Wie? Was? Wer? ... Was hat denn der mit seinem ›natürlich‹?« schrie man von allen Seiten auf ihn ein.

Der arme Bursche wusste nicht, wie er sich jetzt noch Gehör verschaffen sollte.

»Sie haben wohl Angst?« spottete der Colonel.

»Ich? Angst?« rief Passepartout. »Na dann, meinetwegen! Ich werde den Herren schon zeigen, dass ein Franzose genauso amerikanisch sein kann wie sie!«

»Alles einsteigen! Alles einsteigen!« schrie der Zugführer.

»Ja, steigen wir ein«, sagte Passepartout. »Steigen wir ein! Und zwar sofort! Trotzdem lasse ich mir den Gedanken nicht verbieten, dass es natürlicher gewesen wäre, wenn wir erst einmal alle zu Fuß über diese Brücke wären, wir Reisenden, und dann erst der Zug!«

Doch niemand hörte diesen klugen Vorschlag, und wahrscheinlich hätte man ihn auch gar nicht befolgt.

Die Reisenden saßen wieder in ihren Waggons. Passepartout nahm Platz und ließ kein Wort über den Vorfall verlauten. Die Spieler waren immer noch in ihre Whistpartie vertieft.

Der gellende Pfiff der Lokomotive ertönte. Der Lokführer setzte fast eine Meile zurück, wie ein Springer, der Anlauf nimmt.

Dann, nach einem zweiten Pfiff, bewegte sich die Lokomotive wieder vorwärts. Sie beschleunigte. Bald raste sie in fürchterlichem Tempo dahin. Man hörte nur noch ein Zischen, die Kolben stießen 20 Mal in der Sekunde hin und her, die Radlager qualmten. Man spürte förmlich, dass der Zug mit seiner Geschwindigkeit von 100 Meilen pro Stunde kaum noch die Schienen berührte. Die Schnelligkeit siegte über die Schwerkraft.

Und sie flogen hinüber! Wie der Blitz! Man sah nichts von der Brücke. Der Zug sprang buchstäblich von einem Ufer zum anderen, und der Lokführer brachte seine rasende Maschine erst 5 Meilen hinter der Bahnstation wieder zum Stehen.

Aber kaum hatte der Zug den Fluss überquert, da krachte die Brücke in sich zusammen und stürzte in die Stromschnellen des Medicine Bow.

Da krachte die Brücke in sich zusammen
und stürzte in die Stromschnellen des Medicine Bow

29. KAPITEL

In welchem von diversen Vorfällen erzählt wird, die nur in der amerikanischen Eisenbahn passieren können

Am Abend setzte der Zug seine Fahrt ohne weitere Zwischenfälle fort, passierte Fort Saunders und fuhr über den Cheyenne- bis zum Evans-Pass. Hier erreichte er die höchste Stelle der gesamten Strecke: 8 091 Fuß über dem Meeresspiegel. Jetzt ging es bis zum Atlantik nur noch bergab über endlose, von der Natur geglättete Ebenen.

Am Grand Trunk zweigte die Linie nach Denver ab, der Hauptstadt von Colorado. In dieser Gegend existieren reiche Gold- und Silberminen, und es haben sich schon über 50 000 Menschen hier angesiedelt.

Seit San Francisco hatte man in 3 Tagen und 3 Nächten bereits 1382 Meilen zurückgelegt. In weiteren 4 Tagen und Nächten würde man aller Voraussicht nach New York erreichen. Phileas Fogg war also immer noch in seinem Zeitplan.

In der Nacht huschte links Camp Walbah vorbei. Der Lodge Pole Creek floss eine Zeit lang parallel zum Gleis und folgte der schnurgeraden Grenze zwischen den Bundesstaaten Wyoming und Colorado. Um 11 Uhr abends erreichte der Zug Nebraska, kam in der Nähe von Sedgwick vorbei und fuhr dann an Julesburgh vorüber, das am South Platte River liegt.

Hier hatte man am 23. Oktober 1867 die Union Pacific Railroad eingeweiht, deren leitender Ingenieur General J. M. Dodge war. Hier hatten die beiden leistungsstarken Lokomotiven gehalten, welche die neun Waggons mit Gästen zogen, unter denen sich auch der Vizepräsident der Vereinigten Staaten, Thomas C. Durant, befand. Hier war lauter Beifall aufgebrandet, hier hatten Sioux und Pawnees ein kleines indianisches Kriegsspektakel aufgeführt, hier hatte das Feuerwerk stattgefunden und hier war schließlich, mittels einer fahrbaren Druckerei, die erste Ausgabe der Zeitung *Railway Pioneer* erschienen. So feierte man die Einweihung dieser bedeutenden Eisenbahnlinie, dieses Instruments des Fortschritts und der Zivilisation, durch die unbesiedelte Wildnis vorangetrieben und dazu bestimmt, kleine und große Städte miteinander zu verbinden, die noch nicht einmal existierten. Doch sicher würde sie der Pfiff der Lokomotive, mächtiger noch als die Leier des Amphion, schon bald aus amerikanischem Boden hervorsprießen lassen.

Um 8 Uhr morgens hatten sie Fort MacPherson hinter sich gelassen. Bis Omaha waren es noch 357 Meilen. Der Schienenstrang folgte den kapriziösen Windungen des South Platte River. Um 9 Uhr erreichte man die große Stadt North Platte, erbaut zwischen den beiden Armen des großen Stroms, die sich dann wieder zu einem einzigen Wasserlauf vereinigten – ein mächtiger Fluss, der etwas oberhalb Omahas in den Missouri mündet.

Man passierte den 101. Längengrad.

Mr. Fogg und seine Mitspieler hatten sich wieder ins Spiel vertieft. Keiner von ihnen beklagte sich über die lange Fahrt – nicht einmal der Strohmann. Fix hatte anfangs ein paar Guineen gewonnen, die er jetzt wieder verlor. Er spielte ebenso leidenschaftlich wie Mr. Fogg. Letzterer war an jenem Morgen vom Glück ganz besonders begünstigt. Sein Blatt wimmelte nur so von Trümpfen und Honneurs.

Gerade hatte er sich eine kühne Strategie überlegt und wollte Pik ausspielen, als hinter der Sitzbank eine Stimme ertönte: »Also ich an Ihrer Stelle würde Karo spielen …«

Mr. Fogg, Mrs. Aouda und Fix blickten auf. Vor ihnen stand Colonel Proctor.

Stamp W. Proctor und Phileas Fogg erkannten sich sofort.

»Das ist ja der Engländer!« rief Proctor. »Der Engländer entscheidet sich also für Pik!«

»Allerdings!« erwiderte Fogg kalt und spielte die Pik Zehn aus.

»Mir wäre Karo aber lieber«, murrte Colonel Proctor gereizt.

Er griff nach der ausgespielten Karte und fügte hinzu: »Sie haben doch keine Ahnung von diesem Spiel.«

»Also ich an Ihrer Stelle würde Karo spielen …«

»Vielleicht stelle ich mich bei einem anderen geschickter an«, sagte Fogg und erhob sich.

»Sie können's ja mal versuchen, Porridgefresser!« erwiderte der ungehobelte Kerl.

Mrs. Aouda war bleich geworden, alles Blut war ihr zum Herzen geströmt. Sie fasste nach Phileas Foggs Arm, aber er befreite sich sanft. Passepartout war drauf und dran, sich auf den Amerikaner zu stürzen, der seinen Gegner mit unglaublicher Dreistigkeit taxierte. Doch da hatte sich bereits Fix erhoben, trat auf Colonel Proctor zu und sagte: »Sie vergessen, dass Sie es mit mir zu tun haben, Sir. Mich haben Sie nicht nur beleidigt, sondern geschlagen!«

»Verzeihung, Mr. Fix«, sagte Fogg, »aber das ist allein meine Sache. Mit der Behauptung, es sei falsch gewesen, Pik zu spielen, hat mich der Colonel erneut beleidigt; und dafür verlange ich Satisfaktion.«

»Wann und wo immer Sie wollen«, erwiderte der Amerikaner. »Sie haben die Wahl der Waffen.«

Vergeblich versuchte Mrs. Aouda, Phileas Fogg zurückzuhalten. Erfolglos bemühte sich der Inspektor, den Streit an sich zu reißen. Passepartout wollte den Colonel schon zur Waggontür hinauswerfen, doch ein Wink seines Herrn hielt ihn zurück.

Phileas Fogg ging hinaus, und der Amerikaner trat hinter ihm auf den Verbindungssteg zum nächsten Wagen.

»Sir«, wandte sich Fogg an seinen Gegner, »ich muss möglichst rasch wieder nach Europa zurück und jede Verzögerung würde meinen Interessen schaden.«

»Na und? Was geht mich das an?« raunzte Colonel Proctor.

»Sir«, fuhr Mr. Fogg sehr höflich fort, »nach unserer Begegnung in San Francisco hatte ich den Entschluss gefasst, nach Amerika zurückzukehren und nach Ihnen zu suchen, sobald ich jene Angelegenheiten geordnet habe, die mich in die Alte Welt zurückrufen.«

»Hört, hört!«

»Wären Sie mit einem Treffen in 6 Monaten einverstanden?«

»Warum nicht in 6 Jahren?«

»Ich sagte 6 Monate«, antwortete Fogg, »und ich werde pünktlich zur Stelle sein.«

»Das sind doch nur Ausreden!« schnauzte Proctor. »Jetzt oder nie!«

»Gut«, sagte Fogg. »Fahren Sie nach New York?«

»Nein.«

»Nach Chicago?«

»Nein.«

»Nach Omaha?«

»Geht Sie nichts an! Kennen Sie Plum Creek?«

»Nein«, antwortete Fogg.

»Das ist die nächste Station. Der Zug hält dort in einer Stunde. Wir haben 10 Minuten Aufenthalt. 10 Minuten reichen für ein paar Revolverschüsse.«

»Gut«, antwortete Fogg. »Ich werde in Plum Creek aussteigen.«

»Und ich glaube, dass Sie dort sogar bleiben!« fügte der Amerikaner dreist hinzu.

»Wer weiß, Sir?« antwortete Mr. Fogg und ging kühl wie immer in den Waggon zurück.

Dort beschwichtigte der Gentleman erst einmal Mrs. Aouda und versicherte ihr, dass man sich vor derlei Angebern nicht zu fürchten brauche. Dann bat er Fix, bei dem bevorstehenden Duell sein Sekundant zu sein. Das konnte Fix kaum abschlagen, und so wandte sich Phileas Fogg gleichmütig wieder dem unterbrochenen Spiel zu, indem er seelenruhig Pik ausspielte.

Um 11 Uhr kündigte der Pfiff der Lokomotive die nächste Station an: Plum Creek. Fogg erhob sich und trat, gefolgt von Fix, auf den Verbindungssteg hinaus. Passepartout folgte ihnen mit zwei Revolvern. Mrs. Aouda blieb totenbleich im Waggon sitzen.

In diesem Moment öffnete sich die Tür des anderen Waggons und Colonel Proctor trat gleichfalls auf den Verbindungssteg heraus, gefolgt von seinem Sekundanten, einem Yankee seines Schlags. Doch gerade, als die beiden Kontrahenten aufs Gleis hinabsteigen wollten, kam der Zugführer angerannt und schrie:

»Nicht aussteigen, meine Herren!«

»Und warum nicht?« fragte der Colonel.

»Wir haben 20 Minuten Verspätung, und der Zug hat keinen Aufenthalt.«

»Aber ich muss mich mit diesem Herrn hier schlagen!«

»Tut mir Leid«, erwiderte der Mann, »aber wir fahren sofort weiter. Da, die Glocke!«

Die Glocke läutete tatsächlich, und schon setzte sich der Zug in Bewegung.

»Das tut mir aufrichtig Leid, meine Herren«, sagte der Zugführer. »Unter anderen Umständen wäre ich Ihnen gern behilflich gewesen. Aber da Sie nun keine Zeit hatten, sich hier zu schlagen, was hindert Sie daran, es unterwegs zu tun?«

»Das passt dem Herrn vielleicht nicht«, meinte Colonel Proctor spöttisch.

»Das passt mir sogar ausgezeichnet«, entgegnete Phileas Fogg.

»Tja, man sieht wirklich, dass wir in Amerika sind!« dachte Passepartout. »Der Zugführer ist ein Mann von Welt!«

Und dann folgte er seinem Herrn.

Der Zugführer brachte die beiden Kontrahenten und ihre Sekundanten durch sämtliche Waggons bis zum Ende des Zuges. Im letzten Waggon saßen vielleicht noch zehn Reisende. Der Zugführer bat sie, ihre Plätze einen Augenblick für zwei Herren zu räumen, die einen Ehrenhandel auszutragen hätten.

Was für ein Ansinnen! Doch die Passagiere waren hocherfreut, den beiden Herren einen Gefallen tun zu können, und zogen sich auf die Verbindungsstege zurück.

Der etwa 50 Fuß lange Waggon eignete sich bestens für diesen Zweck. Die beiden Kontrahenten konnten zwischen den Sitzbänken aufeinander losgehen und sich bequem totschießen. Noch nie war ein Duell einfacher zu arrangieren gewesen. Mr. Phileas Fogg und Colonel Stamp W. Proctor betraten den Waggon mit zwei sechsschüssigen Revolvern. Die Sekundanten blieben draußen und schlossen sie ein. Beim ersten Pfiff der Lokomotive musste das Feuer eröffnet werden ... 2 Minuten später würde man das, was von den Herren noch übrig war, aus dem Waggon holen.

Wirklich, es war ganz einfach. Es war sogar so einfach, dass Passepartout und Fix spürten, wie ihr Herz zum Zerspringen klopfte.

Alles wartete auf den Pfiff der Lokomotive, als plötzlich wildes Gebrüll ertönte. Gleichzeitig krachten Schüsse, aber nicht etwa im hintersten Waggon, der für die Duellanten reserviert war. Im Gegenteil, sie kamen von vorn und hallten den ganzen Zug entlang. Überall hörte man Schreckensschreie.

Colonel Proctor und Mr. Fogg kamen mit dem Revolver in der Hand aus dem Waggon gestürzt und rannten nach vorn, wo immer lautere Schüsse, immer verzweifeltere Hilfeschreie ertönten. Die beiden Männer begriffen, dass der Zug von einer Bande Sioux angegriffen wurde.

Es war nicht das erste Mal, die kühnen Indianer hatten schon des Öfteren Züge überfallen. Nach bewährter Manier sprangen etwa einhundert Sioux auf die Trittbretter des noch fahrenden Zuges und kletterten auf die Waggons wie Zirkusclowns auf galoppierende Pferde.

Diese Sioux waren mit Gewehren bewaffnet. Daher die Schüsse, welche die Passagiere, fast alle ebenfalls bewaffnet, mit dem Revolver erwiderten. Zuallererst hatten die Indianer die Lokomotive gestürmt und Lokführer und Heizer mit der Streitaxt halb totgeschlagen. Ein Sioux-Häuptling, der den Zug anhalten wollte, wusste nicht, wie man den Regler betätigt. Statt die Maschine zu drosseln, hatte er die Dampfzufuhr weit aufgerissen, und jetzt raste die Lokomotive beängstigend schnell dahin.

Die übrigen Sioux hatten inzwischen die Waggons gestürmt und tobten wie wütende Affen über die Dächer, schlugen Türen ein und kämpften Mann gegen Mann mit den Passagieren. Der Gepäckwagen wurde aufgebrochen und geplündert, Koffer und Taschen aufs Gleis geschleudert. Unaufhörlich gellten Schreie und krachten Schüsse.

Die Reisenden setzten sich tapfer zur Wehr. In einigen Waggons hatten sie sich verbarrikadiert und trotzten der Belagerung wie in einer beweglichen Festung, die mit über 100 Meilen pro Stunde über die Schienen flog.

Seit Beginn der Attacke hatte sich Mrs. Aouda äußerst tapfer verhalten. Mit dem Revolver in der Hand verteidigte sie sich heldenhaft und schoss durch die zersplitterten Fensterscheiben, sobald ein Indianer auftauchte. Etwa zwanzig Sioux waren bereits tödlich getroffen aufs Gleis gestürzt. Wer das Gleichgewicht verlor und von den Verbindungsstegen auf die Schienen fiel, wurde wie ein Wurm von den Rädern zermalmt.

Mehrere Reisende lagen, von Kugeln oder Axthieben getroffen, schwer verletzt auf den Sitzbänken.

Es musste etwas geschehen. Der Kampf dauerte nun schon 10 Minuten, und wenn der Zug nicht bald zum Stehen kam, würden die Sioux den Sieg davontragen. Der Bahnhof von Fort Kearney lag nur noch 2 Meilen entfernt. Dort befand sich ein amerikanischer Posten, doch wenn man an diesem Posten vorbei war, hatten die Sioux den Zug bis zur nächsten Station in ihrer Gewalt.

Der Zugführer kämpfte Seite an Seite mit Mr. Fogg, als ihn plötzlich eine Kugel niederstreckte. Noch während er zu Boden sank, rief er: »Wir sind verloren, wenn der Zug nicht in den nächsten 5 Minuten zum Stehen kommt!«

»Er wird zum Stehen kommen!« versprach Fogg und wollte aus dem Waggon stürzen.

»Bleiben Sie, Sir!« rief Passepartout. »Dafür bin ich zuständig!«

Phileas Fogg blieb keine Zeit, den tapferen Burschen zu-

Die übrigen Sioux hatten inzwischen die Waggons gestürmt

rückzuhalten, der, von den Indianern unbemerkt, aus einer Tür schlüpfte und sich unter den Waggon gleiten ließ. Während der Kampf weiterging und die Kugeln über seinem Kopf kreuz und quer durch die Luft pfiffen, fand er seine alte Behändigkeit als Zirkusartist wieder. Er kletterte unter den Waggons entlang, indem er sich an Ketten klammerte, sich auf Bremshebel und Fahrgestellstreben stützte. Mit bewundernswerter Geschicklichkeit arbeitete er sich so bis zur Spitze des Zuges vor. Niemand hatte ihn gesehen, niemand konnte ihn gesehen haben.

Dann hing er zwischen Gepäckwagen und Kohletender, hielt sich mit einer Hand fest und hakte mit der anderen die Sicherungsketten aus. Doch hätte er aufgrund der Zugkraft die Kupplung nie lösen können, wenn nicht die Lok in diesem Moment einen heftigen Ruck getan hätte, der die Kupplung aufspringen ließ. Die Waggons blieben nach und nach zurück, während sich die Lokomotive jetzt mit noch höherer Geschwindigkeit entfernte.

Eine paar Minuten rollte der Zug weiter, dann wurden in den Waggons die Bremsen betätigt, und er kam zum Stehen, kaum hundert Schritte von der Station Kearney entfernt.

Die Soldaten des Forts, von den Schüssen alarmiert, stürmten herbei. Damit hatten die Sioux nicht gerechnet, und so machte sich die gesamte Horde aus dem Staub, noch bevor der Zug ganz ausgerollt war.

Als nun aber auf dem Bahnsteig alle Namen aufgerufen wurden, stellten die Reisenden fest, dass einige von ihnen fehlten, unter anderem der tapfere Franzose, der sie mit seinem selbstlosen Mut gerettet hatte.

Passepartout hing zwischen Gepäckwagen und Kohletender

30. KAPITEL
In welchem Phileas Fogg ganz einfach seine Pflicht tut

Drei Reisende, darunter Passepartout, wurden vermisst. Waren sie bei dem Überfall getötet worden? Hatten die Sioux sie als Gefangene mitgenommen? Das stand noch nicht fest.

Die Zahl der Verwundeten lag ziemlich hoch, doch hatte niemand lebensgefährliche Verletzungen davongetragen. Zu den am schlimmsten Betroffenen zählte Colonel Proctor. Er hatte sich tapfer geschlagen, war dann aber von einem Schuss in die Leiste niedergestreckt worden. Zusammen mit den anderen Passagieren, die dringend Hilfe benötigten, trug man ihn ins Bahnhofsgebäude.

Mrs. Aouda war nichts passiert. Das Gleiche galt für Phileas Fogg, obwohl er sich wahrlich nicht geschont hatte. Fix war am Arm verwundet, doch es war nur eine harmlose Blessur. Nur Passepartout fehlte, und die junge Frau ließ ihren Tränen freien Lauf.

Inzwischen hatten alle Fahrgäste den Zug verlassen. Die Wagenräder waren blutverschmiert. An Naben und Speichen hingen Fleischfetzen. So weit das Auge blickte, zogen sich lange rote Spuren über die weiße Prärie. Man sah die letzten Indianer im Süden verschwinden, Richtung Republican River.

Mr. Fogg stand reglos mit verschränkten Armen da. Er musste eine schwere Entscheidung fällen. Mrs. Aouda stand neben ihm und sah ihn wortlos an. Er wusste, was ihm dieser Blick sagen wollte. Wenn die Indianer seinen Diener gefangen genommen hatten, musste er dann nicht alles daransetzen, ihn aus ihren Händen zu befreien?

»Ich werde ihn finden, tot oder lebendig«, sagte er schlicht zu Mrs. Aouda.

»Ach, Mr. Fogg … Mr. Fogg!« rief die junge Frau, ergriff seine Hände und benetzte sie mit Tränen.

»Lebendig!« setzte Mr. Fogg hinzu. »Wenn wir keine Minute verlieren!«

Mit diesem Entschluss opferte Phileas Fogg alles. Er hatte soeben seinen eigenen Ruin verkündet. Ein einziger Tag Verspätung bedeutete, dass er in New York den Dampfer verpasste. Die Wette war unwiderruflich verloren. Doch bei dem Gedanken »Es ist meine Pflicht!« hatte er keinen Augenblick gezögert.

Der Kommandant von Fort Kearney war da. Seine Soldaten – etwa hundert Mann – hatten Verteidigungspositionen bezogen für den Fall eines direkten Angriffs der Sioux auf den Bahnhof.

»Sir«, sagte Mr. Fogg jetzt zu dem Kommandanten. »Drei Reisende werden vermisst.«

»Tot?« fragte der Kommandant.

»Tot oder gefangen«, antwortete Phileas Fogg. »Wir müssen uns Gewissheit verschaffen. Haben Sie die Absicht, die Sioux zu verfolgen?«

»Das ist schwierig, Sir«, antwortete der Kommandant. »Diese Indianer könnten bis über den Arkansas River fliehen! Das Fort ist mir anvertraut, ich kann es nicht einfach verlassen.«

»Sir«, erwiderte Phileas Fogg, »es handelt sich um das Leben von drei Menschen.«

»Gewiss … Aber kann ich das Leben von fünfzig Menschen gefährden, um drei zu retten?«

»Ich weiß nicht, ob Sie das können, Sir, aber Sie müssen.«

»Mir hat hier niemand vorzuschreiben, was meine Pflicht ist, Sir«, erwiderte der Kommandant.

»Gut«, erwiderte Fogg kalt, »dann gehe ich eben allein!«

»Sie?« rief Fix, der hinzugetreten war. »Sie verfolgen die Indianer allein, Sir?«

»Ja, wollen Sie denn, dass ich diesen Unglücklichen sterben lasse, dem alle hier ihr Leben verdanken? Ich gehe!«

»Nein, nicht allein!« rief jetzt der Kommandant, wider Willen gerührt. »Nein! Sie sind ein mutiger Mann! … Dreißig Freiwillige vortreten!« fügte er, an seine Soldaten gewandt, hinzu.

Die Kompanie trat geschlossen vor. Der Kommandant brauchte unter den tapferen Männern nur noch dreißig auszuwählen. Ein altgedienter Unteroffizier setzte sich an ihre Spitze.

»Danke, Herr Kommandant!« sagte Mr. Fogg.

»Erlauben Sie, dass ich Sie begleite?« fragte Fix den Gentleman.

»Wenn Sie es wünschen«, antwortete Phileas Fogg. »Aber wenn Sie mir wirklich einen Dienst erweisen möchten, dann bleiben Sie bei Mrs. Aouda. Für den Fall, dass mir etwas zustößt ...«

Der Inspektor erbleichte. Von diesem Mann, dem er beharrlich auf Schritt und Tritt gefolgt war, sollte er sich jetzt trennen! Diesen Mann sollte er in die Wildnis ziehen lassen, einem derart riskanten Abenteuer entgegen! Fix starrte den Gentleman durchdringend an, dann senkte er, trotz seiner Bedenken, trotz des Kampfs, der sich in seinem Innern abspielte, vor dessen ruhigem und offenem Blick die Augen.

»Ich bleibe«, sagte er.

Kurz darauf gab Fogg der jungen Frau die Hand; nachdem er ihr seine kostbare Reisetasche anvertraut hatte, brach er mit dem Unteroffizier und dem kleinen Trupp Soldaten auf. Zuvor jedoch versprach er den Männern: »Meine Freunde, 1000 Pfund Sterling für Sie, wenn wir die Gefangenen retten!«

Es war jetzt kurz nach Mittag.

Mrs. Aouda hatte sich in einen Raum im Bahnhof zurückgezogen. Dort wartete sie allein und dachte an Phileas Fogg, an seine schlichte und überwältigende Großmut, seine ruhige Tapferkeit. Erst hatte Mr. Fogg sein Vermögen geopfert, nun riskierte er sein Leben. Und alles dies ohne Zögern, allein aus Pflichtgefühl, ohne Worte zu machen. In ihren Augen war Phileas Fogg ein Held.

Inspektor Fix teilte diese Ansicht keineswegs und wurde seiner inneren Unruhe einfach nicht Herr. Nervös lief er den Bahnsteig auf und ab. Er hatte einer momentanen Schwäche nachgegeben, nun war er wieder ganz der Alte. Jetzt, nach

Foggs Aufbruch, wurde ihm klar, welche Dummheit er begangen hatte. Um Himmelswillen! Wie konnte er diesen Mann, den er um die ganze Welt verfolgt hatte, einfach so ziehen lassen? Seine wahre Natur gewann wieder die Oberhand, und er marterte sich mit Vorwürfen, klagte sich an, ging mit sich selbst ins Gericht, als sei er der Londoner Polizeichef und habe einen Beamten auf frischer Tat bei einem Fehler ertappt.

»Was war ich für ein Narr!« dachte er. »Der Kerl muss seinem Herrn verraten haben, wer ich bin. Und inzwischen ist Fogg längst über alle Berge! Wie soll ich ihn jetzt noch erwischen? Wie konnte ich mich nur so blenden lassen – ich, Fix, der schon den Haftbefehl in der Tasche hat! Was bin ich für ein Rindvieh!«

Auf diese Weise haderte der Polizeiinspektor mit sich selbst, und die Zeit wollte und wollte nicht vergehen. Er hatte keine Ahnung, was er tun sollte. Zwischendurch wäre er am liebsten zu Mrs. Aouda gegangen, um ihr alles zu erzählen. Aber er konnte sich lebhaft vorstellen, wie sie reagieren würde. Was tun? Ihm kam der Gedanke, einfach loszuziehen und diesen Fogg durch die endlose weiße Prärie zu verfolgen! Ganz ausgeschlossen schien es ihm nicht, ihn zu finden. Die Spuren des Trupps ließen sich im Schnee ja noch gut erkennen. Doch kurz darauf waren sie wieder zugeschneit.

Da verlor Fix den Mut. Es überwältigte ihn das Verlangen, alles hinzuwerfen. Und genau dazu sollte sich ihm kurz darauf die Gelegenheit bieten: nämlich die Bahnstation zu verlassen und diese Reise fortzusetzen, die ihm so viele Enttäuschungen bereitet hatte.

Gegen 2 Uhr nachmittags, der Schnee fiel jetzt wieder in dicken Flocken, hörte man von Osten her mehrere lang gezogene Pfeifsignale. Ein riesiger Schatten, dem ein trüber Lichtschein vorausging, schob sich langsam näher. Im dichten Schneegestöber wirkte er noch viel größer und bot einen fantastischen Anblick.

Von Osten aber wurde kein Zug erwartet. Für den telegra-

Ein riesiger Schatten, dem ein trüber Lichtschein vorausging

fisch angeforderten Ersatzzug war es noch viel zu früh, und der reguläre Zug von Omaha nach San Francisco kam erst am folgenden Tag vorbei. Des Rätsels Lösung ließ nicht lange auf sich warten.

Diese schrill pfeifende, mit letzter Kraft herandampfende Lokomotive war eben jene, die am Morgen, losgekoppelt von den Waggons, so beängstigend schnell weitergerast war und zwei bewusstlose Männer mit sich geführt hatte – den Lokführer und den Heizer. Ein paar Meilen weit war sie noch über die Schienen geflogen; da keine Kohle mehr nachgeschippt wurde, war das Feuer heruntergebrannt, der Druck im Kessel gefallen; die Lokomotive war immer langsamer geworden und schließlich eine Stunde später, 20 Meilen hinter dem Bahnhof Kearney, zum Stillstand gekommen.

Der Lokführer und der Heizer hatten beide überlebt und waren nach ziemlich langer Ohnmacht wieder zu Bewusstsein gelangt.

Inzwischen stand die Lokomotive also mitten in der Wildnis, und es fehlten sämtliche Waggons. Der Lokführer begriff rasch, was sich ereignet hatte. Wie es gelungen war, die Lokomotive abzukoppeln, wusste er zwar nicht, doch dass sich die Reisenden im abgehängten Zug in allerhöchster Not befanden, stand für ihn außer Zweifel.

Deshalb zauderte er nicht lange. Einfach in Richtung Omaha weiterzufahren, wäre das Sicherste gewesen; zum Zug zurückzukehren, den die Indianer vielleicht immer noch plünderten, war gefährlich … Egal! Holz und Kohle wurden in den Ofen geschaufelt, die Flammen loderten auf, der Druck im Kessel stieg, und gegen 2 Uhr nachmittags setzte sich die Lokomotive rückwärts in Bewegung und dampfte auf den Bahnhof von Kearney zu. Ihre Pfiffe hatte man durchs Schneegestöber gehört.

Mit großer Erleichterung verfolgten die Passagiere, wie die Lokomotive wieder an die Spitze des Zuges gekoppelt wurde. Nach der Unterbrechung durch diesen unglücklichen Zwischenfall konnte die Reise nun endlich fortgesetzt werden.

Als die Lokomotive eintraf, war Mrs. Aouda aus dem Bahnhof gekommen.

»Fahren Sie denn jetzt weiter?« erkundigte sie sich beim Zugführer.

»Ja, jeden Moment, Madam.«

»Aber die Gefangenen … unsere armen Reisegefährten …?«

»Ich darf den Fahrplan nicht noch mehr durcheinander bringen«, erwiderte der Zugführer. »Wir haben schon 3 Stunden Verspätung.«

»Und wann kommt der nächste Zug aus San Francisco?«

»Morgen Abend.«

»Morgen Abend? Aber das ist zu spät! Sie müssen noch warten …«

»Das geht leider nicht«, sagte der Zugführer. »Wenn Sie mitfahren wollen, steigen Sie ein, Madam.«

»Nein, ich komme nicht mit«, entgegnete die junge Frau.

Fix war dieser Wortwechsel nicht entgangen. Vor wenigen Minuten noch, als weit und breit kein Transportmittel in Sicht gewesen war, hatte er unbedingt weiterfahren wollen. Doch jetzt, wo der Zug zur Abfahrt bereit stand und Fix nur hätte einsteigen müssen, hielt ihn eine unwiderstehliche Macht in Kearney fest. Obwohl ihm der Bahnsteig förmlich unter den Füßen brannte, vermochte er sich nicht loszureißen. Erneut flammte der Kampf in seinem Innern auf. Die Wut über seinen Misserfolg schnürte ihm fast die Luft ab. Er wollte kämpfen bis zum Schluss.

Inzwischen befanden sich die Reisenden – darunter neben anderen Verletzten auch Colonel Proctor in äußerst bedenklichem Zustand – wieder in den Waggons. Der überhitzte Kessel dröhnte, zischend entwich der Dampf durch die Ventile. Auf den Signalpfiff des Lokführers setzte sich der Zug in Bewegung und verschwand bald im wirbelnden Schneegestöber, mit dem sich die weißen Dampfschwaden vermischten.

Inspektor Fix war geblieben.

Ein paar Stunden vergingen. Es herrschte raues Wetter und beißende Kälte. Fix saß auf einer Bank im Bahnhofsgebäude und regte sich nicht. Es sah aus, als schliefe er. Trotz des Sturms verließ Mrs. Aouda alle paar Minuten das Zimmer, das man ihr zur Verfügung gestellt hatte. Sie eilte bis ans äußerste Ende des Bahnsteigs, spähte angestrengt in den wirbelnden Schnee, versuchte das dichte Weiß zu durchdringen, das sie umfing, und lauschte, ob nicht irgendein Geräusch zu hören wäre. Vergebens. Starr vor Kälte kehrte sie in den Bahnhof zurück, nur um kurz darauf wieder herauszukommen, jedes Mal umsonst.

Der Abend nahte. Noch immer war der kleine Trupp nicht zurückgekehrt. Wo mochten die Männer sein? Hatten sie die Indianer eingeholt? War ein Kampf entbrannt, oder irrten die Soldaten verloren im Schneesturm umher? Den Kommandanten von Fort Kearney erfüllte große Sorge, auch wenn er versuchte, sich nichts davon anmerken zu lassen.

Als die Nacht hereinbrach, ließ der Schneefall etwas nach, doch die Kälte nahm zu. Selbst der unerschrockenste Mensch hätte nicht ohne Grauen in diese finstere Unendlichkeit hinauszustarren vermocht. Totenstille lag über der Ebene. Kein Vogel flog durch die Lüfte, kein Raubtier streifte vorbei. Nichts störte das endlose Schweigen.

Die ganze Nacht irrte Mrs. Aouda am Rande der Prärie umher – von düsteren Vorahnungen gepeinigt, furchtbare Angst im Herzen. Ihre Einbildungskraft trug sie in die Ferne, zeigte ihr tausenderlei Gefahren. Was sie in diesen langen Stunden durchlitt, lässt sich nicht beschreiben.

Fix hockte nach wie vor reglos auf seinem Platz, aber auch er schlief nicht. Einmal war ein Mann auf ihn zugetreten, hatte ihn sogar angesprochen, doch der Inspektor hatte ihn mit einer Geste abgewimmelt.

So verging die Nacht. Frühmorgens schob sich die Sonnenscheibe halb erloschen über den nebligen Horizont. Inzwischen betrug die Sichtweite etwa 2 Meilen. Phileas Fogg und die Soldaten waren nach Süden geritten …

Doch die Landschaft lag still und verlassen da. Es war jetzt 7 Uhr.

Der Kommandant, aufs Äußerste beunruhigt, wusste nicht, was tun. Sollte er dem ersten Trupp einen zweiten zu Hilfe schicken? Sollte er noch mehr Männer opfern, wo doch kaum Aussicht bestand, die Kameraden zu retten? Aber er zögerte nicht lange. Gerade hatte er einen seiner Leutnants gerufen und ihm den Befehl erteilt, mit einem Spähtrupp nach Süden zu reiten – da ertönten plötzlich Schüsse. War das ein Signal? Als die Soldaten aus der Festung stürzten, erblickten sie etwa eine halbe Meile entfernt einen kleinen Trupp Soldaten, der in geordneter Formation zurückkehrte.

An der Spitze marschierte Fogg, neben sich Passepartout und die beiden anderen Reisenden, die man aus den Händen der Sioux befreit hatte.

10 Meilen südlich von Kearney war es zum Kampf gekommen. Wenige Augenblicke, bevor der Trupp eintraf, hatten sich Passepartout und seine Gefährten gegen ihre Bewacher zur Wehr gesetzt. Der Franzose hatte schon drei von ihnen mit Fausthieben niedergestreckt, als sein Herr und die Soldaten zu Hilfe eilten.

Retter und Gerettete wurden mit großem Jubel begrüßt. Phileas Fogg zahlte den Soldaten die verheißene Erfolgsprämie, während Passepartout – nicht ganz grundlos – immer wieder vor sich hinsagte:

»Es lässt sich nicht leugnen, ich komme meinen Herrn teuer zu stehen!«

Fix starrte Fogg schweigend an, und es lässt sich schwer sagen, welch widerstreitende Empfindungen ihn erfüllten. Mrs. Aouda hielt Mr. Foggs Hand und brachte kein Wort hervor!

Passepartout war gleich nach der Rückkehr im Bahnhof herumgelaufen, um nach dem Zug zu schauen. Er hatte gehofft, dass er zur Abfahrt nach Omaha bereitstehen würde und sie die Verspätung noch einholen könnten.

»Der Zug!« rief er. »Der Zug!«

Der Franzose hatte schon drei von ihnen mit Fausthieben niedergestreckt

»Der ist weg«, erwiderte Fix.
»Und wann kommt der nächste hier durch?« fragte Fogg.
»Erst heute Abend.«
»Aha«, sagte der Gentleman gefasst.

31. KAPITEL
In welchem sich Inspektor Fix sehr um Phileas Foggs Interessen bemüht

Phileas Fogg hatte nun 20 Stunden Verspätung. Passepartout, unfreiwillige Ursache dafür, war ganz verzweifelt. Jetzt hatte er seinen Herrn endgültig ruiniert!

In diesem Moment näherte sich der Inspektor. Er sah Mr. Fogg direkt in die Augen und fragte: »Ganz im Ernst, Sir, sind Sie in Eile?«

»Ja, ganz im Ernst«, antwortete Fogg.

»Noch einmal«, beharrte Fix. »Liegt es in Ihrem Interesse, am 11. Dezember vor 21 Uhr in New York zu sein, wenn das Postschiff nach Liverpool ablegt?«

»So ist es.«

»Und wenn Ihre Reise nun nicht durch diesen Angriff der Indianer unterbrochen worden wäre – hätten Sie New York dann am 11. Dezember morgens erreicht?«

»Ja. 12 Stunden vor Abfahrt des Dampfers.«

»Gut. Sie haben jetzt also 20 Stunden Verspätung. Die Differenz zwischen 20 und 12 beträgt 8. Das heißt, es müssen 8 Stunden aufgeholt werden. Möchten Sie das versuchen?«

»Zu Fuß?« fragte Mr. Fogg.

»Nein, im Schlitten«, erwiderte Fix. »Im Segelschlitten. Jemand hat mir dieses Transportmittel angeboten.«

Es handelte sich um den Mann, der den Inspektor nachts angesprochen hatte, von ihm jedoch abgewimmelt worden war. Phileas Fogg antwortete nicht; doch nachdem Fix ihm den Mann gezeigt hatte, der vor dem Bahnhof auf und ab schlenderte, ging Fogg auf ihn zu. Kurz darauf betrat er mit diesem Amerikaner namens Mudge einen Schuppen unterhalb von Fort Kearney.

Dort nahm Mr. Fogg ein recht skurriles Fahrzeug in Augenschein. Eine Art Gestell ruhte auf zwei langen Balken, die vorn wie Schlittenkufen leicht aufwärts gebogen waren. Hier fanden fünf bis sechs Personen Platz. Im vorderen Drittel ragte ein sehr hoher Mast mit einem riesigen Gaffelsegel empor. An diesem Mast, durch Wanten aus Stahl fest verspannt, konnte man mittels eines Stags auch noch ein mächtiges Focksegel hissen. Hinten befand sich eine Art Steuerruder, mit dem sich das Gefährt lenken ließ.

Es handelte sich also um einen Schlitten, der wie eine Schaluppe getakelt war. Wenn im Winter die Züge im Schnee stecken bleiben, gleitet so ein Gefährt blitzschnell über die vereiste Prärie und bringt die Reisenden zur nächsten Bahnstation. Es ist erstaunlich gut mit Segeln ausgerüstet – besser noch als ein Rennboot, das überdies zum Kentern neigt – und rast bei Rückenwind im Tempo eines Schnellzugs über die Prärie, wenn nicht rascher.

Im Nu war das Geschäft zwischen Mr. Fogg und dem Besitzer des Schneeboots abgeschlossen. Der Wind stand günstig. Er wehte stark aus westlicher Richtung. Der Schnee war verharscht, und Mudge erbot sich, Mr. Fogg in wenigen Stunden zur Bahnstation Omaha zu bringen. Von dort führen viele Bahnlinien nach Chicago und New York, und es gehen häufig Züge. Es schien nicht ausgeschlossen, dass man die Verspätung noch aufholen konnte. Sie mussten sich also ohne Zögern auf dieses Abenteuer einlassen.

Mr. Fogg wollte Mrs. Aouda die Tortur einer Fahrt im offenen Schlitten ersparen, denn der schneidende Fahrtwind würde die Kälte noch verschärfen. Darum schlug er ihr vor, in Passepartouts Obhut in der Bahnstation Kearney zurückzubleiben. Der treue Diener sollte die junge Frau dann auf einer bequemeren Route und unter akzeptableren Bedingungen nach Europa zurückgeleiten.

Doch Mrs. Aouda wollte sich keinesfalls von Mr. Fogg

trennen, worüber Passepartout sehr glücklich war. Denn er wollte seinen Herrn um nichts in der Welt allein in der Gesellschaft des Inspektors weiterreisen lassen.

Schwer zu sagen, was jetzt in Fix vorging. War sein Urteil über Phileas Fogg durch dessen Rückkehr ins Wanken geraten, oder hielt er ihn für einen besonders gerissenen Gauner, der sich nach dieser Weltreise in England vollkommen sicher wähnte? Mag sein, dass sich seine Meinung über Phileas Fogg tatsächlich geändert hatte. Trotzdem war er entschlossener denn je, seine Pflicht zu erfüllen. Noch ungeduldiger als seine Reisegefährten, wollte er alles in seiner Macht Stehende tun, um die Rückkehr nach England zu beschleunigen.

Um 8 Uhr stand der Schlitten bereit. Die Reisenden – man ist fast versucht, sie Schiffspassagiere zu nennen – nahmen Platz und wickelten sich fest in ihre Decken. Die beiden riesigen Segel wurden gehisst, und dann raste das Gefährt mit einer Geschwindigkeit von 40 Meilen pro Stunde über die gefrorene Schneedecke.

Die Entfernung zwischen Kearney und Omaha beträgt höchstens 200 Meilen Luftlinie – im Bienenflug, wie die Amerikaner sagen. Hielt sich der Wind, dann konnte man diese Strecke in 5 Stunden schaffen. Sofern es keine Zwischenfälle gab, würde der Schlitten um 13 Uhr in Omaha anlangen.

Was für eine Fahrt! Die Passagiere, die sich eng aneinander pressten, konnten sich nicht unterhalten. Der eisige Fahrtwind hätte ihnen das Wort von den Lippen gerissen. Der Schlitten glitt über die verschneite Prärie wie ein Boot übers Wasser – es fehlte nur die Dünung. Wenn wilde Böen dicht über den Schnee hinwegpeitschten, schien es, als würde der Schlitten von den Segeln wie von mächtigen Flügeln emporgehoben. Mudge, der Steuermann, hielt stur geradeaus und riss, sobald das Gefährt ausscherte, das Ruder herum, um die Abweichung zu korrigieren.

Alle Segel blähten sich im Wind. Der Klüver war gesetzt und lag nicht mehr hinter dem Besansegel. Mars- und Gaffeltoppsegel machten das Gefährt noch schneller, das schät-

Die Passagiere pressten sich eng aneinander

zungsweise eine Geschwindigkeit von 40 Meilen pro Stunde erreichte.

»Wenn nichts bricht, schaffen wir's rechtzeitig!« brüllte Mudge.

Und das lag auch in seinem Interesse, denn Mr. Fogg hatte ihm, gemäß seiner Gepflogenheit, eine hohe Belohnung in Aussicht gestellt.

Die Prärie, die der Schlitten schnurgerade durchquerte, war flach wie das Meer. Sie wirkte wie ein riesiger zugefrorener See. Die Eisenbahnlinie durch dieses Gebiet stieg langsam von Südwesten nach Nordwesten an, über Grand Island, Columbus, einer wichtigen Stadt in Nebraska, Schuyler und Fremont nach Omaha. Sie führte immer am rechten Ufer des Platte River entlang. Der Schlitten jedoch nahm eine Abkürzung und folgte der Sehne des Bogens, den die Eisenbahn beschrieb. Mudge musste nicht einmal befürchten, von der kleinen Biegung des Platte River südlich von Fremont aufgehalten zu werden, denn auch der Fluss war zugefroren. Auf der gesamten Strecke drohten also keinerlei Hindernisse, und Phileas Fogg hatte nur zwei Dinge zu fürchten – dass es eine Schlittenpanne gab oder der Wind drehte beziehungsweise abflaute.

Aber es gab keine Flaute. Im Gegenteil. Der Wind brauste so heftig, dass sich der Mast bog, der von den Stagen stabil gehalten wurde. Diese Drahtseile ertönten, ähnlich den Saiten eines Instruments, als hätte jemand mit einem Bogen darübergestrichen. Und so flog der Schlitten dahin, im Klang klagender Harmonien von ganz eigenartiger Intensität.

»Diese Taue sind auf Quint und Oktav gestimmt«, erklärte Mr. Fogg.

Mehr sprach er während der gesamten Fahrt nicht. Mrs. Aouda, sorgsam in Pelze und Decken eingehüllt, war so gut wie möglich vor der Kälte geschützt.

Passepartout, dessen Gesicht an eine rot im Dunst versinkende Sonne erinnerte, sog die schneidende Luft in tiefen Zügen ein. Ausgestattet mit einem unerschütterlichen Urvertrauen begann er, allmählich wieder Hoffnung zu schöpfen. Statt morgens würden sie nun erst abends in New York eintreffen, doch bestand immerhin die Chance, dass sie den Dampfer nach Liverpool noch erwischten.

Passepartout hatte sogar gute Lust verspürt, seinem Verbündeten Fix die Hand zu schütteln. Ihm war durchaus bewusst, dass kein anderer als der Inspektor diesen Segelschlitten organisiert hatte, das einzige Transportmittel, das sie schnell genug nach Omaha bringen konnte. Aber eine unerklärliche Vorahnung bewog ihn, so reserviert zu bleiben wie bisher.

Eines würde Passepartout jedenfalls nie vergessen: welches Opfer Mr. Fogg ohne zu zögern gebracht hatte, um ihn aus den Händen der Sioux zu befreien. Mr. Fogg hatte sein Vermögen und sein Leben aufs Spiel gesetzt. Nein, das würde ihm sein Diener niemals vergessen!

Während jeder der Reisenden seinen Gedanken nachhing, flog der Schlitten über den endlosen Schneeteppich dahin. Falls er Bäche oder kleine Nebenflüsse des Little Blue River passierte, merkte man jedenfalls nichts davon. Felder und Wasserläufe lagen unter dem einförmigen Weiß verborgen. Die weite Prärie erstreckte sich öde und verlassen. Umschlossen von der Union Pacific Railroad und der Gleisabzweigung, die Kearney und St. Joseph miteinander verbinden sollte, erinnerte die Ebene an eine große unbewohnte Insel. Kein Dorf, kein Bahnhof, nicht einmal ein Fort. Von Zeit zu Zeit glitt schnell wie der Blitz ein bizarrer Baum vorbei, dessen weißes Skelett sich im Winde krümmte. Ab und zu flogen ganze Vogelschwärme vom Boden auf. Manchmal hetzten riesige Rudel magerer Präriewölfe, ausgehungert, von wilder Gier getrieben, mit dem Schlitten um die Wette. Dann hielt Passepartout den Revolver schussbereit in der Hand, für den Fall, dass die Verfolger zu nahe kämen. Wäre der Schlitten durch einen Unfall gekippt, dann hätten sich die blutrünstigen Bestien auf die Reisenden gestürzt, und sie wären in schrecklicher Gefahr gewesen. Aber der Schlitten sauste

Manchmal hetzten riesige Rudel magerer Präriewölfe
mit dem Schlitten um die Wette

wacker dahin, gewann immer wieder einen Vorsprung und schüttelte die heulende Meute jedes Mal ab.

Um die Mittagszeit erkannte Mudge an gewissen Zeichen, dass sie gerade den zugefrorenen Platte River überquerten. Er sagte zwar nichts, war aber ganz sicher, dass die Bahnstation von Omaha jetzt nur noch 20 Meilen entfernt lag.

Und tatsächlich, kaum 1 Stunde später überließ der wackere Schlittenlenker das Steuer sich selbst, stürzte sich auf die Taue und reffte rasch die Segel. In vollem Schwung glitt der Schlitten noch eine halbe Meile weiter, dann blieb er stehen. Mudge deutete auf eine Gruppe schneebedeckter Dächer und sagte:

»Wir sind da.«

Sie waren da! Sie hatten den Bahnhof von Omaha erreicht. Von hier aus gingen täglich Züge in den Osten der Vereinigten Staaten!

Passepartout und Inspektor Fix waren gleich abgesprungen und schüttelten ihre erstarrten Glieder. Sie halfen Mr. Fogg und der jungen Frau vom Schlitten. Phileas Fogg entlohnte Mudge großzügig, Passepartout reichte ihm wie einem Freund dankbar die Hand, und dann eilten die Reisenden zum Bahnhof.

Hier, in dieser bedeutenden Stadt im Bundesstaat Nebraska, endet die Pazifik-Linie, die das Mississippi-Becken mit dem Ozean verbindet. Um von Omaha nach Chicago zu gelangen, besteigt man eine Linie, die unter dem Namen Rock Island Chicago Railroad über 50 Stationen nach Osten führt.

Ein Zug nach Chicago stand zur Abfahrt bereit. Phileas Fogg und seine Begleiter konnten gerade noch einsteigen. Von Omaha hatten sie zwar nichts gesehen, doch Passepartout fand, dies sei kein Grund zur Trauer, denn schließlich gehe es nicht um eine Besichtigungsfahrt.

Ungeheuer schnell raste dieser Zug nun durch Iowa, über Council Bluffs, Des Moines und Iowa City. Nachts überquerte er bei Davenport den Mississippi und passierte mit Rock Island die Grenze zum Bundesstaat Illinois. Am nächsten

Tag, dem 10. Dezember, erreichte er nachmittags um 4 Uhr Chicago, das inzwischen wieder aus den Brandruinen auferstanden war und sich stolzer denn je an den Ufern des schönen Lake Michigan erhob.

Chicago liegt 900 Meilen von New York entfernt. An Zügen herrschte in Chicago wahrlich kein Mangel. Im Nu waren Mr. Fogg und seine Reisegefährten umgestiegen. Munter jagte die Lokomotive der Pittsburgh Fort Wayne Chicago Railroad mit Volldampf dahin, als sei ihr wohl bewusst, dass der ehrenwerte Gentleman keine Zeit zu verlieren hatte. Blitzschnell durchquerte sie Indiana, Ohio, Pennsylvania und New Jersey, passierte Städte mit altertümlichen Namen. In manchen dieser Städte gab es zwar schon Straßen und Trambahnen, aber noch keine Häuser.

Endlich tauchte der Hudson auf, und am 11. Dezember, abends um Viertel nach 11, fuhr der Zug in den Bahnhof am rechten Flussufer ein, direkt vor dem Pier für die Dampfer der Cunard Line, beziehungsweise der British and North American Royal Mail Steam Packet Company.

Die *China* nach Liverpool war vor 45 Minuten ausgelaufen!

32. KAPITEL
In welchem Phileas Fogg einen Zweikampf mit dem Pech austrägt

Zusammen mit der *China* schien auch Phileas Foggs letzte Hoffnung entschwunden.

Keines der anderen Schiffe, die auf der direkten Route zwischen Amerika und Europa verkehren, wäre dem Gentleman von Nutzen gewesen – weder die französischen Transatlantikdampfer noch ein Schiff der White Star-Linie, weder die Dampfer der Imman-Gesellschaft noch die der Hamburg-Amerika-Linie.

Die *Pereire* der Compagnie Transatlantique Française –

deren prächtige Schiffe den anderen Dampfern an Schnelligkeit nicht nachstanden, sie aber sämtlich an Komfort übertrafen – sollte erst 3 Tage später, am 14. Dezember, auslaufen. Außerdem fuhr die *Pereire*, genau wie die Schiffe der Hamburg-Linie, nicht direkt nach Liverpool oder London, sondern nach Le Havre. Die zusätzliche Überfahrt von Le Havre nach Southampton hätte einen enormen Zeitverlust bedeutet und alle Anstrengungen Phileas Foggs zunichte gemacht.

Die Imman-Dampfer, von denen die *City of Paris* am nächsten Tag in See stach, brauchte man gar nicht erst in Erwägung zu ziehen. Auf diesen Schiffen reisen hauptsächlich Emigranten. Mit leistungsschwachen Maschinen ausgestattet, behelfen sich diese Dampfer zusätzlich mit Segeln und erreichen deshalb bloß mittlere Geschwindigkeit. Die Zeit, die Mr. Fogg noch zur Verfügung stand, um seine Wette zu gewinnen, hätte für die Überfahrt von New York nach England nie ausgereicht.

All dies wurde dem Gentleman klar vor Augen geführt, als er seinen *Bradshaw* konsultierte, der ihm Tag für Tag über sämtliche transozeanischen Schiffsverbindungen Auskunft erteilte.

Passepartout war am Boden zerstört. Dass sie den Postdampfer um 45 Minuten verpasst hatten, stürzte ihn in tiefe Verzweiflung. Er allein war daran schuld, weil er, statt seinem Herrn zu helfen, ein Hindernis nach dem anderen vor ihm aufgetürmt hatte! Und wenn Passepartout in Gedanken sämtliche Zwischenfälle dieser Reise auflistete und einmal überschlug, welche Summen allein für ihn vergeudet worden waren, und wenn er dann noch daran dachte, dass Mr. Fogg durch die gigantische Wettsumme und die beträchtlichen Kosten dieser nun sinnlos gewordenen Reise völlig ruiniert war – dann überhäufte er sich selbst mit den wüstesten Beschimpfungen.

Mr. Fogg hingegen machte ihm nicht den geringsten Vorwurf und sagte nur, als sie den Pier der Transatlantikdampfer verließen:

»Morgen sehen wir weiter. Kommen Sie.«

Mr. Fogg, Mrs. Aouda, Fix und Passepartout fuhren mit der Jersey City-Fähre über den Hudson nach Manhattan und bestiegen dort eine Droschke, die sie ins Saint Nicholas Hotel am Broadway brachte. Dort erhielten alle ein Zimmer, und die Nacht verging – wie im Nu für Phileas Fogg, der wie ein Murmeltier schlief, doch quälend langsam für Mrs. Aouda und die anderen Reisegefährten, weil sie vor Aufregung kein Auge zutaten.

Der nächste Tag war der 12. Dezember. Vom 12. Dezember, 7 Uhr morgens, bis zum 21. Dezember, 8 Uhr 45 abends, blieben noch 9 Tage, 13 Stunden und 45 Minuten. Wäre Phileas Fogg also am Vorabend mit der *China* abgereist, einem der schnellsten Dampfer der Cunard Line, dann hätte er Liverpool und anschließend London innerhalb der vereinbarten Frist erreicht!

Mr. Fogg verließ das Hotel allein. Zuvor jedoch hatte er seinem Diener aufgetragen, er solle auf ihn warten und Mrs. Aouda bitten, sich bereitzuhalten, damit man jederzeit aufbrechen könne.

Fogg begab sich zum Hudson, wo er unter all den Schiffen, die am Kai vertäut oder mitten im Fluss vor Anker lagen, nach jenen Ausschau hielt, die demnächst ablegen würden. Einige hatten tatsächlich die Abfahrtsflaggen gesetzt, um mit der ersten Flut auszulaufen, denn in dem riesigen, außergewöhnlichen Hafen von New York vergeht ja kein Tag, an dem nicht hundert Schiffe in alle Gegenden der Welt fahren. Doch die meisten der zum Auslaufen bereiten Schiffe waren Segler und kamen deshalb für Phileas Fogg nicht in Frage.

Schon hatte es den Anschein, als sei dieser letzte Versuch des Gentleman zum Scheitern verurteilt, da sah er nahe der Battery, höchstens eine Taulänge vom Ufer entfernt, einen Schraubendampfer vor Anker liegen, ein schnittiges Handelsschiff. Aus seinem Schornstein quollen dicke Rauchwolken, untrügliches Zeichen, dass es bald auslaufen würde.

Phileas Fogg rief ein Boot herbei, stieg hinein und kletterte ein paar Ruderschläge später das Fallreep der *Henrietta* hinauf. Ihr Rumpf war aus Eisen, sämtliche Aufbauten jedoch waren aus Holz.

Der Kapitän der *Henrietta* befand sich an Bord. Phileas Fogg ging an Deck und fragte nach ihm, worauf er sofort erschien.

Der Mann war um die Fünfzig, ein mürrischer alter Seebär, mit dem wohl nicht gut Kirschen essen war. Verquollene Augen, eine Gesichtsfarbe wie oxidiertes Kupfer, rotes Haar, Stiernacken – er machte wirklich nicht den Eindruck eines Mannes von Welt.

»Sind Sie der Kapitän?« fragte Fogg.

»Ja.«

»Phileas Fogg aus London.«

»Andrew Speedy aus Cardiff.«

»Sie laufen demnächst aus?«

»In einer Stunde.«

»Ihr Zielhafen …?«

»Bordeaux.«

»Und Ihre Ladung?«

»Steine im Bauch. Keine Fracht. Nur Ballast.«

»Haben Sie Passagiere?«

»Keine Passagiere. Nie Passagiere. Sperrgut, das dauernd bloß meckert.«

»Fährt Ihr Schiff schnell?«

»11 bis 12 Knoten. Die *Henrietta*, recht bekannt.«

»Würden Sie mich nach Liverpool bringen, mich und drei weitere Personen?«

»Nach Liverpool? Warum nicht gleich nach China?«

»Ich sagte Liverpool.«

»Nein!«

»Nein?«

»Nein. Mein Ziel ist Bordeaux. Und nach Bordeaux fahre ich auch.«

»Um jeden Preis?«

»Um jeden Preis.«

Der Kapitän hatte in einem Ton gesprochen, der keinen Widerspruch duldete.

»Aber die Reeder der *Henrietta* …« versuchte es Phileas Fogg erneut.

»Die Reeder – das bin ich«, erwiderte der Kapitän. »Das Schiff gehört mir.«

»Ich möchte es chartern.«

»Nein.«

»Ich kaufe es Ihnen ab.«

»Nein.«

Phileas Fogg verzog keine Miene. Aber die Situation war prekär. New York war nicht Hongkong, der Kapitän der *Henrietta* nicht der Besitzer der *Tankadère*. Bisher hatte das Geld des Gentleman alle Hindernisse beseitigt. Doch diesmal nutzte es offenbar nichts.

Trotzdem musste ein Weg gefunden werden, wie sie den Atlantik per Schiff überqueren konnten. Es sei denn, sie wollten es im Ballon versuchen, was höchst abenteuerlich gewesen wäre und außerdem nicht durchführbar.

Doch jetzt schien Phileas Fogg eine Idee zu kommen, denn er erkundigte sich beim Kapitän:

»Könnten Sie mich denn nach Bordeaux mitnehmen?«

»Nein. Und wenn Sie mir 200 Dollar zahlen würden.«

»Ich zahle 2 000.«

»Pro Person?«

»Pro Person.«

»Und Sie sind zu viert?«

»Zu viert.«

Jetzt kratzte sich Kapitän Speedy so heftig am Kopf, als wolle er sich die Haut aufschürfen. 8 000 Dollar, ohne Änderung der Route, da lohnte es sich doch, seine Abneigung gegen Passagiere einmal beiseite zu schieben! Außerdem waren Passagiere zu 2 000 Dollar pro Stück keine Passagiere mehr, sondern kostbare Fracht.

»Ich fahre um 9«, sagte Kapitän Speedy nur, »und wenn Sie und die Ihren bis dahin …«

»Um 9 sind wir an Bord!«

Es war jetzt halb 9. Das Fallreep hinunterklettern, sich ans Ufer rudern lassen, in einer Droschke zum Hotel Saint Nicholas fahren, mit Mrs. Aouda, Passepartout und dem anhänglichen Fix (den er großzügigerweise zu der Überfahrt einlud) zum Schiff zurückzukehren – all dies erledigte der Gentleman mit jener Ruhe, die ihm niemals, unter keinen Umständen, abhanden kam.

Die *Henrietta* lief aus, und es waren alle vier Passagiere an Bord.

Als Passepartout erfuhr, was diese letzte Überfahrt kostete, entfuhr ihm eines jener lang gezogenen Ohs!, die sämtliche Intervalle der chromatisch absteigenden Tonleiter durchlaufen.

Für Inspektor Fix hingegen stand nun eindeutig fest, dass die Bank of England bei dieser Sache schwere Einbußen erlitt. Selbst wenn sie zurückkehrten, und selbst wenn dieser Fogg nicht noch ein paar Hände voll Geld ins Meer warf, würden aus der Tasche mit den Banknoten über 7 000 Pfund fehlen!

33. KAPITEL
In welchem sich Phileas Fogg den Umständen gewachsen zeigt

Eine Stunde später passierte die *Henrietta* das Feuerschiff in der Hudson-Mündung, umrundete Sandy Hook und steuerte aufs Meer hinaus. Erst fuhr sie an Long Island entlang, auf der Höhe des Leuchtturms von Fire Island, dann wandte sie sich rasch gen Osten.

Am nächsten Tag, dem 13. Dezember, stieg mittags ein Mann auf die Schiffsbrücke, um die Position des Dampfers zu bestimmen. Nun glaubt man natürlich, dass es sich bei diesem Mann um Kapitän Speedy handelte. Weit gefehlt! Es war Mr. Phileas Fogg.

Kapitän Speedy hatte man einfach in seine Kabine gesperrt, wo er nun – verständlicherweise – brüllte und tobte wie ein Irrer.

Es war schlicht Folgendes passiert. Phileas Fogg wollte nach Liverpool, der Kapitän weigerte sich, ihn dorthin zu bringen. Darum hatte sich Fogg bereit erklärt, nach Bordeaux mitzufahren. Doch in den 30 Stunden an Bord hatte er mit seinen Banknoten so erfolgreiche Manöver durchgeführt, dass sämtliche Matrosen und Heizer – eine etwas zwielichtige Mannschaft, die mit dem Kapitän sowieso auf schlechtem Fuß stand – zu Fogg übergelaufen war. Aus diesem Grund hatte Phileas Fogg das Kommando übernommen, aus diesem Grund war Kapitän Speedy in seiner Kabine eingesperrt, und aus diesem Grund nahm jetzt die *Henrietta* Kurs auf Liverpool. Beobachtete man Mr. Fogg auf der Kommandobrücke, dann sah man gleich, dass er früher zur See gefahren war.

Wie dieses Abenteuer ausging, würde sich erweisen. Mrs. Aouda jedenfalls machte sich große Sorgen, ohne etwas davon verlauten zu lassen. Fix hatte es vor Verblüffung die Sprache verschlagen. Passepartout war von der ganzen Sache einfach begeistert.

»11 bis 12 Knoten«, hatte Kapitän Speedy gesagt, und in der Tat hielt die *Henrietta* diese Geschwindigkeit ein.

Wenn die See nicht zu kabbelig wurde, wenn der Wind nicht auf Ost umsprang, wenn am Schiff kein Schaden auftrat, wenn – wie viele Wenns denn noch! – es keinen Defekt an der Maschine gab, dann konnte die *Henrietta* in den 9 Tagen vom 12. bis 21. Dezember die 3 000 Meilen von New York nach Liverpool schaffen. Nach ihrer Ankunft allerdings stand zu befürchten, dass der Fall *Henrietta* in Kombination mit der Bankaffäre den Gentleman vielleicht an einen Ort führen würde, der ihm alles andere als lieb war.

Während der ersten Tage verlief die Fahrt unter ausgezeichneten Bedingungen. Die See war nicht zu rau, der Wind kam ständig aus Nordost, und unter ihren Gaffelsegeln fuhr die *Henrietta* wie ein echter Überseedampfer.

Passepartout war entzückt. Foggs neueste Heldentat, an deren Folgen er lieber noch nicht denken wollte, begeisterte ihn. Noch nie hatte die Mannschaft einen so lustigen, flinken Burschen erlebt. Er erwies den Matrosen tausenderlei Gefälligkeiten und verblüffte sie mit seinen akrobatischen Kunststücken. Er überschüttete sie mit freundlichen Worten und verwöhnte sie oft mit einem edlen Tropfen. Seiner Meinung nach manövrierten die Matrosen wie echte Gentlemen, heizten die Heizer wie wahre Helden. Seine prächtige Laune steckte alle an. Er hatte vergessen, was hinter ihnen lag, all die Scherereien und Gefahren. Er dachte nur noch an das Ziel, das zum Greifen nahe vor ihnen lag, und manchmal platzte er fast vor Ungeduld und stand so unter Dampf, als würde er von den Schiffskesseln der *Henrietta* mitgeheizt. Oft schlich der wackere Bursche auch um Fix herum; er beäugte ihn mit Blicken, die mehr sagten als tausend Worte; aber er unterhielt sich nicht mit ihm, denn zwischen den einstigen Freunden bestand keinerlei Vertrautheit mehr.

Fix begriff jetzt übrigens gar nichts mehr. Dass Fogg die *Henrietta* in seine Gewalt gebracht und die Mannschaft gekauft hatte und jetzt auch noch wie ein erfahrener Seemann auf der Kommandobrücke stand, brachte ihn völlig durcheinander. Er wusste nicht mehr, was er denken sollte. Aber warum sollte schließlich ein Gentleman, der 55 000 Pfund Sterling entwendet hatte, nicht auch noch ein Schiff stehlen. Natürlich ließ Fix sich zu dem Glauben verleiten, dass Fogg die *Henrietta* nie im Leben nach Liverpool steuern würde sondern an irgendeinen anderen Ort. Der zum Piraten gewordene Dieb wollte sich seelenruhig in Sicherheit bringen! Diese Hypothese klang zugegebenermaßen höchst plausibel, und der Inspektor bereute inzwischen zutiefst, dass er sich auf diese Sache überhaupt eingelassen hatte.

Währenddessen tobte Kapitän Speedy immer noch in seiner Kabine. Passepartout, der ihm das Essen bringen musste, tat dies nur unter größten Vorsichtsmaßnahmen, so kräftig er selbst auch sein mochte. Mr. Fogg jedoch sah aus, als habe er schon ganz vergessen, dass sich ein Kapitän an Bord befand.

Am 13. Dezember passierte das Schiff die Spitze der Großen Neufundlandbank. Die Gewässer dort sind äußerst tückisch. Vor allem im Winter ist es oft neblig und furchtbar stürmisch. Schon am Vorabend deutete das plötzlich gefallene Barometer auf einen bevorstehenden Wetterumschwung hin. Und tatsächlich sank nachts die Temperatur, die Kälte wurde noch beißender, und der Wind sprang auf Südost um.

Das war verhängnisvoll. Um den Kurs halten zu können, blieb Mr. Fogg nichts anderes übrig, als die Segel zu reffen und den Dampfdruck zu erhöhen. Trotzdem wurde die Fahrt des Schiffs gebremst, als lange Wellen gegen den Vordersteven brandeten. Die *Henrietta* stampfte heftig und verlor dadurch zusätzlich an Geschwindigkeit. Der Wind wuchs sich allmählich zum Orkan aus, und es stand zu befürchten, dass die *Henrietta* irgendwann kentern würde. Wenn sie nun aber beidrehten und vor dem Sturm flohen, wer weiß, welche Gefahren dann im Unbekannten auf sie lauerten?

Gleichzeitig mit dem Himmel hatte sich auch Passepartouts Miene verfinstert, und der wackere Bursche stand 2 Tage lang Todesängste aus. Doch Phileas Fogg erwies sich als kühner Seemann, der dem Meer die Stirn bot und Kurs hielt, ohne dass man den Dampf drosseln musste. Wenn die *Henrietta* die Wogen nicht mehr übersteigen konnte, fuhr sie mitten hindurch. Zwar wurde ihr Deck von den Wassermassen überflutet, aber sie schaffte es. Manchmal hob ein Wellenberg das Heck der *Henrietta* empor, und die Schiffsschraube rotierte wild in der Luft, aber trotzdem kamen sie voran.

Am Ende wurde der Sturm dann doch nicht so heftig wie befürchtet – er entwickelte sich nicht zu einem dieser Orkane, die mit 90 Meilen in der Stunde übers Meer toben. Er begnügte sich damit, eisige Kälte mitzubringen, kam aber leider hartnäckig aus Südost, so dass es unmöglich war, die Segel zu setzen. Wie man noch sehen wird, wäre dies aber sehr nützlich gewesen, um die Dampfmaschine zu entlasten.

Der 16. Dezember war der 75. Reisetag seit der Abfahrt aus London. Insgesamt hatte die *Henrietta* noch keine Besorgnis erregende Verspätung. Fast die Hälfte der Überfahrt war geschafft, und die gefährlichsten Gewässer lagen hinter ihr. Im Sommer hätte man fest mit einem erfolgreichen Verlauf der Reise rechnen können. Im Winter jedoch war man auf Gedeih und Verderb den Unbilden des Wetters ausgeliefert. Passepartout behielt seine Gedanken für sich. Eigentlich hegte er immer noch Hoffnung, und für den Fall einer Flaute setzte er auf die Dampfkraft.

Doch an jenem Tag stieg der Maschinist auf die Brücke und diskutierte aufgeregt mit Mr. Fogg.

Ohne dass er genau wusste warum – wohl aufgrund einer Vorahnung –, beschlich Passepartout ein Gefühl der Sorge. Er hätte eins seiner Ohren geopfert, um mit dem anderen zu hören, was die beiden miteinander beredeten. Immerhin schnappte er ein paar Wörter auf und hörte seinen Herrn zum Beispiel sagen:

»Sind Sie ganz sicher? Haben Sie sich auch bestimmt nicht getäuscht?«

»Ganz sicher, Sir«, erwiderte der Maschinist. »Sie dürfen nicht vergessen, dass wir seit Beginn der Fahrt sämtliche Öfen beheizen. Wir hätten zwar noch genug Kohle, um mit halber Maschinenkraft von New York nach Bordeaux zu kommen, aber nach Liverpool schaffen wir's unter keinen Umständen mehr!«

»Ich werde darüber nachdenken«, erwiderte Mr. Fogg.

Passepartout war alles klar. Ihm wurde himmelangst. Die Kohle ging aus!

»Ha, wenn uns mein Herr auch noch aus diesem Schlammassel zieht«, dachte er, »dann ist er wirklich ein Held!«

Und als ihm Fix über den Weg lief, musste er ihn natürlich sofort über die neue Situation informieren.

»So so«, stieß der Polizist zwischen zusammengebissenen Zähnen hervor, »Sie glauben also wirklich, wir fahren nach Liverpool!«

»Aber sicher!«

»Sie Schwachkopf!« erwiderte der Inspektor und ging achselzuckend davon.

Erst wollte sich Passepartout empört gegen diese Bezeichnung zur Wehr setzen, denn er konnte ja nicht ahnen, was der Inspektor damit meinte. Aber dann überlegte er, wie tief enttäuscht und in seiner Eigenliebe gekränkt der arme Fix sich fühlen musste, weil er wie ein Trottel um die ganze Welt einer falschen Spur gefolgt war, und da drückte Passepartout ein Auge zu.

Zu welchem Entschluss würde Phileas Fogg gelangen? Schwer zu sagen. Doch schien es tatsächlich, als habe sich der unerschütterliche Gentleman zu einem solchen durchgerungen, denn noch am selben Abend ließ er den Maschinisten kommen und befahl:

»Volle Fahrt voraus! Verheizen Sie die ganze Kohle!«

Wenig später spie der Schornstein der *Henrietta* dicke Rauchwolken.

Das Schiff fuhr also mit Volldampf weiter. Doch 2 Tage später, am 18. Dezember, meldete der Maschinist, wie bereits angekündigt, dass es mit dem Brennstoff im Lauf des Tages zu Ende gehen werde.

»Das Feuer darf ja nicht erlöschen!« erwiderte Fogg. »Im Gegenteil. Setzen Sie die Ventile unter Hochdruck!«

Nachdem Phileas Fogg gegen Mittag die Position des Schiffes bestimmt hatte, ließ er Passepartout kommen und befahl ihm, Kapitän Speedy zu holen. Dem wackeren Burschen war zumute, als hätte man ihm befohlen, einen Tiger loszuketten, und als er zur Kajüte hinunterstieg, murmelte er:

»Der wird ganz schön wütend sein!«

Und tatsächlich erschien kurz darauf brüllend und fluchend eine Bombe an Deck. Diese Bombe war Kapitän Speedy. Es sah wirklich aus, als werde er jeden Moment explodieren.

»Wo sind wir?« Das waren die ersten verständlichen Worte, die er, vor Wut halb erstickt, herauswürgte, und hätte

»Pirat!« schrie Andrew Speedy

der gute Mann zu Schlaganfällen geneigt, dann wäre er gewiss nicht mit dem Leben davongekommen.

»770 Meilen vor Liverpool«, antwortete Phileas Fogg mit unerschütterlicher Ruhe.

»Pirat!« schrie Andrew Speedy.

»Ich habe Sie kommen lassen, Sir ...«

»Seeräuber!«

»... um Sie zu bitten, Sir«, fuhr Phileas Fogg fort, »mir Ihr Schiff zu verkaufen.«

»Nein! Bei allen Teufeln, nein!«

»Ich sehe mich nämlich leider gezwungen, es zu verheizen.«

»Mein Schiff verheizen!?«

»Ja, die Aufbauten zumindest, denn wir haben kein Heizmaterial mehr.«

»Mein Schiff – verheizen?« brüllte Kapitän Speedy mit sich überschlagender Stimme; er konnte die einzelnen Silben kaum noch artikulieren. »Ein Schiff im Wert von 50 000 Dollar!«

»Hier sind 60 000«, sagte Fogg und hielt dem Kapitän ein Bündel Geldnoten hin.

Dies tat eine erstaunliche Wirkung. Welcher Amerikaner bliebe beim Anblick von 60 000 Dollar auch völlig ungerührt? Schlagartig hatte der Kapitän alles vergessen – seine Wut, seine Gefangennahme, seinen Groll gegen diesen Passagier. Das Schiff war 20 Jahre alt. Hier winkte ein tolles Geschäft. Jetzt konnte die Bombe nicht mehr explodieren. Mr. Fogg hatte den Zünder entschärft.

»Und der eiserne Schiffsrumpf bleibt mein Eigentum«, sagte der Kapitän ganz milde.

»Der Rumpf und die Maschine, Sir«, antwortete Fogg. »Abgemacht?«

»Abgemacht.«

Andrew Speedy schnappte sich das Bündel Geldscheine, zählte sie und ließ sie in seiner Tasche verschwinden.

Passepartout, der dabeistand, war kreidebleich geworden.

Fix hätte fast der Schlag getroffen. Fast 20 000 Pfund Sterling verschleudert, und dann überließ dieser Fogg dem Besitzer auch noch Rumpf und Maschine, die fast den ganzen Wert des Schiffes ausmachten! Nun ja, schließlich betrug die der Bank gestohlene Summe 55 000 Pfund!

Als Andrew Speedy das Geld verstaut hatte, sagte Fogg: »Sie werden sich vielleicht wundern, Sir, aber Sie müssen wissen, dass ich 20 000 Pfund Sterling verliere, wenn ich am 21. Dezember um 8 Uhr 45 abends nicht wieder in London bin. Ich habe in New York meinen Dampfer verpasst, und da Sie sich weigerten, mich nach Liverpool zu bringen ...«

»Und daran hab ich gut getan, bei den 50 000 Teufeln der Hölle!« rief Andrew Speedy aus. »Das hat mir 40 000 Dollar eingebracht!«

Und bedächtiger fügte er hinzu:

»Wissen Sie was, Kapitän?«

»Fogg.«

»Na gut – Kapitän Fogg, Sie haben etwas von einem Yankee!«

Und nach dieser Feststellung, die als Kompliment gedacht war, trollte er sich.

»Das Schiff gehört jetzt also mir?« rief Fogg ihm nach.

»Sicher! Vom Kiel bis zur Mastspitze! Aber nur das, was aus Holz ist, versteht sich!«

»Gut, dann lassen Sie die Einrichtung kurz und klein hacken und alles verfeuern!«

Man kann sich vorstellen, welche Unmengen trockenes Holz es brauchte, um den nötigen Dampfdruck zu erzeugen. An diesem Tag wurden die Deckskajüte, die Kajüten und Kabinen, die Mannschaftsräume und die Hilfsbrücke verheizt.

Am nächsten Tag, dem 19. Dezember, kamen die Masten, die Rahen und die Sparren an die Reihe. Die Masten wurden mit der Axt gefällt und zerhackt. Mit Feuereifer war die Mannschaft bei der Sache. Passepartout fällte, hackte, sägte, schuftete für zehn. Es war eine richtige Zerstörungsorgie.

Einen Tag darauf, am 20. Dezember, wurde die Reling

Mit Feuereifer war die Mannschaft bei der Sache

abgerissen sowie das Schanzkleid, das Obenwerk und der größte Teil des Decks. Nach diesem Kahlschlag glich die *Henrietta* einer schwimmenden Landungsbrücke.

An diesem Tag kamen die irische Küste und das Leuchtfeuer von Fastnet in Sicht.

Doch um 22 Uhr befand sich das Schiff erst auf der Höhe von Queenstown. Phileas Fogg blieben nur noch 24 Stunden, um London zu erreichen! So lange brauchte die *Henrietta* aber schon bis nach Liverpool, selbst wenn sie unter Volldampf lief. Und der Dampfdruck ließ den wagemutigen Gentleman allmählich im Stich.

»Sir«, sagte Kapitän Speedy, der sich jetzt doch für Foggs Pläne zu interessieren begann, »Sie tun mir wirklich Leid. Alles hat sich gegen Sie verschworen. Und wir sind gerade erst vor Queenstown!«

»Ah!« sagte Mr. Fogg. »Diese Stadt dort drüben, wo man die Leuchttürme sieht, das ist Queenstown?«

»Ja.«

»Können wir den Hafen anlaufen?«

»Erst in 3 Stunden. Nur bei Flut.«

»Dann warten wir eben«, sagte Fogg ruhig, und seiner Miene war nichts davon anzumerken, dass ihm eine geniale Idee gekommen war, durch die er die widrigen Umstände doch noch zu bezwingen hoffte.

Queenstown ist ein Hafen an der irischen Küste, in dem die Überseedampfer aus den Vereinigten Staaten ihre Postsäcke abladen. Diese Postsäcke werden in bereits wartende Expresszüge verfrachtet und nach Dublin gebracht. Von Dublin aus transportiert man sie auf dem Seeweg rasch nach Liverpool – und kommt so auch den schnellsten Ozeandampfern der Schifffahrtsgesellschaften zuvor.

Diesen zwölfstündigen Vorsprung der Post aus Amerika wollte sich Phileas Fogg zunutze machen. Statt mit der *Henrietta* erst am folgenden Abend, würde er bereits vormittags in Liverpool eintreffen und war bis 20 Uhr 45 dann längst in London.

Gegen 1 Uhr morgens lief die *Henrietta* mit der Flut in den Hafen von Queenstown ein. Nachdem Kapitän Speedy ihm kräftig die Hand gedrückt hatte, ließ Phileas Fogg ihn auf dem kahlen, geplünderten Rumpf seines Schiffes zurück, der aber immer noch die Hälfte des einstigen Kaufpreises wert war!

Die Passagiere gingen rasch von Bord. In diesem Moment verspürte Fix unbändige Lust, Fogg zu verhaften. Dennoch tat er es nicht! Warum wohl? Welcher Kampf spielte sich in seinem Innern ab? Hatte er seine Meinung über Fogg geändert? Begriff er endlich seinen Irrtum? Wie dem auch sei, Fix trennte sich jedenfalls nicht von Mr. Fogg. Um 1 Uhr 30 nachts stiegen Fix, Phileas Fogg, Mrs. Aouda und Passepartout, der sich kaum noch Zeit zum Atmen nahm, in den Zug nach Queenstown, erreichten im Morgengrauen Dublin und schifften sich dort gleich auf einem der Expressdampfer ein – wahre Stahlraketen, die sich gar nicht erst bemühten, die Wellen zu erklimmen, sondern einfach hindurchpflügten.

Am 21. Dezember mittags, 20 Minuten vor 12, ging Phileas Fogg schließlich in Liverpool an Land. Jetzt brauchte er nur noch 6 Stunden bis London.

Doch plötzlich trat Fix auf ihn zu, legte ihm die Hand auf die Schulter und wies den Haftbefehl vor.

»Sind Sie Mr. Phileas Fogg?«

»Ja, Sir.«

»Im Namen der Königin ... Sie sind verhaftet!«

34. KAPITEL

In welchem sich Passepartout die Gelegenheit zu einem miserablen, aber vielleicht noch nie zuvor gemachten Wortspiel bietet

Phileas Fogg saß im Gefängnis. Man hatte ihn im Liverpooler Zollgebäude eingesperrt. Dort sollte er die Nacht verbringen, bis man ihn nach London überführen würde.

»Im Namen der Königin … Sie sind verhaftet!«

Als die Verhaftung erfolgte, hatte sich Passepartout auf den Inspektor stürzen wollen, war aber von Polizisten zurückgehalten worden. Mrs. Aouda, die nicht das Geringste ahnte, war über die Brutalität dieses Vorgangs zu Tode erschrocken. Sie begriff überhaupt nichts mehr, bis Passepartout ihr die Situation erläuterte. Mr. Fogg, dieser ehrenwerte und mutige Gentleman, dem sie ihr Leben verdankte, war als Dieb verhaftet worden. Die junge Frau protestierte gegen diese Anschuldigung, ihr Herz war voller Empörung. Tränen strömten ihr übers Gesicht, als sie erkannte, dass sie nichts zur Rettung ihres Retters unternehmen konnte.

Fix hatte Fogg verhaftet, weil er dies für seine Pflicht hielt. Ob Fogg nun schuldig war oder nicht, darüber hatte die Justiz zu entscheiden.

Doch jetzt kam Passepartout plötzlich ein Gedanke – der furchtbare Gedanke, dass niemand anderer als er selbst Urheber dieses Unglücks war! Weshalb hatte er Mr. Fogg sein Abenteuer verheimlicht? Als Fix ihm enthüllt hatte, in welcher Mission er als Polizeiinspektor unterwegs sei – warum war er nicht sofort zu seinem Herrn gelaufen? Gewiss wäre es Mr. Fogg gelungen, Fix seine Unschuld zu beweisen und ihm seinen Irrtum vor Augen zu führen. Jedenfalls hätte er diesen widerlichen Polizisten nicht auch noch auf seine Kosten mitgenommen – nur damit ihn dieser Kerl verhaftete, sobald er den Boden des Vereinigten Königreiches betrat. Beim Gedanken an seine Fehler, seinen Leichtsinn wurde der arme Bursche von schrecklichen Schuldgefühlen gepackt. Er brach in Tränen aus und bot ein Bild des Jammers. Am liebsten hätte er sich den Schädel eingerannt!

Mrs. Aouda und er harrten trotz der Kälte im Säulengang vor dem Zollgebäude aus. Sie wollten Mr. Fogg noch einmal sehen.

Der Gentleman war jetzt endgültig ruiniert, und das zu einem Zeitpunkt, wo er sein Ziel schon vor Augen gehabt hatte. Die Verhaftung verhinderte seine rechtzeitige Rückkehr. Nachdem er am 21. Dezember mittags, 20 Minuten vor 12 in

Liverpool angekommen war, hatte er noch bis 20 Uhr 45 Zeit gehabt, sich im Reform Club einzufinden, also noch 9 Stunden 15 Minuten – und er wäre binnen 6 Stunden in London gewesen.

Wer in diesem Moment ins Zollgebäude gekommen wäre, hätte Mr. Fogg reglos auf einer Holzbank sitzend angetroffen, gleichmütig, ohne Zorn – ob resigniert, ließ sich nicht sagen. Aber offenbar hatte ihn auch dieser letzte Schlag nicht aus der Ruhe gebracht; zumindest war ihm nichts davon anzumerken. Doch vielleicht gärte in seinem Innern eine unterdrückte Wut, die umso gefährlicher war, weil sich ihr kein Ventil bot und sie womöglich erst im allerletzten Moment mit fürchterlicher Gewalt explodieren würde? Man weiß es nicht. Phileas Fogg saß jedenfalls ruhig da, als warte er ... worauf? Hegte er noch Hoffnung? Glaubte er immer noch an den Erfolg der Reise, jetzt, wo hinter ihm das Gefängnistor ins Schloss gefallen war?

Wie dem auch sei, Mr. Fogg hatte seine Uhr gewissenhaft vor sich auf den Tisch gelegt und verfolgte die vorrückenden Zeiger. Kein Wort drang über seine Lippen, aber sein Blick war eigenartig starr.

Jedenfalls befand er sich in einer schrecklichen Lage, die sich für jeden, der nicht Gedanken lesen kann, wie folgt zusammenfassen lässt:

War Phileas Fogg ein Ehrenmann, stand er vor dem Ruin.

War er ein Gauner, hatte man ihn geschnappt.

Sann er noch auf Rettung? Überlegte er, wie er aus diesem Zollgebäude gelangen konnte? Dachte er an Flucht? Man hätte durchaus auf diesen Gedanken kommen können, denn einmal stand er plötzlich auf und inspizierte den Raum. Aber die Tür war abgeschlossen, das Fenster vergittert. Also setzte er sich wieder und entnahm seinem Notizbuch den Reiseplan. Unter die Worte:

»21. Dezember, Samstag, Liverpool« setzte er:

»80. Tag, 11 Uhr 40 vormittags«

und wartete weiter.

Es schlug 1. Fogg stellte fest, dass seine Uhr im Vergleich zur Uhr des Zollgebäudes 2 Minuten vorging.

Es schlug 2! Wäre er jetzt, sofort, in einen Schnellzug gestiegen, dann hätte er es noch bis 20 Uhr 45 nach London und in den Reform Club geschafft. Er runzelte unmerklich die Stirn ...

Um 14 Uhr 33 erhob sich draußen ein Tumult, man hörte, wie lärmend Türen aufgestoßen wurden. Die Stimmen von Passepartout und Fix ertönten.

Phileas Foggs Augen leuchteten auf.

Die Tür öffnete sich, und er sah Mrs. Aouda, Passepartout und Fix auf sich zustürzen.

Fix war ganz außer Atem, seine Haare standen wirr zu Berge. Er brachte kaum ein Wort heraus.

»Sir«, stammelte er, »Sir ... entschuldigen Sie ... eine höchst bedauerliche Verwechslung ... Der Dieb ... seit 3 Tagen verhaftet ... Sie sind ... frei!«

Phileas Fogg war frei! Er trat vor den Inspektor hin. Er sah ihm voll ins Gesicht, machte zum ersten und letzten Mal in seinem Leben eine rasche Bewegung, holte mit beiden Fäusten aus und versetzte dem unglückseligen Inspektor, mit der Präzision eines Automaten, einen doppelten Kinnhaken.

»Bravo!« rief Passepartout und erlaubte sich einen miserablen Kalauer: »Pardieu! Das nenn ich die wahre britische Schlagfertigkeit!«

Fix war umgekippt und sagte nichts mehr. Er hatte bekommen, was er verdiente. Mr. Fogg, Mrs. Aouda und Passepartout eilten aus dem Zollgebäude. Sie sprangen in eine Droschke und waren wenige Minuten später am Bahnhof von Liverpool.

Fogg erkundigte sich, ob ein Schnellzug nach London bereitstehe.

Es war jetzt 14 Uhr 40 ... Der Zug war vor 35 Minuten abgefahren.

Phileas Fogg mietete einen Sonderzug.

Mehrere schnelle Lokomotiven standen unter Dampf.

Doch mit Rücksicht auf den regulären Fahrplan konnte der Sonderzug nicht vor 15 Uhr abfahren.

Phileas Fogg erwähnte dem Lokführer gegenüber etwas von einer Prämie, und um 15 Uhr setzte sich der Zug in Bewegung und raste mit Phileas Fogg, seinem treuen Diener und Mrs. Aouda nach London.

Sie mussten es in 5 ½ Stunden von Liverpool nach London schaffen – durchaus möglich, wenn man auf der ganzen Strecke freie Fahrt hat. Doch leider gab es einige unvermeidliche Verzögerungen, und als der Gentleman schließlich im Bahnhof eintraf, standen sämtliche Uhren Londons auf 20 Uhr 50.

Nachdem er die ganze Welt umrundet hatte, war Phileas Fogg mit 5 Minuten Verspätung zurückgekehrt!

Er hatte verloren.

35. KAPITEL

In welchem sich Passepartout von seinem Herrn etwas nicht zweimal sagen lässt

Am nächsten Morgen wären die Anwohner der Saville Row sehr überrascht gewesen, wenn sie von Mr. Foggs Heimkehr erfahren hätten. Türen und Fenster blieben verschlossen. Alles sah aus wie bisher.

Nachdem sie aus dem Bahnhof getreten waren, hatte Phileas Fogg seinen Diener zum Einkaufen geschickt und war nach Hause zurückgekehrt.

Mit gewohnter Gelassenheit hatte der Gentleman auch diesen Schlag hingenommen. Ruiniert! Durch den Irrtum dieses tölpelhaften Polizeiinspektors! Nachdem er ohne zu straucheln diesen langen Weg zurückgelegt hatte, nachdem er tausend Hindernisse überwunden, tausend Gefahren bestanden und sogar unterwegs noch Zeit gefunden hatte, Gutes zu tun, war er jetzt kurz vor dem Ziel gescheitert; durch einen brutalen Akt, der nicht vorhersehbar gewesen war und gegen den er sich nicht hatte wappnen können: Das war fürchterlich! Von der beträchtlichen Summe, die er auf die Reise mitgenommen hatte, war nur ein unbedeutender Rest verblieben. Sein gesamtes Vermögen belief sich noch auf die 20 000 Pfund Sterling bei der Baring Bank, und diese 20 000 Pfund schuldete er seinen fünf Clubfreunden. Angesichts seiner hohen Ausgaben hätte ihn die Wette sicherlich nicht reich gemacht, und darum war es ihm vermutlich auch gar nicht gegangen – denn er gehörte zu den Männern, die um der Ehre willen wetten –, doch dass er nun verloren hatte, war sein Ruin. Übrigens hatte der Gentleman bereits einen Entschluss gefasst. Er wusste, was ihm zu tun blieb.

Mrs. Aouda hatte im Haus in der Saville Row ein eigenes Zimmer bezogen. Die junge Frau war verzweifelt. Einigen Bemerkungen Phileas Foggs hatte sie entnommen, dass er etwas Unheilvolles im Schilde führte.

Es ist ja allgemein bekannt, zu welch bedauerlichen Extremen sich diese britischen Monomanen unter dem Zwang einer fixen Idee zuweilen hinreißen lassen. Daher behielt Passepartout seinen Herrn, ohne sich etwas anmerken zu lassen, ständig im Auge.

Doch zuallererst war der redliche Bursche in sein Zimmer hinaufgestiegen und hatte die Gasheizung abgestellt, die seit 80 Tagen brannte. Er hatte nämlich im Briefkasten ein Schreiben der Gaswerke vorgefunden, und fand nun, es sei allerhöchste Zeit, die Ursache für diese Kosten, die er ja selbst übernehmen musste, endlich zu beseitigen.

Die Nacht verging. Mr. Fogg hatte sich zu Bett begeben, aber schlief er auch? Mrs. Aouda jedenfalls tat kein Auge zu. Und Passepartout wachte wie ein Hund vor der Tür seines Herrn.

Am nächsten Morgen ließ Mr. Fogg ihn kommen und befahl ihm in dürren Worten, er solle sich um Mrs. Aoudas Frühstück kümmern. Er selbst nehme nur eine Tasse Tee und eine Scheibe Toast. Mrs. Aouda möge ihn fürs Mittag- und Abendessen entschuldigen, da er die ganze Zeit benötige, um

Er hatte im Briefkasten ein Schreiben der Gaswerke vorgefunden

seine Angelegenheiten zu ordnen. Er werde nicht herunterkommen. Er lasse Mrs. Aouda nur bitten, am Abend einen kurzen Augenblick mit ihr sprechen zu dürfen.

Nachdem Passepartout diese Instruktionen für den Tag empfangen hatte, blieb ihm nichts anderes übrig, als sich zu fügen. Er sah seinen Herrn an, der immer noch unerschütterlich gelassen wirkte, und brachte es kaum über sich, das Zimmer zu verlassen. Das Herz war ihm schwer, Gewissensbisse quälten ihn, weil er sich selbst mehr denn je die Schuld an diesem nicht wieder gutzumachenden Unglück gab. Ja, hätte er Mr. Fogg gewarnt, ihm von dem Plan des Polizisten erzählt, dann hätte sein Herr diesen Fix nicht bis nach Liverpool mitgeschleppt, und dann …

Passepartout hielt es nicht mehr aus.

»Gnädiger Herr! Mr. Fogg!« rief er. »Verfluchen Sie mich. Es ist ganz allein meine Schuld, dass …«

»Ich gebe niemandem die Schuld«, erwiderte Phileas Fogg vollkommen ruhig. »Gehen Sie jetzt.«

Passepartout verließ das Zimmer und berichtete Mrs. Aouda, was sein Herr ihm aufgetragen hatte.

»Madam«, fügte er hinzu, »ich kann gar nichts tun. Ich habe nicht den geringsten Einfluss auf meinen Herrn. Aber wenn Sie vielleicht …«

»Welchen Einfluss sollte ich haben?« entgegnete Mrs. Aouda. »Mr. Fogg lässt sich nicht beeinflussen! Hat er je gespürt, dass meine Dankbarkeit für ihn keine Grenzen kennt? Hat er je in meinem Herzen gelesen? Man darf ihn nicht allein lassen, mein Freund, keinen Moment. Sie sagen, er habe die Absicht geäußert, heute Abend mit mir zu sprechen?«

»Ja, Madam. Zweifellos handelt es sich darum, alles für Ihren Aufenthalt in England zu regeln.«

»Warten wir es ab«, sagte die junge Frau, immer noch ganz nachdenklich.

Und so wirkte das Haus in der Saville Row auch noch den Sonntag über unbewohnt, und zum allerersten Mal, seit er hier lebte, begab sich Phileas Fogg nicht in den Club, als es mittags vom Glockenturm des Parlaments halb 12 schlug.

Warum auch hätte der Gentleman noch in den Reform Club gehen sollen? Er wurde ja nicht mehr erwartet. Da er gestern, an jenem schicksalhaften Samstag, dem 21. Dezember, nicht um 20 Uhr 45 im Salon erschienen war, hatte er die Wette verloren. Er musste nicht einmal zu seiner Bank, um die Summe von 20 000 Pfund Sterling abzuheben. Seine Wettgegner hielten einen von ihm signierten Scheck in Händen, den sie nur bei den Brüdern Baring einzulösen brauchten, dann wurden ihnen die 20 000 Pfund gutgeschrieben.

Mr. Fogg hatte also keinen Grund auszugehen, und so blieb er zu Hause. Er verbrachte den ganzen Tag in seinem Zimmer und ordnete seine Angelegenheiten.

Passepartout lief den ganzen Tag treppauf und treppab. Dem armen Burschen kam es vor, als wolle die Zeit überhaupt nicht mehr vergehen. Er lauschte an der Tür seines Herrn und empfand dies nicht im Mindesten als indiskret! Er spähte sogar durchs Schlüsselloch, und auch damit wähnte er sich völlig im Recht! Denn Passepartout befürchtete jeden Moment ein schreckliches Unglück. Manchmal dachte er noch an Fix, aber seine Haltung zu ihm hatte sich gewandelt. Er hegte keinen Groll mehr gegen den Polizeiinspektor. Fix war, was Phileas Fogg betraf, einem Irrtum aufgesessen wie alle anderen auch, und als er Fogg verfolgte, als er ihn verhaftete, hatte er nur seine Pflicht getan, wohingegen er, Passepartout … Dieser Gedanke lastete unerträglich schwer auf ihm, und er hielt sich für den erbärmlichsten Menschen der Welt.

Als Passepartout sich irgendwann so elend fühlte, dass er es nicht mehr alleine aushielt, klopfte er an Mrs. Aoudas Tür. Er trat ein, setzte sich schweigend in eine Ecke des Zimmers und sah die junge Frau an, die immer noch tief in Gedanken versunken schien.

Am Abend, gegen halb 8, ließ Mr. Fogg fragen, ob Mrs. Aouda ihn empfangen könne, und wenige Augenblicke später waren er und die junge Frau in ihrem Zimmer allein.

Phileas Fogg schob einen Stuhl vor den Kamin und setzte sich Mrs. Aouda gegenüber. Sein Gesicht spiegelte keinerlei Gemütsbewegung. Der zurückgekehrte Fogg war exakt derselbe Fogg, der damals aufgebrochen war. Ebenso ruhig, ebenso unerschütterlich. 5 Minuten saß er da, ohne ein Wort zu sagen. Dann blickte er Mrs. Aouda an.

»Madam«, fragte er, »werden Sie mir je verzeihen können, dass ich Sie nach England gebracht habe?«

»Ich ... Ihnen ... Mr. Fogg!« stieß Mrs. Aouda hervor, und ihr Herz klopfte zum Zerspringen.

»Erlauben Sie mir fortzufahren«, sagte Mr. Fogg. »Als mir der Gedanke kam, Sie weit aus jenem Land wegzubringen, das Ihnen so gefährlich geworden war, da war ich reich und hatte die Absicht, Ihnen einen Teil dieses Vermögens zur Verfügung zu stellen. So hätten Sie ein glückliches, freies Leben führen können. Jetzt bin ich ruiniert.«

»Ich weiß, Mr. Fogg«, erwiderte die junge Frau, »und ich frage Sie nun meinerseits: Können Sie mir je verzeihen, dass ich Sie begleitet und – wer weiß? – durch die damit verbundene Verzögerung zu Ihrem Ruin beigetragen habe?«

»Sie konnten auf keinen Fall in Indien bleiben, Madam. Die Sorge um Ihr Wohl erforderte es, Sie so weit weg zu führen, dass diese Fanatiker Sie nicht mehr in ihre Gewalt bringen konnten.«

»Doch es hat Ihnen nicht genügt, Mr. Fogg«, fuhr Mrs. Aouda fort, »mich vor einem grauenhaften Tod zu bewahren. Sie fühlten sich auch noch verpflichtet, in der Fremde für mich zu sorgen?«

»Ja, Madam«, erwiderte Fogg, »aber die Ereignisse haben sich gegen mich gewendet. Ich bitte Sie jedoch, über das Wenige, das mir verblieben ist, nach Belieben verfügen zu wollen.«

»Und Sie, Mr. Fogg? Was wird aus Ihnen?« fragte Mrs. Aouda.

»Madam«, erwiderte der Gentleman kalt, »ich brauche nichts.«

»Aber wie wird sich Ihr künftiges Schicksal gestalten, Sir?«

»Wie es sich gebührt.«

»Nun ja, ein Mann wie Sie wird nicht ins Elend stürzen. Ihre Freunde ...«

»Ich habe keine Freunde, Madam.«

»Ihre Verwandten ...«

»Ich habe keine Verwandten mehr.«

»Dann dauern Sie mich von ganzem Herzen, Mr. Fogg, denn es ist traurig, so einsam zu sein. Keine Menschenseele, der Sie Ihr Leid klagen können! Man sagt doch immer, dass sich zu zweit selbst das Elend leichter ertragen lässt.«

»So sagt man, Madam.«

»Mr. Fogg«, sagte Mrs. Aouda, indem sie sich erhob und dem Gentleman die Hand reichte, »wollen Sie eine Verwandte und Freundin zugleich? Wollen Sie mich zur Frau?«

Bei diesen Worten war Fogg ebenfalls aufgestanden. Ein ungewohntes Leuchten stand in seinen Augen, fast schien es, als bebten seine Lippen. Mrs. Aouda sah ihn an. Die lautere, redliche, feste Gesinnung, die Sanftmut in dem schönen Blick einer edelmütigen Frau, die alles wagt, um jenen Mann zu retten, dem sie alles verdankt, erstaunten ihn zuerst, dann drangen sie in sein Inneres ein. Er schloss einen Moment die Augen, als wolle er verhindern, dass dieser Blick noch tiefer eindringe ...

Dann öffnete er sie wieder.

»Ich liebe Sie«, sagte er schlicht. »Ja, wahrhaftig, bei allem, was in der Welt am Heiligsten ist, ich liebe Sie, und ich bin ganz der Ihre.«

»Ach!« stieß Mrs. Aouda hervor und presste eine Hand auf ihr Herz.

Passepartout wurde herbeigeläutet. Er kam sofort. Mr. Fogg hielt immer noch die Hand Mrs. Aoudas in der seinen. Passepartout begriff, und sein breites Gesicht strahlte wie die tropische Sonne, wenn sie im Zenit steht.

Mr. Fogg fragte ihn, ob es nicht schon zu spät sei, um Reverend Samuel Wilson von der Pfarrei Mary-le-Bone zu benachrichtigen.

Passepartout zeigte sein schönstes Lächeln.

»Es ist nie zu spät«, sagte er.

Es war ja erst abends 5 nach 8.

»Also für morgen, Montag?« fügte er hinzu.

»Für morgen, Montag?« fragte Phileas Fogg die junge Frau.

»Für morgen, Montag!« antwortete Mrs. Aouda.

Und Passepartout rannte los.

36. KAPITEL
In welchem Phileas Foggs Marktwert wieder steigt

Es wird Zeit zu berichten, welcher Meinungsumschwung sich im Vereinigten Königreich vollzog, als man von der Verhaftung des echten Bankräubers – eines gewissen James Strand – am 17. Dezember in Edinburgh erfuhr.

Vor 3 Tagen hatte Phileas Fogg noch als Verbrecher gegolten, den die Polizei unerbittlich verfolgte – jetzt war er plötzlich der ehrbarste Gentleman, der mit mathematischer Präzision diese exzentrische Reise um die Welt durchführte.

Welch ein Trara, welch ein Wirbel in den Zeitungen! Das Interesse all jener Briten, die damals für oder gegen Fogg gewettet, die Sache inzwischen aber längst vergessen hatten, erwachte wie durch Magie zu neuem Leben. Sämtliche Wetten wurden wieder gültig. Phileas Foggs Name stand erneut hoch im Kurs.

Die fünf Clubfreunde des Gentleman verbrachten die 3 Tage nach der Verhaftung in einer gewissen Unruhe. Dieser Phileas Fogg, den sie schon fast vergessen hatten – plötzlich stand er ihnen wieder vor Augen! Wo mochte er sich in diesem Moment befinden? Am 17. Dezember – dem Tag, an welchem James Strand verhaftet wurde – war Fogg bereits 76 Tage unterwegs, und man hatte kein einziges Mal Nachricht von ihm erhalten! War er vielleicht gar nicht mehr am Leben? Hatte er aufgegeben, oder folgte er noch der vereinbarten Reiseroute? Und würde er am Samstag, dem 21. Dezember, um 20 Uhr 45 gleich einem Gott der Pünktlichkeit auf der Schwelle des Club-Salons erscheinen?

Die Aufregung, in der sich die englische Gesellschaft während dieser 3 Tage befand, lässt sich kaum schildern. Man sandte Telegramme nach Amerika und nach Asien, um Nachricht über Phileas Fogg zu erhalten. Jeden Morgen und Abend wurde ein Beobachter zum Haus in der Saville Row geschickt ... Ohne Erfolg. Die Polizei wusste nicht einmal etwas über den Verbleib von Inspektor Fix, der unglücklicherweise diese falsche Spur verfolgt hatte. Trotz alledem schnellten die Wetteinsätze nochmals in die Höhe. Wie ein Rennpferd bog Phileas Fogg jetzt um die allerletzte Kurve. Er notierte nicht mehr mit 100, sondern nur noch mit 20, mit 10, mit 5, und der alte gelähmte Lord Albermale kaufte ihn sogar zu pari.

Demgemäß drängte sich am Samstagabend auf der Pall Mall und in den benachbarten Straßen eine gewaltige Menschenmenge. Es war gerade so, als hätte sich eine riesige Versammlung von Börsenmaklern vor dem Reform Club postiert. Der Verkehr kam zum Erliegen. Man diskutierte, stritt, verkündete brüllend den Stand Phileas Foggs, als handle es sich um ein englisches Wertpapier. Die Polizei hielt die Menge nur mit größter Mühe in Schach, und je näher der Zeitpunkt rückte, zu dem Phileas Fogg eintreffen sollte, desto fantastischere Ausmaße nahm die allgemeine Erregung an.

Die fünf Wettgegner des Gentleman waren seit 20 Uhr im großen Salon des Reform Clubs versammelt. Die beiden Bankiers John Sullivan und Samuel Fallentin, der Ingenieur Andrew Stuart, Gauthier Ralph, Aufsichtsratsmitglied der Bank of England, sowie der Brauereibesitzer Thomas Flanagan – sie alle warteten unruhig und beklommen.

Als die große Uhr im Salon 20 Uhr 25 zeigte, erhob sich Andrew Stuart mit den Worten:

»Meine Herren, in 20 Minuten ist die zwischen Mr. Phileas Fogg und uns vereinbarte Frist abgelaufen.«

»Um wie viel Uhr kam der letzte Zug aus Liverpool an?« erkundigte sich Thomas Flanagan.

»Um 19 Uhr 23«, antwortete Gauthier Ralph, »und der nächste kommt erst 10 Minuten nach Mitternacht.«

»Nun, meine Herren«, fuhr Andrew Stuart fort, »wenn Phileas Fogg den Zug um 19 Uhr 23 erreicht hätte, wäre er jetzt schon hier. Somit können wir die Wette wohl als gewonnen betrachten.«

»Warten wir ab, wir sollten nichts überstürzen«, riet Samuel Fallentin. »Wie Sie wissen, ist Mr. Fogg ein Exzentriker erster Güte. Seine Pünktlichkeit ist allgemein bekannt. Er kommt nie zu spät und nie zu früh, und es würde mich nicht im Geringsten überraschen, wenn er in der allerletzten Minute erschiene.«

»Und ich«, sagte Andrew Stuart, der wie immer sehr nervös war, »ich würde meinen Augen nicht einmal dann trauen, wenn er vor mir stünde.«

»Im Grunde genommen«, meinte Thomas Flanagan, »war dieser ganze Plan absurd. Auch wenn Phileas Fogg noch so pünktlich ist, er kann nicht verhindern, dass unvermeidliche Verzögerungen auftreten, und es genügt ja bereits eine Verspätung von 2 bis 3 Tagen, um seine Reise scheitern zu lassen.«

»Im übrigen ist Ihnen sicherlich aufgefallen«, fügte John Sullivan hinzu, »dass wir kein einziges Telegramm von ihm erhalten haben. Und an Telegrafenämtern herrschte auf seiner Reiseroute ja gewiss kein Mangel.«

»Er hat verloren, meine Herren!« ergriff Andrew Stuart wieder das Wort. »Hundert Mal verloren! Wie Sie wissen, ist die *China* – der einzige Dampfer aus New York, mit dem Mr. Fogg rechtzeitig in Liverpool hätte ankommen können – gestern eingelaufen. Hier habe ich die Passagierliste der *Shipping Gazette* – der Name von Phileas Fogg ist nicht verzeichnet. Selbst unter den günstigsten Umständen dürfte er nicht einmal in Amerika sein! Ich rechne damit, dass er frühestens 20 Tage nach dem vereinbarten Datum hier ankommen wird. Der alte Lord Albermale wird seine 5000 Pfund Sterling abschreiben müssen!«

»Ja, es sieht ganz so aus«, erwiderte Gauthier Ralph, »und morgen brauchen wir nur noch bei den Brüdern Baring Mr. Foggs Scheck vorzulegen.«

In diesem Moment rückte der Zeiger der Uhr im Salon auf 20 Uhr 40.

»Noch 5 Minuten«, sagte Andrew Stuart.

Die fünf Herren sahen sich an. Man kann sich denken, dass auch ihre Herzen etwas schneller schlugen, denn selbst für erfahrene Spieler war diese Wette doch sehr ungewöhnlich. Aber keiner wollte sich etwas anmerken lassen, und auf Vorschlag von Samuel Fallentin ließen sich alle an einem der Spieltische nieder.

»Ich würde meinen Wetteinsatz von 4000 Pfund Sterling keinesfalls mehr zurücknehmen«, sagte Andrew Stuart, »und wenn mir jemand 3999 Pfund dafür böte!«

In diesem Moment rückte der große Zeiger auf 20 Uhr 42.

Die Spieler hatten ihre Karten schon aufgenommen, doch ihr Blick wanderte alle paar Sekunden zur Uhr hinüber.

»20 Uhr 43!« sagte Thomas Flanagan und hob ab, als Gauthier Ralph den Kartenstapel vor ihn auf den Tisch legte.

Jetzt wurde es einen Moment ganz still. Im riesigen Salon des Clubs herrschte absolute Ruhe. Von draußen allerdings drang das Stimmengewirr der Menge herein, manchmal von schrillen Schreien übertönt. Das Uhrenpendel schwang mit mathematischer Exaktheit hin und her. Jeder der Spieler konnte das Ticken der Sekunden hören und innerlich mitzählen.

»20 Uhr 44!« sagte John Sullivan gepresst, und seiner Stimme merkte man an, wie aufgeregt er war.

Noch eine Minute, dann war die Wette gewonnen. Andrew Stuart und die anderen spielten nicht mehr. Sie hatten die Karten auf den Tisch gelegt! Sie zählten die Sekunden!

In der 40. Sekunde – nichts. In der 50. – immer noch nichts.

In der 55. Sekunde brandete draußen donnernder Lärm auf, Applaus, Hurragebrüll, ja sogar Flüche wurden immer lauter, wogten immer näher heran.

Die Spieler sprangen auf.

In der 57. Sekunde öffnete sich die Tür des Salons, und bevor das Perpendikel zum 60. Mal tickte, erschien Phileas Fogg, gefolgt von der tobenden Menge, die sich gewaltsam in den Club gedrängt hatte.

»Hier bin ich, meine Herren«, sagte er ruhig.

37. KAPITEL
In welchem sich erweist, dass Phileas Fogg mit seiner Reise zwar keinen Gewinn gemacht hat, dafür aber sein Glück

Ja! Es war Phileas Fogg höchstpersönlich.

Man wird sich erinnern, dass Passepartout um 19 Uhr 55, etwa 25 Stunden nachdem die Reisenden in London eingetroffen waren, von seinem Herrn den Auftrag erhalten hatte, Reverend Samuel Wilson bezüglich einer gewissen Hochzeit aufzusuchen, die am nächsten Tag stattfinden sollte.

Überglücklich war Passepartout davongeeilt. Doch als er am Pfarrhaus anlangte, war Reverend Samuel Wilson noch nicht daheim. Passepartout blieb natürlich da, musste aber mindestens 20 Minuten warten.

Kurzum, es war 20 Uhr 35, als er das Pfarrhaus wieder verließ. Aber in welchem Zustand! Mit wirrem Haar, ohne Hut rannte er und rannte, wie man noch niemals einen Menschen hat rennen sehen, stieß Passanten zu Boden, raste wie ein Wirbelsturm die Gehsteige entlang!

In 3 Minuten war er in der Saville Row zurück und stürzte atemlos in Mr. Foggs Zimmer. Er brachte kein Wort heraus.

»Was gibt es denn?« fragte Mr. Fogg.

»Hier bin ich, meine Herren«, sagte er ruhig

Mit wirrem Haar, ohne Hut rannte er und rannte

»Sir …« stammelte der Diener, »… Heirat … unmöglich …«

»Unmöglich?«

»Unmöglich … morgen.«

»Weshalb?«

»Weil morgen … Sonntag ist!«

»Montag«, entgegnete Fogg.

»Nein … heute … Samstag!«

»Samstag? Unmöglich!«

»Doch! Doch! Doch!« schrie Passepartout. »Sie haben sich … um einen Tag verrechnet! Wir sind 24 Stunden früher angekommen! Aber jetzt bleiben nur noch 10 Minuten!«

Passepartout packte seinen Herrn beim Kragen und zerrte ihn mit unbändiger Kraft hinaus!

Phileas Fogg, dem keine Zeit zum Überlegen blieb, lief aus dem Zimmer, aus dem Haus, sprang in eine Droschke, versprach dem Kutscher 100 Pfund Sterling und kam, nachdem sie zwei Hunde überfahren und fünf Kutschen gerammt hatten, am Reform Club an.

Als er den großen Salon betrat, schlug die Uhr Viertel vor 8.

Phileas Fogg hatte die Reise um die Welt in 80 Tagen vollendet!

Phileas Fogg hatte die Wette über 20 000 Pfund Sterling gewonnen!

Aber wie hatte ein so akkurater, ja pedantischer Mensch sich um einen ganzen Tag verrechnen können? Warum hatte er bei seiner Ankunft in London geglaubt, es sei Samstagabend, der 21. Dezember, wo es doch erst Freitagabend, der 20. Dezember, war – also erst 79 Tage nach seiner Abreise?

Hier ist die Ursache für seinen Irrtum. Sie ist ganz simpel. Phileas Fogg hatte, ohne es zu ahnen, während der Reise einen ganzen Tag dazugewonnen – und zwar einzig und allein deshalb, weil er nach *Osten* gefahren war. Wäre er in die entgegengesetzte Richtung gereist, also nach *Westen*, hätte er einen Tag verloren.

Indem er nach Osten reiste, fuhr er der Sonne entgegen, und daher verkürzten sich die Tage für ihn mit jedem Längengrad, den er in dieser Richtung überquerte, um 4 Minuten. Der Erdumfang hat 360 Grad, und diese 360 Grad, multipliziert mit 4 Minuten, ergeben exakt 24 Stunden – also den unbewusst hinzugewonnenen Tag. Mit anderen Worten: Während Phileas Fogg nach Osten reiste, sah er die Sonne 80 Mal den Meridian überqueren, seine in London zurückgebliebenen Clubfreunde jedoch sahen sie nur 79 Mal untergehen. Und darum erwarteten sie ihn an eben diesem Tag, also am Samstag – nicht Sonntag, wie Mr. Fogg glaubte – im Salon des Reform Clubs.

Und all dies hätte man auf Passepartouts großartiger Uhr – die ja während der ganzen Reise auf Londoner Zeit eingestellt war – ablesen können, wenn sie nicht nur die Stunden und Minuten, sondern auch noch die Tage angezeigt hätte!

Phileas Fogg hatte also die 20 000 Pfund Sterling gewonnen. Doch da er unterwegs fast 19 000 Pfund Sterling ausgegeben hatte, fiel der Gewinn bescheiden aus. Indessen hatte den exzentrischen Gentleman, es wurde schon gesagt, an dieser Wette sowieso nur die Herausforderung gereizt, nicht das Vermögen, das ihm winkte. Ja, er verteilte die verbliebenen 1 000 Pfund Sterling sogar an den getreuen Passepartout und den glücklosen Inspektor Fix, dem er nicht länger zürnen konnte. Allerdings zog er seinem Diener, der Ordnung halber, die Kosten für die 1 920 Stunden ab, in denen aufgrund seiner Nachlässigkeit die Gasheizung vor sich hin gebrannt hatte.

Am selben Abend wandte sich Mr. Fogg, gleichmütig und gelassen wie stets, an Mrs. Aouda.

»Ist Ihnen die Heirat denn immer noch recht, Madam?«

»Mr. Fogg«, erwiderte Mrs. Aouda, »diese Frage muss ich Ihnen stellen. Sie waren ruiniert, jetzt sind Sie reich …«

»Verzeihen Sie, Madam, dies Vermögen gehört Ihnen. Wäre Ihnen nicht die Idee zu dieser Heirat gekommen, dann wäre mein Diener nicht zu Reverend Wilson geeilt, ich hätte meinen Irrtum nicht bemerkt und …«

»Lieber Mr. Fogg ...« sagte Mrs. Aouda.

»Liebe Aouda ...« erwiderte Mr. Fogg.

Natürlich fand die Hochzeit 48 Stunden später statt, und ein eleganter, strahlender, blendend aussehender Passepartout war der Trauzeuge der jungen Frau. Hatte nicht er sie gerettet, und gebührte nicht ihm diese Ehre?

Am nächsten Tag jedoch hämmerte Passepartout im Morgengrauen an die Tür seines Herrn.

Die Tür ging auf und der Gentleman erschien, gelassen wie stets.

»Was gibt's, Passepartout?«

»Was es gibt, Sir? Ich habe gerade erfahren ...«

»Nun, was denn?«

»Dass die Reise um die Welt in nur 69 Tagen zu schaffen gewesen wäre!«

»Gewiss«, erwiderte Fogg, »wenn wir Indien nicht durchquert hätten. Aber wenn ich nicht durch Indien gekommen wäre, dann hätte ich Mrs. Aouda nicht gerettet, dann wäre sie jetzt nicht meine Frau und ...«

Und Mr. Fogg schloss leise die Tür.

Phileas Fogg hatte seine Wette also gewonnen: Er war in 80 Tagen um die Welt gereist. Dazu hatte er sämtliche Transportmittel benutzt: Dampfer, Züge, Droschken, Boote, Handelsschiffe, Schlitten und einen Elefanten. Bei dieser Gelegenheit hatte dieser exzentrische Gentleman seine fabelhafte Gelassenheit und Präzision unter Beweis gestellt. Ja und? Was hatte er durch diese Reise gewonnen? Was hatte er mitgebracht?

»Nichts«, lautet die Antwort? Dann also nichts, außer einer zauberhaften Frau, die ihn – so unglaublich dies scheinen mag – zum glücklichsten Mann auf Erden machte!

Und seien wir ehrlich: Würde man sie nicht schon für weniger wagen, die Reise um die Welt?

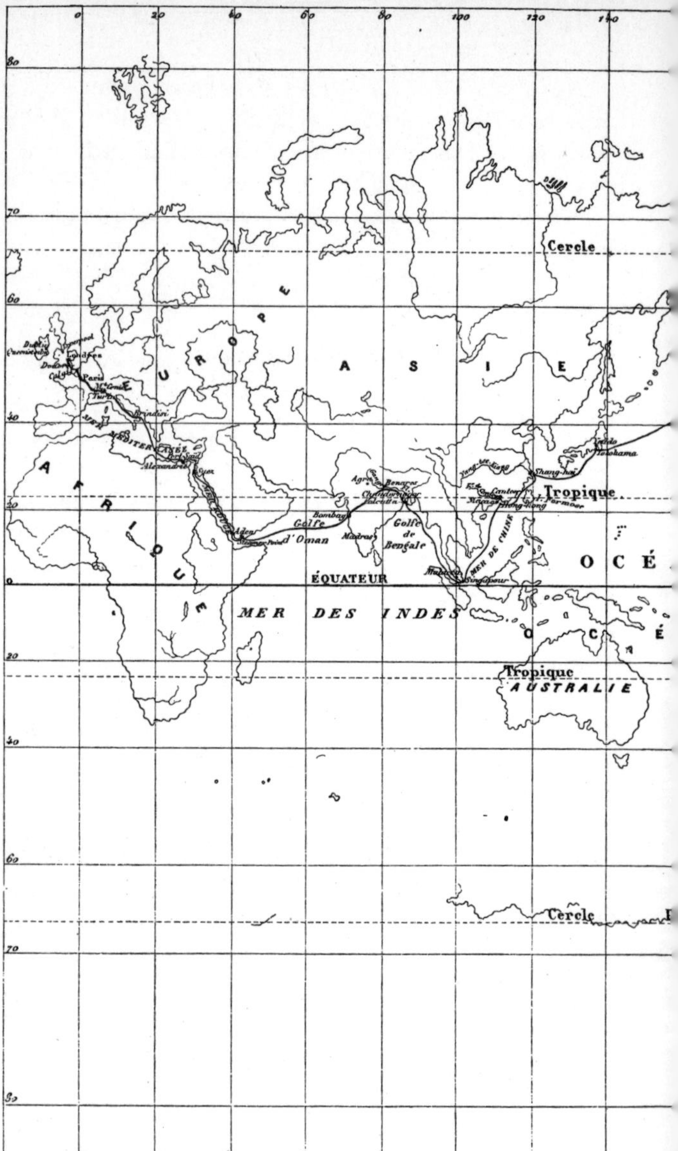

J. Sedille, Grav. Lith.

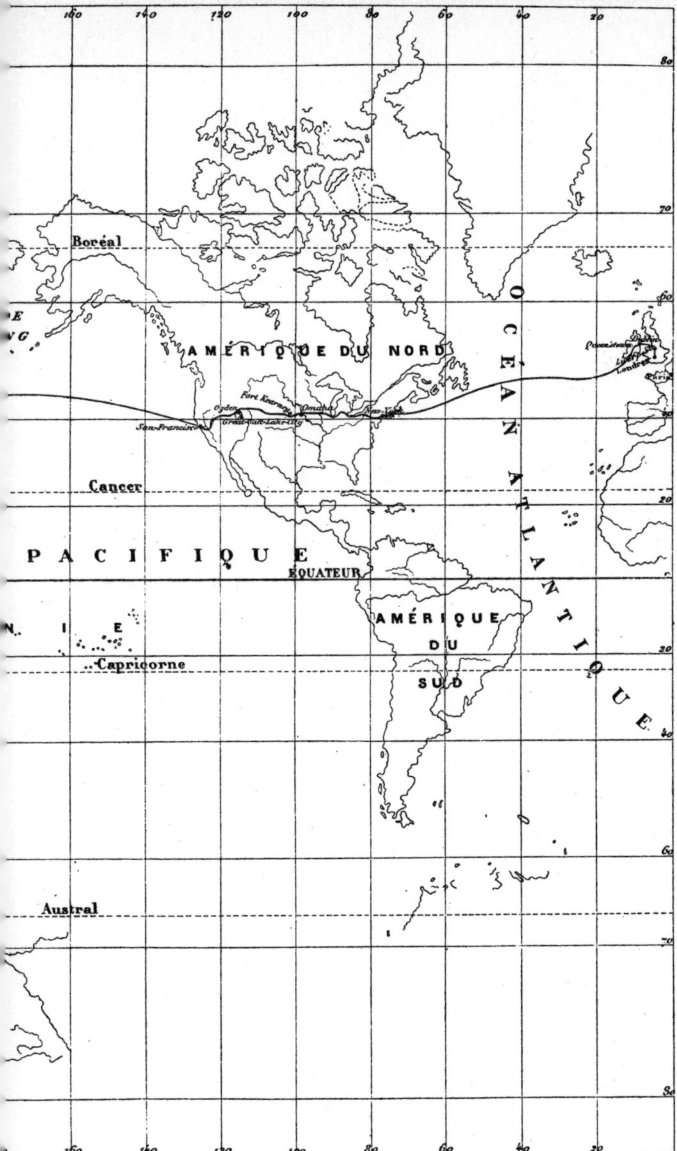

Boréal
AMÉRIQUE DU NORD
OCÉAN ATLANTIQUE
Queenstown
Dublin
Liverpool
Londres
Fort Kearney
Omaha
Ogden
New-York
San-Francisco
Great-Salt-Lake-City
Cancer
PACIFIQUE
ÉQUATEUR
AMÉRIQUE DU SUD
Capricorne
Austral
GILLOT

5 **Sheridan:** Richard Brinsley Sheridan (1751–1816), Verfasser effektvoller Komödien und Staatsmann, der sich durch seine Spielsucht ruinierte, was ihn zur Nachbarschaft mit Phileas Fogg zumindest der Möglichkeit nach prädestiniert. Wohnte nicht in der Saville Row Nr. 7 (realiter: Savile, Verne fügt ein l hinzu; heute die Straße der Herrenschneider), sondern in Nr. 14, wo er auch nicht 1814, wie es im frz. Originaltext heißt, sondern erst 2 Jahre später starb.

5 **Reform Club:** In den 30er Jahren des 19. Jahrhunderts gegründete Vereinigung, deren Beschreibung Verne Francis Weys Reisebericht *Les Anglais chez eux,* Kap. 2, entnahm, der im 18. Band der Zeitschrift *Musée des Familles* (1850–51) veröffentlicht wurde. Derselbe Band enthält auch Vernes erste veröffentlichte Erzählungen, *Les Premiers Navires de la marine mexicaine* und *Un Voyage en ballon.*

5 **Byron:** George Gordon Noël Lord Byron (1788–1824), englischer Dichter, den Verne wenig gelesen zu haben scheint, aber gerne wegen seiner körperlichen Merkmale zitiert hat: hier wegen seiner Gesichtzüge, in *20 000 Meilen unter den Meeren* wegen seiner Gewandtheit als Schwimmer, in *Claudius Bombarnac* (1892) in Zusammenhang mit seiner Gehbehinderung.

10 **Léotard:** Jules Léotard (1830–1870), französischer Akrobat und Erfinder des Schweberecks.

10 **Blondin:** Charles Blondin (1824–1897), französischer Akrobat, der mit der Hochseilüberquerung der Niagarafälle 1859, bei der er einen Freund auf den Schultern trug, für Aufsehen sorgte. Dasselbe Huckepackgespann erwähnt Verne auch 1883 in seinem Roman *Keraban der Starrkopf.*

13 **Angelica Kauffmann:** Schweizer Malerin (1741–1807), Vertraute Goethes und Herders, die von 1767 an in London triumphale Erfolge mit ihren Porträts feierte.

14 **Frontin:** Figur des gerissenen Dieners in französischen Komödien des 18. Jahrhunderts.

14 **Mascarille:** Ähnlicher Charakter, der vor allem durch Molière Eingang in die Literatur gefunden hat.

14 **Minerva:** Italische, später römische Göttin, in deren Verantwortlichkeitsbereich die Knaben fielen; ihre spätere Gleichsetzung mit der griechischen Göttin Athene führte zu einer Erweiterung ihrer Kompetenzen als Patronin der Ärzte, Dichter, Künstler und Handwerker.

17 **120 000 Pfund Sterling:** 1 Pfund Sterling entspricht heute einer Kaufkraft von etwa 75 €. Jules Verne gibt im Originaltext stets Pfund an und fügt im Verhältnis 1:25 in Klammern die Angabe in alten Francs hinzu.

31 ***Alabama*-Affäre:** Die englische Regierung hatte während des ame-

rikanischen Sezessionskrieges (1861–65) mehrere Schiffe, darunter die *Alabama*, für die Südstaaten bauen und ausrüsten lassen, um gegnerische Handelsschiffe zu kapern, was von der amerikanischen Regierung als unannehmbare Einmischung beklagt wurde. Am 14. September 1872 sprach ein internationales Gericht in Genf den Vereinigten Staaten eine Entschädigung von 15 Mio. Dollar durch das Vereinigte Königreich zu.

36 **Lesseps:** Ferdinand-Marie, Vicomte de Lesseps (1805–1894), Erbauer des Suez-Kanals und Diplomat, dem Verne 1870 seine Ernennung zum Ritter der Ehrenlegion verdankte, den er auch in *20 000 Meilen unter den Meeren* lobend erwähnt und mit diesem Zitat bei einem Empfang in Amiens 1879 begrüßte. Lesseps war Hetzels Nachbar in Meudon in der Nähe von Paris, wo beide Landhäuser besaßen.

36 **Stephenson:** Robert Stephenson (1803–1859), englischer Ingenieur und Lokomotivenfabrikant.

39 **Sheppard:** Jack Sheppard (1702–1724), englischer Räuber, der sich seiner Haft durch vier spektakuläre Fluchten entzog, die ihn am Ende aber doch nicht vor dem Strick bewahrten.

40 **Seemeilen/Meilen/Lieues:** Jules Verne benutzt neben der oft undifferenzierten »mille« (Meile) häufig die alte französische Einheit »lieue« (etwa 4 000 m), im Titel seines Romans *Vingt Mille Lieues sous les mers* (1869/70) dagegen die »lieue marine«, die 5 555,5 m entspricht. Beide sind nicht mit der »Meile« identisch, bei welcher der Leser abermals die Möglichkeit hat, zwischen der geographischen Meile (7 420,438 m), der englischen Meile (1 609,3 m) und der Seemeile (1 852 m) zu wählen. Freilich scherte sich schon Jules Verne wenig um die Unterschiede und gab die Zahlen jeweils nach seinen verschiedenen Quellen an. Darüber hinaus bleibt anzumerken, dass Verne regelmäßig Irrtümer in Datierung und Namenschreibung sowie Verwechslungen von Ost und West unterlaufen.

54 **Strabo** (64 v. Chr. – ca. 20 n. Chr.), griechischer Geograph und Geschichtsschreiber, der sich laut Verne »mehr als Geograph denn als Reisender auszeichnete. Immerhin durchquerte er Mittelasien, Ägypten, Griechenland, Italien und lebte lange in Rom, wo er in den letzten Jahren von Tiberius' Herrschaft starb. Strabo hat eine in siebzehn Büchern eingeteilte Geographie hinterlassen, die zusammen mit der des Ptolemaeus das wichtigste Monument darstellt, das die Antike den modernen Geographen hinterließ.« (*Die Entdeckung der Erde*, 1870/1878)

54 **Arrianus** (95–175), griechischer Geschichtsschreiber mit römischem Bürgerrecht und Konsul. Autor einer Schrift über Indien und den Feldzug Alexanders des Großen nach Persien.

54 **Artemidorus** (geb. um 100 v. Chr.), griechischer Geograph, der sich in seiner elfbändigen Geographie reichlich bei Strabo bediente.

54 **Idrisi** (1100–1166), arabischer Geograph und Schöpfer einer damals berühmten Weltkarte.

64 Zoroaster: griechischer Name für Zarathustra, den prophetischen Reformator der altiranischen Religion, der um 700 v. Chr. vornehmlich in Baktrien wirkte.
68 ***transire benefaciendo:*** »Gutes tuend durchs Leben gehen«.
70 Kali: (Sanskrit: »die Schwarze«), einer der Namen der Göttin Schiva.
70 Feringhea, Oberhaupt der Thags: Eine wilde Truppe, die der Göttin Kali huldigte und sich vornehmlich durch das Strangulieren von Reisenden einen schlechten Ruf erwarb. Der Schriftsteller René de Pont-Jest (1829–1904), der 1877 einen Plagiatsprozess gegen Jules Verne anstrengte, veröffentlichte in der Mitte der 1870er Jahre im *Petit Journal* den Roman *Le Procès des Thugs,* der einen sensationellen Erfolg hatte: »Monatelang träumte man nur vom Würgen, kleidete sich nach Art der Thags, und gewisse Kapiteltitel dieser fantastischen Erzählung, die an Wände plakatiert wurden (so unter anderem »Feringhea hat gesprochen«), fanden Eingang in den politischen Sprachgebrauch.« (A. de Gubernatis, *Dictionnaire international des écrivain du jour.* Paris: Marpon et Flammarion, 1890)
100 Ramajana-Epos: »Dem legendären Sänger Valmiki zugeschriebenes, wohl seit dem 2. Jh. n. Chr. weitgehend abgeschlossenes altindisches Epos, das in etwa 24 000 Doppelversen die Taten und Leiden des mythischen Helden Rama, vor allem die Geschichte der Entführung seiner Gattin Sita, beschreibt.« (*Kindlers Literatur Lexikon*)
101 Usaaf Uddaul: Nach William Butcher Yusuf Adil (»Yusuf der Gerechte«) islamischer König und Förderer der schönen Künste. Das bislang noch nicht nachgewiesene Zitat ist möglicherweise Vernes Erfindung.
107 Lord Cornwallis: Charles Cornwallis (1731–1805), General, der im amerikanischen Unabhängigkeitskrieg die englischen Truppen befehligte und zeitweise Generalgouverneur von Indien war.
109 Obadiah: Im Alten Testament Name eines Propheten (hebräisch: »Diener des Herrn«), bei Laurence Sterne Diener des Tristram Shandy im gleichnamigen Roman – einem von Vernes Lieblingsbüchern.
118 James Dschidschibhoy: Sir Jameshedji Jijibhai (1783–1859), reicher Parse mit guten Geschäftsbeziehungen nach Hongkong.
182 Barnum: Phineas Taylor Barnum (1810–1891), amerikanischer Schausteller, dessen Name schnell zum Synonym für windige Sensationspräsentationen wurde, mit deren Wahrheit es nicht allzu weit her war. Für Verne, der ihn zitiert, wo er nur kann, die Verkörperung des amerikanischen Unternehmergeistes schlechthin. Über ihn schrieb er nach seiner Amerikareise seine postum erschienene Erzählung *Mœurs américaines. Le Humbug;* im Roman *Die Propellerinsel* (1895) tritt er als sein eigener Nachkomme und Kulturbeauftragter Calistus Munbar auf.
214 Joe und Hiram Smyth: Joseph Smith (1805–1844), gründete 1830 nach göttlichen Eingebung die Kirche der Mormonen, wurde zusammen mit seinem Bruder Hyram nach Unregelmäßigkeiten bei seiner Präsident-

schaftskandidatur ins Gefängnis gesteckt und noch vor seiner Verurteilung von einer aufgebrachten Volksmenge gelyncht.

214 **Brigham Young:** Amerikanischer Mormonenführer (1801–1877) und Nachfolger von Joseph Smith.

220 **Victor Hugo:** Französischer Dichter und liberaler Politiker (1802–1885), dessen romantische Dramen und historische Romane von großem Einfluss auf den jungen Verne gewesen sind.

233 **J. M. Dodge:** Grenville Mellen Dodge (1831–1916). Einer der Financiers der Eisenbahnlinie war der Geschäftsmann George Francis Train (1829–1904), der später behauptete, als Vorbild von Phileas Fogg gedient zu haben (s. Zeittafel unter 1870).

233 **Thomas C. Durant:** Thomas Clark Durant (1820–1885), der als Geschäftsführer des amerikanischen Crédit mobilier im September 1872 in einen aufsehenerregenden Korruptionsskandal verwickelt war.

234 **Amphion:** In der griechischen Mythologie König von Theben, der durch die Klänge seiner Leier Steine bezauberte, die sich zu einer Mauer um die Unterstadt errichteten.

290 **Samuel Wilson:** Ausgerechnet einem englischen Geistlichen verpasst Verne den Namen des als »Uncle Sam« berühmt gewordenen amerikanischen Nationalcharakters (1766–1854)!

INHALT

In 80 Tagen um die Welt

Anhang